Collection " **In Extenso** "

MAURICE MONTÉGUT

LES CLOWNS

LA RENAISSANCE DU LIVRE
78, Boulevard Saint-Michel — PARIS.

LES CLOWNS

MAURICE MONTÉGUT

LES CLOWNS

ROMAN

ILLUSTRATIONS DE GÉRARD COCHET

PARIS

LA RENAISSANCE DU LIVRE

78, BOULEVARD SAINT-MICHEL, 78

MAURICE MONTÉGUT

Lorsque Maurice Montégut, il y a quelques années, disparut de la vie parisienne, tous ceux qui s'étaient familiarisés avec sa personne et son œuvre regrettèrent en lui une physionomie littéraire complexe et curieuse en même temps qu'un type séduisant du Français, à l'une des époques où le caractère national s'est le plus librement épanoui, c'est-à-dire vers la fin du second Empire.

De ce temps privilégié qu'une période si tragique, hélas ! devait suivre, Montégut avait gardé, dans son talent la fantaisie désinvolte, la verve, l'élégance craquante, le brillant, en un mot. Son extérieur même rappelait le perron de Tortoni et les salons du Café Anglais. Ne nous étonnons donc pas qu'il ait pu donner dans *les Clowns* un tableau si vivant de ces années éblouissantes, puisqu'il les a vécues par l'imagination comme s'il avait été le compagnon de fête des Morny et des Persigny.

De ceci il résulte que Maurice Montégut est un délicieux amuseur, ce qui est, si l'on y prend garde, le premier devoir du véritable romancier. Il l'a prouvé mille et mille fois dans les livres de contes où son aimable génie se dépense si libéralement et dans des romans comme *les Chevauchées de Joconde, les Bienfaits de l'adultère,* et *la Chaîne des Dames,* qui fit brillamment fortune au théâtre où on la transporta. Par une qualité de son talent, qui n'est point la plus haute, mais la plus sensible à toute espèce de lecteurs, Maurice Montégut est un des écrivains dont l'œuvre paraît la mieux faite pour conquérir le grand public, et c'est une heureuse idée de mettre celui-ci en contact avec elle grâce à l'édition populaire.

Hâtons-nous de dire que Montégut est aussi un poète. Ses livres de vers, *la Bohême sentimentale* et *les Romans tragiques,* en témoigneraient assez éloquemment, mais il vaut mieux insister sur son théâtre, animé d'un lyrisme vrai, théâtre peut-être injouable, comme certaines pièces de Musset, mais qu'il est délicieux de voir évoluer devant soi, sur l'écran de l'imagination, comme une suite au *Spectacle dans un fauteuil.* Parfois, un rayon détaché du prisme de Shakespeare a effleuré le front du poète parisien, du chroniqueur boulevardier, ami d'Aurélien Scholl. N'avais-je pas raison de dire que voilà une physionomie littéraire très complexe et très curieuse ?

Mais dans le roman aussi, Maurice Montégut sait se montrer poète, puisque c'est être poète que de pouvoir faire sentir dans son œuvre le grand frisson de la vie. C'est à ce don animateur, à cette faculté d'évocation qu'il a dû le succès d'un de ses meilleurs livres, *le Mur,* où il atteint au tragique véritable. C'est ce qui fait encore l'intérêt humain de *Petites gens et Grands cœurs.*

Qu'on relise dans *les Clowns* la chasse à courre en forêt de Compiègne et la mort du cerf. La profondeur bleuâtre des taillis, l'odeur des verdures, la bête éperdue lancée fantastiquement à travers les bois, le tumulte et la bigarrure de la chasse impériale, le hallali farouche devant les cocodettes de la cour, tout cela vit, palpite, chatoie comme dans la plus intense réalité. Ce dernier livre de Maurice Montégut avive les regrets que sa disparition nous laisse : la mort a frappé l'écrivain en plein essor, vers le mieux ; sa carrière n'a point été achevée, mais interrompue.

Un des bénéfices de cette cruelle guerre est peut-être d'avoir rendu le goût de lire à beaucoup de gens que les distractions bruyantes du temps de paix avaient tenus jusqu'alors éloignés des livres. Souhaitons que ce regain de sympathie et de curiosité pour la littérature profite à quelques écrivains qui n'ont pas encore conquis leur vraie place, dans l'encombrement sans cesse accru de la vie littéraire. L'œuvre de Maurice Montégut, si attachante, si diverse, également recommandable à ceux qui ne cherchent dans la lecture que le plus délicat des amusements et à ceux qui lui demandent des joies supérieures, nous paraît être une de celles qu'il est le plus opportun de produire en ce moment au jour de la grande publicité.

Maxime Formont

LES CLOWNS

I

Il y a quelques années, le colonel de dragons C... traversait Compiègne.

Autrefois, dans son enfance (c'était loin !) il avait été le camarade habituel de ce triste héritier impérial, de navrante mémoire, que les derniers fidèles, malgré leur décevance, s'obstinent à nommer Napoléon IV et que les vieilles femmes du peuple appellent encore *le Petit Prince*.

Le colonel n'était pas revenu dans cette ville, jadis brillante, à présent morte, depuis ces fêtes somptueuses où s'émerveillaient les rois de passage et dont tous emportaient, vers leurs cités lointaines, un reflet de splendeur dans des yeux éblouis.

Attiré par le magnétisme du souvenir, il voulut visiter le château.

Dès le seuil, il saluait le passé. Il parcourut lentement les salles successives avec mélancolie. Pour lui, elles étaient peuplées de fantômes ; partout il croyait revoir des figures, rayonnantes hier, aujourd'hui tant effacées : Majestés, Altesses, Seigneuries, Éminences, Excellences, astres naguère, poussières désormais.

Quand il entra dans l'avant-dernière salle du palais, en façade sur le parc, le dragon fut pris d'une émotion intense. Il murmurait devant son guide surpris : « C'est ici... ! oui... c'est ici l'ancienne chambre du prince... Vous appelez cela le *Salon des Fleurs* ; mais pour moi c'est toujours *sa* chambre. Je revois mon enfance ; il me semble que j'ai douze ans ! »

En parlant, il s'avançait vivement vers une large table ronde, style Empire, couverte d'un marbre blanc encerclé de cuivre.

« Tenez... tenez ! Cette table, je la reconnais... Il y a une date gravée sur le marbre... — Oui, fit le gardien... on n'a jamais su... — Je sais, moi ! Voyez, lisez : 10 décembre 1868... Il y a trente-sept ans, bon Dieu ! Cette date, c'est le prince et moi qui l'avons inscrite, un jour qu'il pleuvait, dans cette année-là... la dernière où l'on vint... »

En effet, 1868 fut la dernière année des *séries*, des *fournées*, des réceptions de Compiègne. En 1869, à l'automne, l'impératrice assistait en souveraine glorieuse à l'inauguration du canal de Suez ; en 1870, à l'automne, il n'y avait plus d'Empire.

Mais qui pensait à cela, qui pouvait prévoir de tels cataclysmes en ces temps de joie tintamaresque, de chasses, de dîners, de bals et de galants spectacles, dans la petite salle de la rue d'Ulm, construite au printemps par ordre de l'empereur ; en ces temps de chansons et de rires, d'amour, d'argent, de folies qui semblaient naturelles, d'insouciance qui paraissait de la sécurité ?

C'était si joli, si gai, les séjours à Compiègne ! Jamais nulle part on ne s'amusait autant ; nulle part on ne montait sa verve à ce ton d'impudence ; on ne débridait sa fantaisie avec ce sans-façon, cette désinvolture.

Tout était permis ; à la campagne l'étiquette se faisait familière ; d'ailleurs depuis longtemps elle se relâchait.

Les souverains donnaient l'exemple. L'empereur vieilli, hanté de plus en plus, souriait vaguement, sans rien voir.

L'impératrice, impulsive et mobile, toute au caprice de l'heure, ne ressentait que des passions ou des haines, en imposait peu. Avec ses amies, elle se livrait trop ; avec les étrangers, elle restait lointaine.

Autour de ces deux influences, ou mieux de ces deux manques d'influence, la cour s'agitait, gravitait, tourbillonnait, bruissait au hasard, sans harmonie comme sans direction. Il y avait des groupes, des coteries, des alliances, des rivalités et des divisions ; on conspirait, comme dans tous les palais ; mais c'était surtout contre les maris, pour la princesse de M... ou la duchesse de C... Et le meilleur passe-temps restait les intrigues d'amour. On aimait fort et beaucoup à Compiègne.

Le 15 novembre, Sainte-Eugénie, c'était la fête de l'impératrice. Pour ce grand jour, chaque année, tous ces fous, toutes ces folles s'ingéniaient d'avance à inventer quelque belle surprise, quelque rare divertissement.

Il fallait trouver mieux que les comédies de paravent ou les charades de salon dont on se contentait aux soirées ordinaires.

Cette dernière fois, il y eut de longs conciliabules où chacun apportait son idée, émettait un avis, ce qui ne manqua pas de produire, comme toujours, de vives discussions et des blessures profondes d'amour-propre.

Comme toujours encore, la première intendante des plaisirs rêvés était la princesse Pauline de Mettersen-Valdor, ambassadrice de toutes les Bohêmes, dont l'esprit endiablé débordait spontanément en élucubrations artistes et fantasques. Dans ce rôle, elle était incomparable. Elle regrettait, cependant, l'absence de sa grande amie la comtesse Mélanie de Portal. Celle-ci voyageait en Allemagne et ne devait revenir en France que ce 15 novembre même pour offrir ses grâces à la souveraine.

Son absence fut déplorée, car la belle Mélanie

était une des gaîtés de la cour et, elle aussi, douée d'une imagination fertile en trouvailles heureuses quand il s'agissait de divertissements.

Mais d'autres apportaient leur précieux concours, la marquise de Guicharrois, la baronne Laure de Rosfild, la duchesse de Persy, la comtesse de Mérar, qui remplaçait, disait-on, dans la faveur impériale, la divine Casteleone, éloignée depuis peu ; la baronne de Trévières, la comtesse de Larchan, la marquise de Bassine-Hébert, d'autres encore... un essaim de divinités blondes.

Rarement, comme alors on put voir rassemblées, vivant de la même vie, poursuivant les mêmes rêves, autant de femmes plastiquement admirables et d'esprit également affiné.

Et tout ce joli monde, pris de fièvre à mesure que la date avançait, s'évertuait à qui mieux mieux pour grossir le programme et rehausser l'éclat de la cérémonie.

Enfin, Mme de Mettersen, qui avait trois idées par jour, en conçut une dernière qu'elle jugea triomphante. Cette lumière d'en haut l'éblouit, cette révélation la bouleversa le matin du 2 novembre. Il y avait douze jours que la la cour se trouvait à Compiègne et que l'on cherchait vainement *le bouquet* (on ne disait pas encore *le clou*) de l'impériale soirée.

Le projet de l'ambassadrice avait ceci d'admirable qu'il était à la fois d'ordre sentimental et galant, un peu scabreux, un peu tragique, avec un but charitable ; qu'il devait plaire à l'impératrice et à l'empereur tout en émoustillant la cour entière.

De plus, il pouvait sécher les larmes et réveiller le sourire d'une toute jeune femme exquise dont le deuil constant et les attitudes désolées dans ce milieu fleuri de chansons et de rires attristaient chaque jour les cœurs les moins sensibles.

Il s'agissait de la marquise Marie-Hélène de Puysan, née de Larmental, petite-fille du général comte de ce nom qui se fit tuer à Waterloo.

A cette époque, elle comptait vingt-deux ans ; et, même à côté des beautés fameuses aux Tuileries, elle était remarquée pour sa grâce et son charme. Plutôt grande, souple et fine, brune et rose, avec des yeux bleus qui avaient été rieurs avant le drame, elle attirait et retenait les regards.

Enfant, elle se montrait d'une gaîté étourdissante, semblait joyeuse de vivre, faite pour être aimée et capable de retour. Elle avait des abandons, des tendresses nerveuses, des effusions soudaines qui présageaient déjà la passion chez la jeune femme future. On disait qu'elle était tout sentiment. Très droite de caractère, l'injustice la révoltait.

Jusqu'à dix-huit ans, son existence fut solitaire, mais calme au milieu des douceurs familiales d'une ville de province. Avec son mariage son histoire tragique commença. Et pourtant le prologue en était heureux encore, plein des belles promesses d'un superbe avenir. Ce ne fut qu'apparences.

Ce mariage, c'était l'impératrice qui l'avait imaginé, désiré et conclu.

Un jour, aux Tuileries, il y avait cinq ans, le vieux duc de Puysan, un ami de la première heure, interrogé par la souveraine au sujet de son fils, le marquis Horace, avait hoché la tête d'un air peu satisfait.

Ce gamin-là se dérangeait. Qui l'eût cru, avec ses airs de fille ? Jusqu'à vingt ans, il n'avait quitté les jupes de sa mère que pour aller au sermon, c'en était même nigaud... mais, à présent, il se rattrapait.

« Ah ! oui ! et largement ! »

Le vieux duc paraissait indigné, et, comme jadis lui-même, avant et après son mariage, avait mené, jusqu'à cinquante-cinq ans, une vie de polichinelle, l'impératrice, renseignée sur son passé, ne put s'empêcher de sourire. Elle murmura :

« Pour vous scandaliser, vous, il faut que ça soit bien terrible ! Mais peut-on le raconter ? — Hum ! fit Puysan, tout de même, avec des euphémismes. Le saligaud... — Ho ! Ho ! — C'est le terme exact, j'en demande pardon à Sa Majesté !... — Les euphémismes ? — Bon ! le sacripant, si vous préférez, est en train de se ruiner et toute la famille avec lui... et pour qui ? savez-vous pour qui ? pour Rosalba ! — La danseuse ? — Justement. — Elle est belle. — Elle a dix ans de plus que lui. — Dix ans ?... vous exagérez, Puysan. — Je ne crois pas, mais je n'ai pas compté avec elle. — Si elle avait trente-cinq ans, comme vous le dites, il est probable que vous en sauriez plus long sur son compte... »

Le duc sourit à son tour et, d'un geste gracieux, ramena ses mèches blanches. Il avoua :

« C'est vrai, elle n'est pas de mon temps ; mais enfin le petit en tient pour elle et nous fait les quatre cents coups. Il a déjà mangé deux héritages ; je ne sais plus à quels saints le vouer. — Est-il heureux du moins ? — Lui ? enchanté ! La coquine l'adore ; elle serait difficile si elle ne l'aimait pas ! Ils se disputent comme des chiens, mais ils se réconcilient encore mieux ; ah ! c'est un joli ménage ! — Bah ! tout a une fin ! conclut la souveraine ; prenez votre mal en patience. Votre fils vous reviendra avec ses deux oreilles. — Oui, mais tout nu, comme un petit Saint-Jean. — Oh ! fit encore une fois Eugénie, qui était pudibonde à ses heures et que cette image offusquait. »

Ce jour-là, le duc de Puysan ne poussa pas plus loin ses confidences.

Quelques mois passèrent.

Un autre soir, à une des réceptions intimes du lundi, de nouveau l'impératrice questionna son vieil ami : « Eh bien, duc, Horace est-il plus sage ? »

Cette fois ce fut une autre chanson. Puysan soupira lugubrement.

« Il l'est trop ! — Comment cela ? — Il ne rit plus. Il pleurerait plutôt. — Lui ? à son âge ? comblé comme il l'est ? Comment cela ? — Vous ne lisez donc pas les journaux ? — Jamais ! répliqua la souveraine avec mélancolie. J'en ai peur. — Ah !... Mlle Rosalba s'est fait enlever par Paul Orlowski ; la voilà princesse en Crimée.

et mon fils broie du noir à Paris. Il dit qu'il en mourra. — Tout le monde a dit cela. — Non, madame, répliqua le vieux gentilhomme. Ne raillez pas, c'est sérieux ; l'animal a du plomb dans les côtes... On a beau faire, il reste morne, et j'ai peur. — De quoi, voyons ? — Du suicide, tout simplement. Les jeunes gens sont bêtes. Ils se tuent pour rien. — Puysan, il faut combattre la femme par la femme ; il faut le marier. — Ah ! le marier !... Il ne voudrait pas... ou s'il acceptait, comme on se jette à l'eau, sa femme serait à plaindre. Oh ! non ! — Duc, dit Mme de Portal, qui avait entendu les derniers mots, vous savez bien que les femmes sont rarement heureuses en ménage. Elles s'en consolent. — Ce n'est pas de cela qu'il s'agit, continua le vieux gentilhomme. Horace refuserait. Il est fait pour être l'amant de Rosalba ; il ne sera jamais autre chose. C'est sa destinée. »

Et Puysan, d'un geste convaincu, assura son monocle sous son sourcil blanc.

Eugénie rêvait ; lentement, elle parla.

« Si on lui trouvait... une jeune fille... qui ressemble à sa Rosalba... avec, en plus, la vraie jeunesse... une beauté intacte, une belle âme, un cœur tout neuf... une grande fortune, un nom illustre ? — Cela, dit Puysan, c'est de la féerie, madame ; cette perle n'existe pas. — Si, elle existe, répondit Eugénie ; et voici déjà quelque temps que j'y pense. Mais j'hésite... car je serais doublement désolée si la pauvre petite souffrait un jour par ma faute. — Enfin ! — Laissez faire... Je vais voir. »

« Rosalba... ! » Quand les vieux d'à présent évoquent son souvenir, leurs faces resplendissent au reflet de l'enthousiasme ancien. Tous disent :

« Elle fut incomparable. Ce n'était pas une ballerine adroite comme vous en voyez aujourd'hui, mais une comédienne, une tragédienne hors de pair, une mime sans seconde, une artiste géniale du bout de ses pieds d'enfant jusqu'à la pointe de ses cheveux sombres... C'était la passion incarnée ; ses yeux étaient deux astres, elle éblouissait ; et son corps atteignait la perfection plastique. On n'en fait plus comme cela. Elle fut reine de la beauté dans un temps où fleurissaient partout, du haut en bas, des filles merveilleuses ; où l'on voyait passer, tous les jours, aux Champs-Elysées, aux bois, aux lacs, Aimée Desclée, Céline Montaland, Blanche Pierson, Léonide Leblanc, Hortense Schneider, Blanche d'Antigny, les deux Brohan, Léontine Massin, Rose Deschamps, Berthe Legrand, Judith Ferreira, Hortense Neveu, Elmire Paurelle, Suzanne Lagier, Esther Guimont, Anna Deslions, Cora Pearl, Lise Toutain, Adèle Courtois, Caroline Letessier, Caroline Hassé, Céleste Mogador, Rigolboche, Emilie Williams, Marguerite Bellangé... Que sais-je ? et tant d'autres, du théâtre ou de la galanterie... Toutes celles-là, renommées cependant, et fameuses, elle les éclipsait, les rejetait à la nuit... Vous êtes bien à plaindre de n'avoir pas connu Rosalba... ! »

Ainsi parlent les vieux ; et comme tous disent la même chose, peut-être est-ce la vérité.

Son vrai nom était Rosa Bardi ; elle était née à Naples et, avant de venir en France, avait enchanté l'Italie.

A Paris, dès son apparition sur la scène, elle triompha, fut sacrée reine des planches par l'ovation populaire et la voix des journaux.

Partout on parlait d'elle. Et, naturellement, jeunes ou vieux, tous les cœurs s'offrirent, et des fortunes aussi.

Rosalba et Horace de Puysan.

Fille du bas peuple, amoureuse des titres, des noms illustres, elle écarta d'un premier geste les grands banquiers mal nés pour la plupart ; puis, artiste éprise de l'idéal humain, elle décourageait les soupirants décrépits par l'âge ou avant l'âge, les ventrus, les rachitiques, les cagneux et les chauves, toutes les laideurs, toutes les défaillances. Pour qu'un amant lui plût, il fallait qu'il fût jeune, beau, robuste, de grande race, et riche aussi sans doute, afin qu'il ne fût jamais parlé d'argent...

Au milieu du délire des hommes, elle resta sage trois mois. C'était beaucoup pour elle.

Un soir, le hasard où le diable lui fit rencontrer Horace de Puysan. A cette époque, il ressemblait encore à une fille par le visage, l'allure et la timidité. Ses amis disaient de lui : « Il est tout neuf. »

Ce qui n'était qu'exact. Élevé à l'écart par une mère très dévote, la duchesse Adélaïde, dans l'horreur du péché, — de cet affreux péché dont l'horrifique exemple était offert tout chaud à sa pudique enfance par le duc, son père, cet éternel coureur toujours en folies, en bordées, en scandales, — il atteignait et dépassait vingt ans en conservant, aux tréfonds de son âme confuse, la terreur des femmes, surtout des jolies, qu'il considérait comme sorcières et magiciennes, suppôts d'enfer, lâchées sur terre pour torturer et damner à jamais leurs victimes, les hommes?

Ce fut ce nigaud-là que Rosalba distingua parmi tous. Il lui plut au premier coup d'œil ; car, malgré ses pudeurs et ses hontes, il était vigoureux comme un gladiateur ; svelte et fort, ayant combattu les tentations charnelles par la violence des exercices physiques ; beau comme un Bacchus indien ; et puis il s'appelait le marquis de Puysan.

En trois œillades, elle en fit son esclave ; le délivra de ses terreurs, préjugés et scrupules, en soufflant dessus ; et, par ses soins, sous huit jours, le métamorphosait en fougueux adorateur des voluptés païennes.

Elle disait volontiers qu'il avait des dispositions.

La duchesse Adélaïde en pleura dans sa solitude. Une bonne âme la plaignait : « Pauvre amie, *votre fille* a mal tourné... »

Le duc, au début, se frottait les mains et riait dans sa moustache ; il reconnaissait son sang. Ce n'était pas trop tôt, il commençait à avoir des doutes.

Mais, peu à peu, il s'alarmait à son tour. Le *petit*, aussitôt qu'il avait su marcher, s'était mis à courir, et il courait trop vite...

Bien que Rosalba fût désintéressée à sa manière, elle coûtait cher ; mais, aux yeux de l'élu de son cœur, rien ne pouvait payer les joies de sa possession ; rien n'était assez beau, assez fastueux pour elle.

Horace, qui ignorait tout de la vie en dehors de l'amour nouvellement appris, maniait les billets de mille avec désinvolture.

Qu'était-ce que ces chiffons devant la splendeur de l'Idole?

Parfois il s'étonnait que ces bouts de papiers teintés fussent une des conditions du bonheur.

Il possédait une fortune particulière assez considérable ; en six mois elle fut dissipée. Le jeune marquis trouva cela tout naturel ; rien ne dure ici-bas, surtout l'argent.

A mesure qu'il s'affranchissait des préjugés de sa prime jeunesse, il se rapprochait tous les jours un peu plus de ce père qu'il considérait jadis comme un cousin de Satan. Ainsi quand vint l'heure douloureuse, il n'hésita pas à se confier à lui.

Le duc, pour la forme, fit une légère grimace ; puis il sourit franchement. Le Diable était bon diable.

« Ecoute, dit-il à son fils, je serais mal venu à te faire de la morale ; car n'ont le droit de prêcher que ceux qui joignent l'exemple à la parole. Ce n'est pas précisément mon cas ; j'ai couru tous les steeples du monde et, si je me suis arrêté, ce n'est pas par remords, crois-le bien, mais simplement par essoufflement ; parce qu'aux chevaux du meilleur sang, le jour arrive où les jambes se refusent. Et c'est de force qu'ils se résignent à marcher au pas jusqu'à ce qu'ils ne bougent plus du tout. Je comprends donc très bien qu'à ton âge tu fonces au galop en sautant les obstacles ; mais, vois-tu, au train que j'ai couru, j'ai fait des brèches au passage. Pour parler sans plus de métaphore, je me suis coûté cher jusqu'à ces dernières années ; très cher, si cher que ma fortune s'est trouvée compromise. Depuis quelque temps, je m'appliquais à la reconstituer, et cela sans un bien grand mérite, puisque je ne suis plus capable que de raison. Triste ! Enfin !... Or, voici que les dents t'ont poussé, que tu les montres ; elles sont belles, elles sont fortes, comme les miennes, jadis. C'est un peu tôt, à mon gré, mais ce n'est pas de ta faute. Nous allons tâcher d'arranger tes affaires ; pourtant, je ne puis pas te promettre de subvenir à tous les caprices de ta belle amie, car ils me semblent inépuisables. Tu as dépensé, en six mois, tout ton avoir personnel ; net : trois cent mille francs ; soit cinquante mille francs par mois. Je n'aime pas les chiffres, mais ils ont leur éloquence. Tu ne prétends pas que je te fournisse des subsides semblables ; car à ce jeu, dans dix ans, il n'y aurait plus un sou dans la famille, et tu serais le premier plus tard à regretter le passé. Donc, pour conclure, je te servirai quatre mille francs par mois... Avec cela, vous vous arrangerez pour vivre honorablement. C'est encore possible. Et puis, tant pis, quand on est en ménage, on popote, comme on peut. Ça va? — Merci, mon père, répondit Horace avec une sérénité qui étonna le duc ; en effet, c'est raisonnable. Rosalba n'est pas si folle qu'on croit, et elle comprend que nous avons été un peu vite. Donc, encore une fois merci. D'ailleurs, je n'avais pas douté de vous. »

Horace souriait à son tour, tout droit devant son père, la tête haute, le regard assuré.

La moustache lui poussait ; au contact de la femme il avait pris une aisance nouvelle d'allure et de maintien ; le sentiment d'avoir un être à protéger en ce monde donne de ces fiertés.

Les fatigues heureuses le pâlissaient un peu, affinaient tout son être trop matériel autrefois. Il était charmant, élégant, grand seigneur ; et c'était naturel que Rosalba l'aimât.

Ainsi songeait le vieux Puysan, à contempler ce fils naguère hostile qu'il avait reconquis. Et quand le jeune homme s'éloigna, le père, attendri, murmurait :

« On me disait jadis que j'étais le plus beau garçon de mon temps ; mais je ne sais vraiment pas si ce sacré gamin n'est pas encore mieux que je ne fus jamais. Il est étourdissant de grâce... et de candeur aussi. Il se figure qu'il va vivre avec Rosalba pour quarante-huit mille francs à l'année. Il le croit vraiment ! Il est exquis ! Allons, s'il ne me coûte pas plus du double, tout ira bien encore... Mais, sacrebleu ! je ne me figurais pas en prenant ma retraite que je serais si vite et si bien remplacé près du corps de ballet et dans le cœur des dames. »

Il rêvait une minute avec une expression de mélancolie très douce, d'expérience amusée. Enfin, il prononçait encore : « Décidément, ce sont les marquis que l'on aime ; les ducs ne comptent plus. Liberté, vive les marquis, à bas les ducs ! »

Telle fut la conclusion de ce vieillard philosophe qui se souvenait d'avoir été jeune.

Or, pour sa grande surprise, pendant des mois et des mois, Horace parut se contenter de la pension qu'il lui servait. Jamais plus le jeune homme ne lui parlait d'argent ; et il songeait à l'examen au visage content, calme, qui paraissait refléter une âme limpide, exempte de tout souci comme de toute inquiétude.

La passion de Rosalba se continuait toujours aussi loin ; elle s'obstinait à refuser les offres les plus splendides des Crésus brésiliens légendaires en ce temps-là, des banquiers puis, des ducs et des lords, des grands seigneurs parisiens ou de princes orientaux.

À ses pieds les arbitres de l'élégance : Demidoff, Narischkine, les deux Hamilton, le prince d'Orange, dit *Citron*, Khalil Bey, ce nabab, Mustapha, ce pacha, Baru, Montbryon, La Tour Pavay, Bois d'Ornois, Trévières, Bischoffsheim, Du bon Hébert, le vicomte de l'Union, les jeunes du Jockey, perdaient leurs soins et leurs peines.

La danseuse italienne entendait rester fidèle à son marquis français ; et cela prenait dans le monde des théâtres les proportions d'un scandale.

« Je savais bien, disait le beau Trévières, qu'il faudrait attendre, mais je ne croyais pas que ce fût si longtemps. »

Et la vie des deux amants n'était changée en rien. Toujours le même luxe, le même tapage, la même exubérante gaîté dans l'étalage de leur réciproque enrouement.

On les voyait partout où l'on s'amuse, dans tous les endroits de fête, les rendez-vous de plaisir ; et l'on continuait à filer royalement des mains ouvertes du jeune marquis prodigue.

Les soirs où Rosalba était *de théâtre*, il arrivait au Jockey, jouait, gagnait, perdant sans paraître beaucoup s'en émouvoir. Tout cela avec quatre mille francs par mois, — c'était miraculeux.

Ainsi jugea le duc. Alors, il fit une discrète enquête et découvrit sans trop de peine l'explication du mystère. En bon Puysan, Horace s'endettait sans compter.

Il avait, comme on dit, de magnifiques espérances ; du côté de sa mère, un oncle vieux garçon, fort riche et mal portant, tourmenté par la goutte, menacé par l'apoplexie ; du côté de son père, une tante, âgée aussi, veuve et sans enfants. Avec la fortune subsistante de sa propre maison, cela constituait dans l'avenir un chiffre de millions respectable.

Les usuriers le sollicitèrent ; un certain Grivelin, providence des fils de famille dans l'embarras, prêt attitré de la noblesse, lui consentit ce crédit et, contre une signature, allongea le billet.

Horace, les yeux fermés, reconnut, accepta, endossa tous les papiers du monde.

L'avenir ? à vingt-trois ans on y pense fort peu ; le présent, voilà ce qui importe ; et surtout le lumineux sourire d'une Rosalba ravie en essayant un collier nouveau. Rosalba souriait, Rosalba était contente : tout allait bien.

Mais le duc, renseigné, s'assombrit tout à fait. Il avait beau se dire : « J'en ai fait autant », le raisonnement ne le déridait pas.

Il dut reconnaître qu'à se déplacer les folies changent d'optique, et que ce qu'il considérait jadis comme bagatelle quand s'agissait de lui-même lui apparaissait, aujourd'hui qu'il s'agissait de son fils, comme grave aventure menant aux catastrophes.

Ce qui le vexait le plus en raisonnant ainsi, c'était, il le sentait bien, qu'il raisonnait en vieux ; mais il avait beau faire, ses arguments restaient les mêmes ; et il se désolait d'avoir tant de sagesse.

Ce fut à cette époque qu'il répondit aux premières questions de l'impératrice en qualifiant tout net son héritier de sabreur et de... Mais, devant le coupable lui-même, déguisant son ... sévère, évitait des explications qui eussent pu tourner au drame, car le sang des Puysan bouillonnait pour un mot, et Horace tenait trop de famille pour n'en pas ressentir à l'occasion les colères si promptes.

Et puis, toujours ... du passé, l'ancien coureur d'abîmes, l'ancien joueur insouciant, se déplaisait d'avance au rôle de moraliste.

Enfin, malgré les ennuis du moment, il restait fier d'un tel fils, préférait certainement ce jeune homme intrépide au plaisir à l'enfant timide et nerveux, effrayé de son ombre, à l'Horace d'avant Rosalba.

Alors, tout en grognant, il laissait faire. Et d'ailleurs la répression eût été difficile. Un conseil judiciaire ? eh bien oui ! cela n'eût servi qu'à rendre les emprunts encore plus usuraires, et ce fût Grivelin seul qui en eût profité.

Et le marquis continuait sa chanson.

Étrange la Rosalba. Il y avait de tout dans cette Napolitaine, issue de la roulure du port et des bouges tyrrhéniens.

Son père ? inconnu, un passant, un bandit peut-être... sa mère, très belle jadis, danseuse elle aussi ; mais dans les carrefours, sur un tapis usé, pour quelques sous jetés.

Alors, quelle âme chez l'enfant ?

Une bien petite âme, jalouse, légère, et pourtant compliquée ; candide dans le mal, inconsciente de toute morale, de toute pudeur ; ardente, dévouée jusqu'à la mort, dans l'amour tant que durait l'amour, oublieuse après ; toujours tentée par ce qui brille ; éprise de liberté, mais révoltée de nature, capable d'un crime dans un coup de passion ; superstitieuse aussi comme toute l'Italie ; irresponsable la plupart du temps.

Seule avec Horace, dans les heures chaudes, elle lui prenait le visage entre ses petites mains, puis, du bout de son doigt mince, traçait au hasard, des signes de croix multipliés, sur le front, les paupières, les lèvres ; en même temps, les yeux un peu fous, la face convulsive, elle balbutiait, jalouse, avec son âpre accent de méridionale :

« Tu es à moi, rien qu'à moi, tout à moi ! Tu serais toujours à moi, au nom du Père, du Fils et du Saint-Esprit ! Tes yeux sont à moi, ta bouche est à moi. Amen ! — Souviens-toi !... N'oublie pas ce que je dis, c'est grave : si je meurs avant toi, je te reviendrai morte... Je te garderai, j'éloignerai de toi les autres femmes, je défendrai mon souvenir... je te hanterai !... »

Horace lui fermait la bouche, charmé des premières paroles, épouvanté par les dernières. « Est-ce qu'on meurt à ton âge ? est-ce qu'on pense à cela ? » Elle secouait, mélancolique, sa brune tête échevelée. « Dieu le sait ! Et puis j'ai vingt-six ans ! je suis vieille. »

Il se moquait d'elle ; mais elle en revenait souvent à ses déclarations tragiques, possédée malgré tout par cette idée de mort comme un pressentiment.

Elle y échappait par de brusques transports de vitalité, des fougues sauvages, des expansions de joie.

Et ces jours-là, grisée d'elle-même, elle se lançait à cœur perdu dans la fête, y entraînait Horace, s'étourdissait avec lui de vin, de musique, de lumière ; riait, battait des mains, embrassait son amant et bénissait la vie.

Oui, étrange fille, dangereuse à coup sûr, surtout pour une nature vierge et neuve comme celle du marquis de Puysan. Il était bien pris.

Et, cependant, plus que toute autre, cette fauve créature représentait un de ces êtres de perdition, une de ces émanations de Satan, qu'il redoutait jadis.

Mais il était bien loin, à présent, de ses vieilles terreurs et de ses jeunes scrupules.

Les mois passèrent, un an, puis deux.

Vers cette époque le crédit faiblit ; les sommes avancées, remboursables dans un avenir incertain, avec les intérêts passés et futurs, multipliés jusqu'à l'inconnu, formaient un capital déjà considérable. Les prêteurs jugèrent prudent de s'en tenir là ; à continuer, il y avait risque. Un beau matin, Horace déconcerté, s'aperçut que sa signature n'avait plus cours. Grivelin lui faisait faire antichambre et ne s'empressait plus. Trop fier pour insister, il se retira en haussant les épaules. De sa déconvenue, il n'avouait rien à Rosalba, emprunta de droite et de gauche aux amis fortunés, aux parents compatissants ; pourtant comme il savait trop bien qu'il ne pouvait pas rendre, ces opérations lui causaient une petite honte, mêlée d'un gros ennui. Une veine au jeu le soutint encore à flots quelques semaines : mais, enfin, il dut se rendre à l'évidence. Il prit son courage à deux mains et avertit sa maîtresse qu'ils étaient ruinés, à la côte, il allait dire à la mendicité, n'ayant plus que quatre mille francs à dépenser par mois.

Rosalba ne s'émut pas outre mesure ; elle réfléchit et murmura : « Avec ce que je gagne, on pourra vivre encore, mais chichement, c'est ennuyeux. »

Il l'interrompit et répliquait dans une gêne : « C'est que, vois-tu, ce que tu gagnes, c'est à toi... je ne puis accepter que ces ressources entrent d'aucune manière dans l'entretien de la maison. »

Elle le regarda, ouvrant des yeux énormes : « Tu ne peux accepter ?... Ce que je gagne est à moi ? Dis donc ? en voilà des phrases !... Crois-tu que je vais manger des lentilles quand je peux me payer des truffes pour satisfaire ta dignité ? Tout ça, c'est des bêtises ! Nous aimons-nous ? oui ! Eh bien, alors, pourquoi compter ? J'ai pris ton argent tant que tu en avais ; il est tout naturel qu'à présent ce soit le mien qui marche. — Mais non, mais non, prononça le jeune homme, c'est justement cela qui est inadmissible. — Comprends pas ! C'est pourtant la seule façon de continuer notre vie commune. N'insiste pas... si tu refuses, tu me fais de la peine... et puis c'est bête, là, entre nous ! — Rosa, dit Horace, il serait donc bien difficile de vivre simplement ? — Qu'est-ce que tu appelles vivre simplement ? — Supprimer deux voitures sur trois, trois chevaux sur quatre, oublier Voisin, Bignon, le Café Anglais, la maison Dorée, Madrid, Armenonville, et dîner chez nous. Tu aurais moins de diamants et je ne jouerais plus... mais on pourrait être heureux tout de même. — Propose-moi donc d'aller habiter Batignolles pendant que tu y es ! le dimanche nous irons nous promener aux Buttes-Chaumont et nous jouerons au tonneau. Le reste de la semaine nous nous bâillerons au nez. Crois-moi, mon petit, les tête-à-tête prolongés, continuels, sont dangereux même au plus grand amour. Si on veut que cela dure, il faut mettre du monde entre soi. Le jour où tu ne verrais plus les hommes me reluquer et se retourner sur mon passage, tu m'aimerais moins ; le jour où je ne verrais plus les femmes te faire de l'œil à la rencontre, je ne t'aimerais plus. On a beau dire, c'est comme cela. Il y a des gens de luxe, nous en sommes ; change-les de milieu, ils n'existent plus. Tu n'es pas habitué à la médiocrité ; moi non plus ; je connais la vraie misère, c'est autre chose, on rage, au moins, on crie... mais la platitude des bourgeois !... Un Puysan sans le sou ! je ne vois pas cela... Au bout de quinze jours tu m'en voudrais de te condamner à ce supplice, et je te pardonnerais mal de m'y contraindre. Je t'étonne, hein ? Tu ne me croyais pas capable de si beaux raisonnements. Tu ne me connais pas encore, je suis capable de tout ! — Excepté de vivre un peu moins follement pour rester avec moi. »

Elle marcha vers lui, le prit des deux mains aux épaules et, la tête levée, le fixant dans les yeux, elle chanta : « Pour rester avec toi ? Essaye donc de me quitter seulement deux jours ? Oui, essaye donc ! Tu ne pourrais pas !... tu reviendrais bien vite... ou j'irais te chercher. Tu sais, il y a un sort sur nous. Nous avons dû nous connaître dans les temps, dans un autre monde... nous nous retrouvons... Nous sommes voués l'un à l'autre. Oui, il y a un sort... je mourrai de ta mort ou tu mourras de la mienne. »

Il fléchissait, car les paroles douloureuses le troublaient aussitôt. Il murmura :

« C'est bien, je tâcherai de trouver encore de l'argent. — Je te le défends !... Enfin, puisque tu y 'tiens tant, pour te prouver la force de mon affection, je veux bien essayer... Essai loyal, deux mois. Pendant ces deux mois, nous nous contenterons de la pension que te fait ton père... à propos, tâche qu'il l'augmente, s'il y a moyen... Mais, je t'en préviens, dans deux mois, si l'épreuve a tourné contre toi et m'a donné raison, j'exigerai que mes ressources, comme tu dis, contribuent à notre train de vie. Tu m'entends ? — Soit ! fit Horace. Nous verrons dans deux mois, c'est toujours cela de gagné. Pour l'instant, commençons les réformes, réformons ! — Réformons, répéta la danseuse en écho, mais d'une voix plus molle et sans conviction. »

Une existence nouvelle commença. Ils disparurent de la scène du monde insolent de la fête. Les adorateurs obstinés de Rosalba en furent réduits à ne la plus contempler qu'une ou deux fois par semaine, les soirs d'opéra, quand, redevenue artiste réfléchie, sans souci de personne, elle se donnait à tous, éprise uniquement de la foule anonyme qui la payait en ovations. Mais, ces soirs là, elle était si peu femme, même dans les coulisses, même dans sa loge, qu'elle achevait de décourager les dernières espérances. Puis, la plupart du temps, le marquis de Puysan assistait, côté cour ou côté jardin, à la représentation, ne quittant pas sa maîtresse, qui le réclamait jalousement s'il s'écartait de trois pas vers le corps de ballet.

Alors, en haussant les épaules, les suprêmes entêtés s'éloignèrent. Rosalba constatait, un beau soir, la solitude qui se faisait autour d'elle.

« Bon voyage ! chanta-t-elle en songeant à ses amoureux déconfits ; elle riait, mais pourtant un peu de tristesse lui serra le cœur. »

Enfin le grand public lui restait fidèle et Horace aussi. Il attendait dans sa loge qu'elle fût habillée, l'emmitouflait lui-même dans ses fourrures sans prix, la suivait pas à pas à travers les corridors, le long des escaliers. Elle s'engouffrait dans sa voiture, il s'y jetait derrière elle.

« Allez, cocher, rue Saint-Georges, à la maison ! » Jadis, il disait... « chez Bignon ! » ou « au café Anglais ! » les temps étaient changés. Ils en soupiraient l'un et l'autre, rencoignés dans le capitonnage du coupé qui les emportait, avec cette vague impression d'être déguisés. Il était si peu Puysan, elle si peu Rosalba.

Ils rentraient, soupaient chez eux, comme les bourgeois dînent, en tête à tête ; et il fallait se raisonner pour n'être pas maussade. Mais, le plus souvent, l'atmosphère leur semblait lourde, et lugubre le silence qui les enveloppait. Au bout de trois semaines, ils étaient convaincus que cette vie-là ne pouvait durer. Pourtant, Horace n'avouait pas ; et Rosalba, puisqu'elle avait accordé deux mois, attendait l'échéance ;

elle comptait les jours sur ses doigts avec une grimace de découragement.

C'est certainement à cette époque que s'ouvrit la première fissure dans le temple païen élevé à leur amour. Elle devait entraîner la ruine de l'édifice.

Ils furent contraints de reconnaître qu'un marquis ne peut aimer vraiment une danseuse que dans le faux éclat d'une existence artificielle ; et qu'une danseuse, pour aimer un marquis, ne doit pas le voir chaque jour en robe de

Horace réfléchit à des choses mélancoliques.

chambre, les pieds dans ses pantoufles, comme un mari berné, type de vaudeville.

Enfin, l'ennui, l'ennui pesant, quotidien, ponctuel, revenant aux mêmes heures, l'ennui, grand tueur d'affections sincères, leur tomba sur la tête et ne les lâcha plus.

Un soir, en revenant du théâtre, Rosalba refusa de souper. Elle n'avait pas faim chez elle. Nerveuse, les larmes aux yeux, elle alla se coucher sans s'occuper de son amant. Celui-ci songea que tout cela ressemblait furieusement aux tracas d'un ménage et que c'était au moins profondément déplacé. Il bâilla tout seul devant la table servie ; puis, la tête dans les mains, réfléchit longuement à des choses mélancoliques. Il se demandait ce que répondrait dans l'occasion son père consulté ? Et il entendait la voix nette et cassante du vieux duc lui crier dans l'oreille :

« Comment, imbécile ! avec ta figure, avec ton nom ? tu devrais avoir dix maîtresses au lieu d'une ; c'est moins cher, et autrement amusant ; mais non, tu te ruines pour jouer un rôle de ganache ! Pousse-toi de l'air... Rosalba ? que veux-tu, il faudra bien la quitter un jour ou l'autre, n'est-ce pas ? Eh bien, alors, avance l'aiguille de ta montre et prends ton chapeau ; autrement tu barbotes et tu te noies. Voilà, mon garçon ! »

Sous ces pensées, le jeune homme se leva, s'étira dans un geste de grande lassitude et pour la première fois de sa vie, envisagea comme admissible l'hypothèse de vivre sans Rosalba. Et cependant, jusqu'à la fin du deuxième mois, celle-ci continuait la même existence, boudeuse, mais résignée. Par exemple, le soixantième jour, en se levant, devant son amant stupéfait, elle se mit à danser, comme elle savait danser, la plus folle des gigues qu'elle baptisait « le pas de la délivrance » ; et la passion qu'elle y mettait en racontait long sur la contrainte qu'elle s'était imposée.

Ce jour-là encore, Horace de Puysan restait longtemps songeur. Il fut tiré de ses réflexions par la voix de sa maîtresse. « Où dine-t-on ce soir ? Café Anglais, Maison Dorée ? »

Alors, il se leva de son fauteuil en s'appuyant aux bras, d'un mouvement fatigué de vieillard arthritique, et, debout devant la ballerine toute rose et dont les yeux brillaient à la question. « Dîne où tu voudras, répliqua-t-il simplement. »

Elle pâlit tout de suite, de colère sans doute.

« Et toi ? — Oh ! moi, ne t'en préoccupe pas... je dinerai rue de Lille, chez mon père. — Ah ! »

Elle tourna nerveusement par la chambre, fracassant des objets, puis revint se planter devant lui. « Voyons, dit-elle, assez de blagues ! Tu ne veux pourtant pas que nous vivions à perpétuité comme des sardines ? J'ai promis deux mois ; j'ai tenu... ça été dur. Au lieu de m'en savoir gré, tu prends des airs tragiques... que comptes-tu faire alors ? »

Il ouvrit les bras, dans un grand geste d'indécision douloureuse. « Je ne sais plus. »

Elle trépigna : « Tu veux me quitter ?... dis-le tout de suite. — Dame !... » A cette menace, elle éclatait en sanglots. « Ça, jamais, tu le sais bien... c'est impossible ! — Puisque mes ressources ne te suffisent pas... — Elles sont jolies, tes ressources !... ça ne fait pas mille francs par semaine... — Tu vois bien ! — Mais je gagne deux fois plus !... — Tant mieux pour toi... ça ne me regarde pas. » Elle le considéra une seconde, les yeux mi-clos. « Ah ! oui... *monsieur le marquis*... Puysan ne saurait... achève... — Tu l'as dit ; et au fond tu sais bien que j'ai raison. — Peut-être. »

Elle réfléchit et prononça lentement : « Crois-tu que ton père, à ton âge, dans les mêmes circonstances, eût fait tant de façons ? Des vieux m'ont conté des histoires... — Tais-toi ! cria le jeune homme en rougissant violemment. Je te défends de parler de ma famille ! » Elle haussa les épaules et murmura : « Nul n'est parfait. Mais, jadis, les gentilshommes trouvaient tout naturel que leurs maîtresses se ruinassent un peu pour eux. Ce n'était à leurs yeux qu'une preuve d'amour. » Horace sourit.

« Les temps ont changé. Tu ne peux pas comprendre. Je ne t'en veux pas... — Concluons — C'est tout conclu ; la vie comme en ces deux derniers mois, sans luxe, sans plaisir... ou bien la séparation. Et tu sais bien que j'en souffrirais plus que toi. — Plus, non ; autant, je le crois... Soit, je me résigne. Tu es mon bourreau !... »

Il sourit, l'attira vers lui et l'embrassa longuement, fier et content aussi qu'elle eût cédé. Mais, peu de temps après, il comprit son erreur et qu'il aurait tort de compter sur un bonheur durable.

Rosalba changeait insensiblement de ton et de manière. Elle rappela peu à peu ses anciens adorateurs ; on vit de nouveau sa loge envahie par les princes et les ducs, français ou étrangers ; par les Brésiliens ruisselants de pierreries ; les nababs indolents ; les juifs cent fois millionnaires reparurent à leur tour. Horace s'étonnait devant ce reflux cosmopolite, ce nouvel envahissement d'un terrain qui lui appartenait. Puis il surprit des mots, des phrases, des signes et des clins d'œil. Tous ces gens-là aspiraient sans ménagement à le remplacer auprès de la danseuse ; ils avaient des raisons sans doute d'espérer à bref délai ; sa succession semblait ouverte. Puis encore, un soir, Narischkine introduisait et présentait le prince Paul Michel Orlowski. Ce soir-là, après le théâtre, Rosalba resta rêveuse ; et son amant comprit que le danger se précisait.

Orlowski était un tout jeune homme, riche fabuleusement. Il possédait une province sur la mer Noire, cent villages, dix châteaux, et des fermes dont il ignorait le nombre. Dans ses terres, il y avait des mines où les serfs travaillaient sous le fouet. En plus, il était beau comme le sont les Slaves. Très grand, la moustache longue, les yeux pâles, énigmatiques, les lèvres trop rouges, presque sanglantes. En France, il semblait doux, souriait toujours, s'inclinait profondément devant les femmes, même les humbles, dépensait sans compter, donnait à qui voulait prendre, oubliait aussitôt ce qu'il avait donné. Mais, pour un mot, une ombre, il blêmissait soudain, mordait ses lèvres rouges ; et dans la contraction passagère de ses traits purs une brutalité ancestrale grimaçait subitement.

« Grattez le Russe, vous trouverez le Cosaque, disait Citron, qui ne craignait pas les lieux communs. — Il sonne faux ! appréciait Douglas Hamilton. »

Malgré tout, Narischkine et Demidoff le parrainaient, le faisaient recevoir au Jockey, ce qui était assez difficile, puis à la Cour, ce qui l'était beaucoup moins. Sa grande allure, son titre, sa fortune lui ouvraient toutes les portes. Il considérait ces complaisances comme des hommages dus. Il n'admettait pas qu'un de ces caprices ne fût satisfait, puisqu'il pouvait payer tout ce qui s'achète dans un monde où tout est à vendre.

Rosalba, fille du Soleil, plut du premier regard à ce seigneur des neiges. Mais lorsqu'il apprit qu'elle était imprenable, incorruptible, qu'elle adorait son marquis et ne voyait plus rien en dehors de son amour, il grimaça son mauvais sourire et décida qu'il achèterait cette femme à n'importe quel prix. Aussitôt, il commençait ses travaux d'approche ; profitant de ce qu'il était présenté pour venir s'asseoir un quart d'heure dans sa loge, chaque soir de spectacle. Et pendant que les autres, tous taillés sur un même patron de galanterie banale, se répandaient en éloges, louanges et compliments qui faisaient hausser les épaules à la ballerine, il restait, lui, dans un coin d'ombre, silencieux, comme un homme pénétré du sérieux de l'amour.

Un autre personnage demeurait aussi muet que lui ; et c'était le marquis de Puysan en personne. Il sentait l'ennemi dans ce prince taciturne. Les autres, les mondains, les grands noceurs, avec leur blague boulevardière, leurs coups d'encensoir en plein visage ou leurs bouffonneries grasses, ne l'inquiétaient guère. Il les connaissait et savait bien que Rosalba les connaissait aussi. La preuve, c'est qu'à les entendre dans leur répertoire trop connu, elle s'impatientait de cette monotonie et coupait les bavardages grivois par une phrase habituelle : « Changez d'air, Messieurs les Musiciens ! »

Tous ceux-là n'étaient pas à craindre, parce qu'ils n'apportaient aucune surprise, aucune nouveauté. Il n'en allait pas de même avec le prince Paul Orlowski. Ce Slave hautain, lointain, incertain, excitait dès l'abord une curiosité. Quand elle parlait de lui, ce qui arrivait quelquefois à présent, Rosalba disait : « Je voudrais savoir ce qu'il y a dans cette caboche-là ? — Rien de joli, assurément ! répliquait Horace avec mauvaise humeur. — N'importe, concluait la danseuse, il n'est pas ordinaire ! »

Et voilà ; n'être pas ordinaire, pour un homme c'est déjà un grand point lorsqu'il rêve de se pousser auprès des femmes. Orlowski continuait à n'être pas ordinaire — et à intéresser. Horace s'en préoccupait de plus en plus. Quand leurs yeux se rencontraient, il y avait, entre ces deux rivaux inavoués, un échange immédiat de regards sans bonté. Les prunelles pâles du Russe devenaient violettes et celles du Français flambaient d'un feu noir. Mais comme ils étaient l'un et l'autre bien nés, de race et de noblesse, ils baissaient les paupières, évitaient de se trouver face à face, remettant à plus tard le choc inévitable. A la barrière, avec plus de franchise, ils se fussent déjà jetés l'un sur l'autre, un couteau dans la main.

Un matin, dans le coffre à bijoux de son amie, Horace aperçut quelques écrins qui lui semblaient nouveaux. Il les ouvrit. C'était des pierres royales, des parures d'un incomparable éclat. Impassible, Rosalba le regardait faire. « Eh bien ? lui dit-elle, tu ne les reconnais pas ?... Ce sont les diamants du duc d'A... »

Elle citait un des plus grands noms d'Italie. Le marquis reposa les écrins et n'insista plus. Il connaissait mal ces souvenirs rapportés par sa maîtresse de ses anciens bijoux à Milan ou à Vienne. Cela faisait partie du passé, d'un passé auquel il n'aimait pas à songer, par peur de jalousies rétrospectives. Il n'avait jamais examiné minutieusement ces cadeaux d'autrefois, en ignorait le nombre et la valeur ; d'ailleurs, en grand seigneur qu'il était, il s'avouait incapable de distinguer un diamant parangon d'un caillou du Rhin et le régent lui-même d'un bouchon de carafe. Il ne pouvait donc, malgré ses soupçons, parvenir à faire la preuve que le trésor de la danseuse se fût subitement enrichi. De crainte d'être injuste, il se tut. Mais le doute persistait. Il en souffrit ; et depuis lors s'ingéniait à trouver le prétexte d'une explication. Or, le drame survint avant ce prétexte.

C'était l'été, la fin de la saison théâtrale ; déjà Paris se vidait tous les jours, abandonné pour les plages, les châteaux, les villes d'eaux, les montagnes. La fête se déplaçait. Le marquis s'absenta trois jours ; et ces trois jours, il les passait au château de Puysan, dans sa famille, en Normandie. Quand il revint, il trouva la maison de Rosalba, rue Saint-Georges, fermée du haut en bas, portes et fenêtres.

Lassée sans doute de ce qu'elle appelait « La misère », l'Italienne avait déserté. Où était-elle ? Énigme. Aucun renseignement. Qui interroger ? personne ; au théâtre, ceux qui restaient ne savaient rien. Dans le voisinage ? indifférence profonde. Pourtant, un boutiquier voulut bien se rappeler qu'un matin un omnibus de la gare de l'Est avait stationné devant la porte du petit hôtel, puis était reparti, chargé des malles. On eût dit un déménagement. Derrière l'omnibus, la danseuse suivait dans son coupé, seule avec une femme de chambre. Mais, au club, Horace apprit le départ soudain du prince Orlowski. Ce départ le prince l'avait annoncé au dernier moment ; il partait pour six mois, un an, peut-être plus, dans ses terres, où l'appelaient des intérêts...

Les deux disparitions coïncidaient étroitement. Comment douter encore ? Ce fut alors que le jeune homme subit cette crise de désespoir dont le duc s'effrayait malgré son peu de foi dans la constance humaine. Il revint, morne et pâle, au vieux château normand, s'enferma dans son appartement et défendit sa porte. Devant son père seul, qui devait pour cela user d'autorité, elle s'entr'ouvrait encore. Mais, quoi qu'il en fût, elle ne parvenait point à ranimer le goût de la vie dans cet enfant bouleversé par la plus banale des déceptions. Il contemplait avec stupeur, avec douleur, avec colère aussi, ce grand garçon effondré sur une chaise longue où il restait étendu pendant des heures, les yeux au plafond, les bras sous la tête, sans faire un mouvement, sans dire une parole.

Le vieux Puysan enrageait tout son saoul, vexé aussi dans sa qualité d'homme. Tout cela pour une gueuse qui dansait en maillot, le soir, devant la foule. Son fils, son fils à lui, un Puysan, en tomber là pour une femme, et celle-là ! C'eût été absurde pour toute autre, fût-ce la reine de Saba, mais cette saltimbanque... « Ah ! non ! non ! Ça n'était pas qualifiable !... »

De ce qu'il pensait, il ne risquait guère que le quart, ne voulant pas ajouter au chagrin *du petit;* mais il aurait bien pu donner libre cours à ses rancunes, lâcher d'un seul coup tout ce qu'il avait sur la conscience, le résultat n'eût pas varié. Horace ne l'écoutait pas, ne l'entendait pas. Il suivait sa chimère, son fantôme, à travers la Suisse ou l'Allemagne, vers les pays de Bohême, le long du Danube bleu ou par les premières steppes de l'antique Chersonèse. Pen-

Le duc et la duchesse de Puysan.

dant ce temps-là, son père, assis près de lui dans un fauteuil, énumérait, en rassemblant ses souvenirs, toutes les liaisons rompues qui formaient les chapitres variés de son roman d'amour depuis 1820 jusqu'à 1855, année de sa retraite. A trois par an, le chiffre dépassait la centaine ; et cela ne comprenait encore que les histoires sérieuses, mémorables ; avec les menues aventures de hasard et de rencontre on pouvait largement décupler.

Eh bien, de tous ces abandons, de tous ces adieux tant déchirants sur l'heure, il n'était

pas mort, sacrebleu loin de là ; et il se plaisait à se les remémorer. Larmes de femmes sèchent plus vite que rosée au soleil ; quant aux hommes, bon Dieu ! il ne les reconnaissait plus. De son temps, on eût rougi d'avouer une défaite de cœur ; on n'aurait jamais procuré à l'infidèle ce plaisir de savoir qu'on souffrait par ses soins. Vite, à une autre, et n'y pensons plus ! Mais cette étrange morale ne convertissait en rien celui auquel elle était prêchée et qui ne la percevait que comme un bruit confus, un vague murmure. Et le duc continuait le dénombrement de ces anciennes passions, uniquement pour la joie personnelle de cette évocation...

A bout de force et de mémoire, il s'arrêtait pourtant et concluait chaque fois de la même manière : « Voyons, mon garçon, d'une façon comme de l'autre, il faudra bien que tu finisses par l'oublier, n'est-ce pas? Eh bien, dans ces conditions, un peu plus tôt, un peu plus tard, ça n'a pas d'importance au point de vue sentiment ; mais, au point de vue de ta santé, tout de suite, demain, aujourd'hui même, serait bien désirable. Allons, secoue-moi cela. Du poil, jour de Dieu ! grand veau, tu as l'air d'une fille ! »

Mais le grand veau qui avait l'air d'une fille, s'il souriait vaguement à ces paroles qu'il comprenait terminer le sermon païen, n'en montrait pas plus de vaillance et s'obstinait à languir le long des jours dans une solitude qu'il voulait introublée.

A l'automne, quand il revint à Paris, il continuait sa réclusion, cette fois rue de Lille, à l'hôtel de sa famille, n'en sortait pas, n'y recevait personne ; après trois mois, son désespoir se prolongeait dans la même prostration. C'est alors qu'aux nouvelles questions de l'impératrice, le vieux duc Guy de Puysan répliquait par des aveux d'inquiétude sur l'état moral de son pauvre garçon ; alors que la souveraine, un instant énigmatique, faisait entrevoir une espérance, une chance de salut, grâce à l'intervention d'une fée secourable qui ressemblait à Rosalba par sa beauté physique, mais s'en différenciait pleinement par ses couleurs d'âme. Or, en parlant ainsi, c'était à Marie-Hélène de Larmental que songeait Eugénie.

Un soir, à l'Opéra, en détaillant, du bout de sa lorgnette, le charme souple et la grâce fougueuse de la reine du ballet, elle avait été frappée, puis obsédée, par cette idée qu'elle avait déjà vu, ailleurs, et récemment, ce visage, cet ensemble plastique dans une autre personne et dans un autre endroit. C'était certain, une femme existait, qu'elle connaissait, qui rappelait traits pour traits, par la perfection des formes aussi, l'admirable Italienne. Mais qui? elle ne savait plus, ne pouvait pas se souvenir.

Bientôt cela tournait à la hantise, la préoccupait inconsidérément.

Pendant toute la représentation, puis à la sortie, indifférente aux courtisans qui la sollicitaient, elle continuait à chercher sans pouvoir situer cette maudite ressemblance. Éveillée dans la nuit, elle s'obstinait encore et vainement.

Enfin, au cours de la matinée, un nom lui jaillit brusquement des lèvres. « Marie-Hélène !.. oui, Marie-Hélène de Larmental ! »

Cette jeune fille, pour ses débuts dans le monde, avait été présentée à la cour un des derniers lundis. Et l'impératrice, suivant sa pensée, ajoutait encore : « C'est vraiment prodigieux comme ces deux femmes sont identiques. On prétend que dans des corps pareils habitent des âmes semblables... Pauvre petite Hélène !... »

Mais les recherches mentales de la souveraine avaient duré trop longtemps pour qu'elle ne s'en souvînt pas, même après quelques jours. Aussi lorsque Puysan lui parla de Rosalba, tout de suite, par une association d'idées fatale, elle songeait à celle qui paraissait son portrait vivant. Et c'est ce qui fit le malheur de cette prédestinée.

Il fallut presque un ordre pour décider le marquis Horace à se présenter aux Tuileries.

« Service commandé ! lui avait dit son père en lui tendant l'invitation personnelle qui le conviait au lundi suivant. Cette fois, mon garçon, tu es bien obligé de sortir de ton trou. — Mon père, je vous en prie, écrivez que je suis malade. — Rien du tout... j'ai dit hier à l'impératrice que tu te portais à merveille. — Est-ce vrai ? — Certainement ! — Est-ce vrai que je me porte si bien ? — Certainement encore ! Crois-moi : j'en ai vu d'autres. Mal d'amour est superficiel, les coliques du cœur se guérissent toujours, le temps s'en charge. En attendant tu vas tâcher d'être très beau lundi ; les dames vont s'occuper de toi. Tu as ta légende, tu es le héros du jour. — Complet ! gémit Horace. Ah ! mon père, avouez-le, vous êtes du complot... C'est vous qui avez prié l'impératrice d'intervenir... — Ça, je te jure que non !... l'impératrice avait une idée... une idée à elle... avant que je lui parle de toi... — Vous voyez bien, une idée... quelle idée ? — Ah ! ce n'est pas mon secret, je dois me taire. » Puis soudain bonhomme, comme il lui arrivait souvent : « Allons, grand bête, laisse-toi faire ! disait-il à son fils en le secouant par les épaules ; tu sais bien que c'est ton bonheur que l'on veut et que tu n'as que des amis à la cour. »

Alors par respect pour l'impérial désir, pour contenter ce père qu'il aimait de mieux en mieux malgré ses rengaines et sa mère qui, cette fois, par hasard, parlait comme son mari, peut-être aussi parce que le terme était venu des trop vives angoisses et que le calme renaissait, précurseur de l'oubli, pour toutes ces raisons et pour toutes ces causes, Horace se laissait persuader, consentait à s'évader de son ombre, à paraître aux Tuileries, comme il en était prié.

Mais pour s'excuser vis-à-vis de lui-même, pour rassurer ses scrupules d'amant inconsolable et qui se voulait tel ; s'affirmer qu'il ne rompait en rien avec sa grande douleur qui lui restait si chère, il répétait les deux mots prononcés par le duc : « Service commandé ! »

Ce fut une assez grise soirée. Ces lundis n'offraient aux invités qu'une gaîté relative. Ils commençaient toujours par de la froideur et de l'ennui, jusqu'au moment où, l'étiquette un instant oubliée, les conversations s'animaient dans le cercle de l'impératrice, grâce à l'esprit spontané de Mme de Metterson, de Mme de Portal ou de Mme de Guicharrois.

Autour de l'empereur silencieux, du duc de Morny devenu triste, déjà touché, de Rouher, de Persigny, les ministres, les militaires, les diplomates se répandaient en propos graves, faisaient et défaisaient la carte de l'Europe et ne se taisaient que pour écouter les barons de la haute finance jongler en paroles avec les cent millions. Ce soir-là ne différa pas des autres. Dès le début, la conversation traînait dans le groupe des femmes. Eugénie semblait préoccupée et du regard guettait les arrivants. Devant elle, celles qui étalaient pour l'instant l'ampleur de leurs jupes somptueuses portaient des noms illustres : Morny, Metternich, Waleska, Cadore, Persigny, Caraman-Chimay, Sagan, Pourtalès, Mouchy, Essling, Montebello, Galiffet, Canisy, Malaret, Aguado, la Bédoyère, Beaulincourt, Mercy-Argenteau, Sancy-Parabère ; noms sonores ; pour la plupart pleins de souvenirs, lourds à porter aussi.

L'entrée de Mme de Larmental et de sa fille Marie-Hélène ne créa qu'une légère diversion. Cette veuve d'un préfet de l'empire promenait des allures languissantes, et l'on disait tout bas qu'elle avait hâte de marier sa fille pour être libre d'en faire autant après. La beauté de Marie-Hélène souleva cependant quelques murmures laudatifs sur son passage. De loin, l'impératrice souriait aux deux femmes en les regardant venir. Elle les fit asseoir près d'elle, faveur qui étonna, car elles ne comptaient pas parmi les intimes ; puis, de suite penchée vers cette veuve qui rêvait d'être consolée, elle lui parlait tout bas. La jeune fille avançait la tête ; la souveraine l'écarta d'un geste doux : « Cela ne regarde pas les enfants... »

Hélène se mit à rire franchement, sans contrainte, en montrant ses dents incomparables : « Oh ! les enfants, j'ai dix-huit ans ! »

Alors la duchesse de Persy attira son attention et se chargea de la distraire. Pendant ce temps-là, Mme de Larmental secouait la tête sans interruption, approuvant chaque parole qui tombait de la bouche impériale. Elle paraissait ravie. Sa fille tout en causant la regardait de côté avec un peu de surprise.

Mais on annonçait à la fois : le duc et la duchesse de Puysan, le marquis de Puysan. Eugénie se leva. Le cercle fut rompu. Elle accueillait la duchesse avec un empressement marqué. Comme son mari, celle-ci, née d'Urgel, appartenait à la vieille noblesse de France ; mais si le duc, tout de suite épris des grands yeux espagnols, s'était rallié dès le début à l'impératrice sans grand souci de l'empereur, la duchesse Adélaïde, dans les premiers temps, avait affecté d'ignorer l'Empire. Elle tenait par cousinage aux Carmésy-Ollencourt, aux la Tremblaye, aux Éguzon, aux Chambérin, aux Labat de Guitet ; sa sœur aînée était une Néventer, sa sœur cadette une Guibray. Elle était née dans ce faubourg Saint-Germain, reconstitué tant bien que mal à la Restauration, qui avait boudé les Orléans et continuait à bouder les Bonaparte, tout en avouant pourtant que l'époque était bonne. Ces royalistes, ils le disaient ainsi, prenaient *leur bien* en patience, sans oublier cependant Frohsdorf, dont on parlait autrefois.

La duchesse de Puysan avait donc toutes les raisons de rester intransigeante ; mais quand elle apprit que la nouvelle souveraine protégeait passionnément le clergé, prenait le mot d'ordre au Vatican et faisait passer dans sa sollicitude le pape avant l'empereur et Rome avant Paris, — alors, cette dévote fanatique peu à peu se relâcha de sa sévérité, accepta les avances et se laissa conduire aux Tuileries par son sceptique époux que cette demi-conversion divertissait beaucoup. On en gémit sur la rive gauche ; sur la rive droite on en fut enchanté. Suivant l'exemple de l'oncle, Napoléon, troisième du nom, rêvait d'attirer à lui les anciennes familles ; et, comme Joséphine, avec laquelle elle eut plusieurs points de ressemblance, Eugénie se déclarait légitimiste. C'est pour cela que, ce lundi, elle réservait à la noble ralliée un accueil tout spécial en grâce. Celle-ci acceptait sans gratitude ces compliments qu'elle estimait tout naturels et, ce soir-là, comme les autres, n'usa guère ses genoux en révérences.

Elle regardait sans bonté le flot de jolies femmes qui ondoyait autour d'elle, daigna cependant répondre par un signe imperceptible aux saluts de Mme de Mettersen, qui était une princesse étrangère, et des comtesses de Larchan ou de Bassion, qui étaient nées.

Alors, l'impératrice se tournait vers le duc et son fils, tendait sa main aux lèvres de son vieux courtisan ; et, regardant le jeune homme dans les yeux, elle murmurait : « Vous voilà, vous ? Eh bien, on en raconte de belles ! »

Horace, interloqué, cherchait une réponse ; son père lui vint en aide : « Que Sa Majesté lui pardonne, il est mal éveillé ; voilà six mois qu'il dort ! — Je sais, dit-elle ; et elle considérait le jeune homme avec cette assurance tranquille que donne le pouvoir et que la seule différence d'âge n'aurait pas autorisée. »

Elle fut forcée de reconnaître que Rosalba avait eu bien raison de l'aimer et bien tort de lui préférer un cosaque, fût-il tout en or. Elle n'était pas seule de cet avis. Tout alentour des mots couraient, rapides ; les belles dames chuchotaient.

« Vous savez... c'est Puysan... — Le petit marquis ? — L'ami de Rosalba. — Ah oui !... l'inconsolable !... — Hé, hé ! la danseuse n'était pas à plaindre. — Je risquerais bien un tour de valse avec lui, moi ; et vous ? — Moi aussi... quand il voudra. Et ça ne lui coûtera rien. » Ainsi devisaient ces folles ardentes et piaffeuses, aussitôt l'étiquette rompue.

Quant à Marie-Hélène de Larmental, contemplant de loin ce héros de roman dont elle était peut-être la seule à ignorer l'histoire, simplement séduite par sa grâce encore triste, elle avouait ingénument à Mme de Persy qu'elle n'avait jamais vu un jeune homme aussi beau. Celle-ci, qui était des intimes de l'impératrice, avait sans doute ses renseignements, car elle amplifia sur le ton du dithyrambe ; Mme de Larmental se joignit aussitôt à ce concert d'éloges ; et toutes trois suivaient admirativement des yeux ce troublant marquis évoluant à travers les salons, à la suite de la souveraine.

« Ils viennent par ici ! murmura Hélène subitement effarée. » En effet, le groupe approchait : Eugénie souriante, la duchesse de Puysan, sèche et blême, le duc empressé, le marquis mal à l'aise sous les regards curieux. Au passage, des saluts s'échangeaient, mais la vieille royaliste restait raide et guindée dans son corsage à baleines et dans sa crinoline. A dix pas de la duchesse de Persy, de Mme de Larmental et de sa fille, l'impératrice les désignait déjà : « Duchesse, je veux vous présenter de grandes amies à moi... avancez, duc, venez, marquis... Mme la duchesse de Persy, Mme la comtesse de Larmental, Marie-Hélène, sa fille... n'est-ce pas que...? »

Un brouhaha ; des révérences ; les aigrettes de diamants s'agitaient sur les têtes penchées. Mme de Puysan accueillait Mme de Persy en duchesse qu'elle était devenue, oubliant volontairement qu'elle était née moins haut ; puis elle voulut bien témoigner une attention particulière à Mme de Larmental et surtout à sa fille, qu'elle lorgnait en pleine figure avec son face-à-main.

Mais, derrière elle, il y avait du drame. L'impératrice et le duc considéraient attentivement Horace, pendant qu'il était présenté à ces dames tout à fait inconnues de lui. D'abord, il s'inclinait distraitement, sans considérer les personnages ; mais enfin son regard s'arrêta sur cette jeune fille qu'il avait devant lui. Aussitôt, il reculait avec un cri sourd, très pâle, l'air un peu fou.

« Ça y est ! fit le duc très bas ; le coup a porté. » Eugénie approuvait d'un signe de tête. Horace tournait les yeux de tous côtés, comme s'il cherchait à fuir. Mais le lieu, l'étiquette, le respect des princes, la crainte d'un scandale, tout le retenait. Son père l'empoigna par le bras et lui souffla dans l'oreille : « Hein ? pas de bêtises ! On te regarde. Qu'est-ce qu'il y a ? » Le jeune homme bégaya : « Vous le savez bien. C'est un guet-apens. — Après ?... Comment la trouves-tu ? — Oh ! prononça sourdement Horace, on dirait l'autre... j'en ai peur ! » Tel fut le premier contact, comme disait Puysan.

Le lendemain matin, à l'hôtel de la rue de Lille, il y eut conciliabule entre le duc et la duchesse, que les événements semblaient réconcilier. « Monsieur, disait-elle, vous avez vu cette petite fille ; quel est donc votre avis? — A croquer, madame ! Si j'avais quarante ans de moins et si je n'avais pas le bonheur de vous appartenir, je l'enlèverais ce soir et l'épouserais demain. — Monsieur, interrompit sévèrement la noble Adélaïde, je ne vous demande pas de balivernes, mais des avis sérieux, si vous en êtes capable. Les Larmental sont-ils d'assez bonne maison pour qu'on puisse sans déroger donner suite à l'affaire? — Les Larmental, répondit le duc sur un ton dégagé, sont de vieille famille ; on les retrouve, en 1540, aux écuries du roi... vous voyez... Dame ! ils ne valent ni Urgel ni Puysan ; mais qui vaut Puysan, si ce n'est Urgel, qui vaut Urgel si ce n'est Puysan? — Guy, prononça cette fois la duchesse avec une sorte de dignité triste, vous avez toujours l'air de vous moquer de moi... — Hé, madame, parce que vous avez toujours l'air de vouloir me donner le fouet... Je ne demanderais pas mieux... — Eh bien, fit-elle en lui tendant la main, soyons amis, tout au moins pour une heure... Il s'agit de notre enfant... Il s'agit de notre enfant... PasquesDieu ! sur ce ton, madame, vous ferez de moi votre esclave. Je suis à vos ordres, en vérité. »

Et, galant comme aux beaux jours, Puysan baisait la main restée blanche et fine qui lui était offerte. Adélaïde reprenait : « Alors, noblesse suffisante... à une époque où il n'y a plus de noblesse... Le grand-père est mort à Waterloo... pour l'empereur... enfin ! — Nous allons bien chez son neveu, nous ! observa Puysan, repris de sa manie critique. » Sa femme continuait, sans vouloir entendre : « Elles sont très riches, plus riches que nous. — Beaucoup, beaucoup plus riches que nous, appuya Puysan. — La petite est gentille, il le faut avouer. — Gentille, ventrebleu ! gentille ! vous êtes difficile. Un bijou, un trésor, cher petit amour, va ! » La vieille dame considéra son vieil époux avec un sourire de pitié méprisante et haussa les épaules. « Incorrigible ! Guy ! incorrigible ! — C'est encore gracieux de ne pas dire incurable, grogna le duc... Alors, vous consentez? — Oui ; malgré qu'il me peine qu'elle ressemble tant, vous l'avez dit, à la diablesse, à cette créature. Vous comprenez. — Si elle ne lui ressemblait pas tant, objecta justement Puysan, il n'y aurait rien de fait — puisque c'est là-dessus que tout le projet repose. Allons, il ne reste donc plus qu'à connaître les impressions de M. le marquis ; car enfin, dans l'aventure, il compte pour quelque chose, lui aussi. Je vais m'en informer, madame, et vous ferai savoir... »

Elle coupa : « Guy, raisonnez-le, suppliez le, menacez-le ; faites tout pour le tirer des griffes de Satan, le guérir de son mal et de sa folie. — J'y vole ! repartit le duc en se dirigeant vers l'appartement de son fils. »

Il trouva ce dernier debout, l'air affairé, secouant, vidant des tiroirs. Dans la cheminée, des papiers brûlaient ; et deux ou trois photographies, sous l'action des flammes, commençaient à noircir. Aussitôt que son père parut,

il marcha vers lui, les mains ouvertes. « Asseyez-vous, j'ai beaucoup à vous demander, vous avez beaucoup à me répondre. — Soit ! fit Puysan, mais, avant toute chose, permetsmoi de te complimenter ; je ne t'avais pas vu la taille si droite, l'air si jeune, le regard aussi sûr, depuis bien des mois. » Horace sourit. « C'est vrai... il y a miracle... je n'y comprends rien. Mais je compte sur vous pour m'expliquer un peu... — Interroge. — Voilà, c'est à dessein, n'est ce pas, que vous m'avez fait rencontrer hier au soir cette jeune fille ?... — Oui... — Si

Marie-Hélène.

vous nous avez poussés l'un vers l'autre, c'est que vous désirez un mariage, qu'une union est possible entre nous? — Il y a de cela. Il n'y a pas d'impossibilités. — Je puis donc me laisser aller sans contrainte à un sentiment qui m'enchante par sa violence. A peine né, il chasse devant lui des souvenirs que je croyais imprescriptibles... Je suis un homme nouveau... Écoutez-moi, mon père... »

Et, en parlant, le jeune homme venait s'asseoir sur une chaise, à côté du vieux duc épanoui. « Écoutez-moi !... Savez-vous où j'en suis?... Je me figure à présent que je n'ai jamais aimé Rosalba, non !... mais que j'aimais, en elle, le reflet prophétique, comment dire?

***

l'image déformée de celle que je devais aimer plus tard. Vous ne comprenez pas? — Pas beaucoup, à peu près. Tu veux dire que Rosalba était une première épreuve mal tirée, un peu salie, de l'admirable estampe qui s'offre à présent à toi dans toute sa pureté? — Oui... c'est cela. Elle annonçait l'autre. Voilà tout. — Mon enfant soyons plus simples. Il est fréquent et naturel que certains types d'homme recherchent spécialement certains types de femme. Mlle de Larmental et Rosalba sont de la même catégorie plastique. Et je souhaite qu'au contraire de tes dires, tu ne t'éprennes pas de la seconde uniquement parce qu'elle rappelle la première. — En rien ! je vous le jure ! La preuve, la voici... »

Il désignait d'un geste les papiers au feu, les tiroirs vides.

« Tout cela, c'étaient des souvenirs, c'était plein de souvenirs. J'ai tout détruit, et sans serrement de cœur... Maintenant, racontez-moi toute l'histoire, et dites-moi surtout quelle est Marie-Hélène, puisque c'est son nom. — Eh bien, répliqua Puysan, ce n'est ni long ni compliqué. Devant ton obstination à souffrir, nous avons cherché quel pourrait être le remède. Nous avons jugé qu'avec une âme aussi fidèle, un cœur aussi constant, je parle comme une romance, on était fait pour le mariage. Mais on pensait également, et avec raison, que tu refuserais tous les partis du monde. C'est alors que l'Impératrice... (car c'est elle qui a tout imaginé) a songé qu'en t'offrant une autre Rosalba, plus belle, toute pure, bien née, on pourrait peut-être te faire oublier la première ; et cette idée lui est venue à constater, un soir, cette étrange ressemblance entre deux femmes d'origines si diverses. Alors, la présentation fut décidée. Elle a eu lieu malgré toi. T'en plains-tu? — Non, dit Horace. C'est bien étrange. Comment peut-il exister deux créatures au monde à ce point identiques? Alors, Marie-Hélène, toutes les qualités, tous les avantages? — Tu parles comme ta mère... Oui, tout. C'est une merveille, mise au monde pour toi, pour te sauver de l'erreur et te rendre heureux. Tu peux remercier les dieux... et l'impératrice. N'importe ! — continuait le vieillard, tout de suite repris de sa manie de radotage sur un sujet spécial, — vous êtes baroques, les petits jeunes. Que de torticolis pour aimer ou désaimer ! Nous autres, nous avions agréé la vieille devise : « L'amour fait passer le temps et le temps fait passer l'amour. » Avec l'esprit nouveau, tout s'emberlificotte... jadis, joie ; à présent, douleur. Et pourtant les femmes ont toujours le nez au milieu du visage... »

Le duc allait parler longtemps sans doute, car il se sentait en verve, mais son fils l'interrompit : « Quand devons-nous revoir les Larmental? — Ce soir, animal ! Pourras-tu attendre jusque-là? »

Ce furent des fiancés charmants ; toute la cour s'émut et sourit à les voir. On en parlait. C'était une conversion, disait-on. L'ange avait chassé le diable ; belle cause d'édification. On en parlait aux Tuileries ; on en parlait aux Ambassades, dans les salons, aux sermons de Sainte-Clotilde, tout autour des deux mères triomphantes ; on en parlait dans les cercles aussi, dans les coulisses, partout où fréquentait le duc, où le marquis était passé. Quelques journaux risquèrent des allusions, mais avec bienveillance. Ils eurent leur heure de célébrité. Lui, certain désormais que son premier sentiment n'avait jamais été qu'une erreur de personne, se livrait tout entier à sa nouvelle passion. Elle, ignorante des scandales mondains, ne se doutait guère du rôle providentiel qu'on lui faisait jouer, s'enchantait simplement d'être éveillée à l'amour par ce Prince Charmant. Ils furent mariés, ouvrirent leur hôtel dans les quartiers neufs, avenue Joséphine, donnèrent de belles fêtes. Et comme ils y apportaient eux-mêmes l'éclat de leur joie ardente, l'entrain de leur jeunesse, tout le monde s'y complaisait. Ce fut une année de bonheur étincelant, de vertige, de rire et de chansons. Jamais femme ne fût plus insolemment gaie que la jeune marquise de Puysan. Elle voulait que tout le monde fût heureux autour d'elle.

Son enfance avait passé solitaire, sans amies, en province. Elle avait, disait-elle, du temps à rattraper ; elle le rattrapait. Déjeuners, dîners, soupers, bals, théâtre, — en cet unique hiver, ces deux enfants ravis, on les voyait partout ; et, cet unique été, sur les plages sonores, au vieux château de Puysan rajeuni, devenu bruyant, bavard, éclairé dans la nuit jusqu'aux combles, ils prodiguaient leur ivresse de vivre, l'exubérance de leur santé, leur vibrance amoureuse. A Compiègne, ils furent les enfants gâtés du château, premiers arrivés au plaisir, derniers partis. Aux chasses, cavalier sûr de lui, amazone intrépide, ils menaient hardiment la poursuite enragée de la bête douloureuse, sans comprendre encore ce qu'il y avait de vil et de cru dans ces jeux hérités des vieilles barbaries, grisés par le grand vent, les cris, les appels, la fanfare des cors perdus dans la feuillée. Et le soir, quand ils se retrouvaient seuls dans leur chambre basse, sous les toits du palais, du même geste immédiat, ils quêtaient le baiser, se jetaient l'un à l'autre.

« Ils réhabilitent le mariage, disait Mme de Larchau. »

Un an, oui, juste un an dura cette tendresse qui semblait inlassable. Mais, un matin de février, un homme du peuple, un commissionnaire vulgaire, pris au coin de la rue, vint frapper à l'hôtel du marquis de Puysan. Il voulait voir le Monsieur lui-même. On l'éconduisit, il insista. Il fallait qu'il vît le Monsieur. Il était payé pour cela. De guerre lasse, un valet alla prévenir Horace, qui reçut le bonhomme. Alors, celui-ci tira de sa poitrine un pli cacheté, le remit au mari d'Hélène et s'en alla content. La lettre dans les mains, le jeune homme hésitait. Il avait pâli rien qu'à voir l'écriture de l'enveloppe. Puis il haussa les épaules ; qu'avait-il à craindre? Il était bien gardé.

Il jeta autour de lui un coup d'œil trouble

qui déjà demandait du secours. Allons, les murs, les objets lui parlaient de son véritable amour, le défendaient contre les retours, les surprises du passé. Il décacheta et lut. Il y avait cinq mots :

« Je suis revenue. Viens. Rosalba. »

Le feu flambait gaîment dans la cheminée. Il y jeta ce papier, cet ordre péremptoire, le regarda se consumer d'un air morne, puis tomba dans un fauteuil et réfléchit. Brusquement, il se sentait s'échapper à lui-même, échapper à sa femme, à sa maison. Il lui semblait qu'une force occulte, mystérieuse, l'arrachait à tout ce qu'il aimait, pour le rejeter à l'aventure. Il eut un moment d'angoisse terrible, s'effara du peu de solidité des apparences, trembla à reconnaître que tout n'était pas mort de ce qu'il oubliait. Il prononçait tout bas le mot « sortilège », car, dans les grandes crises, la pauvre âme humaine en revient aux superstitions. Sortilège, oui, le pouvoir de cette femme qu'il avait chassée de sa mémoire et qui, soudainement, rien qu'à reparaître, même pas, de loin, avec trois mots, le rappelait à lui, comme un esclave en fuite sous le sifflet du maître.

Car, il le sentait bien, il allait obéir, aller là où elle l'attendait ; et, devant elle, quelle loque serait-il, incapable de volonté ? Alors, Marie-Hélène ? Le scandale, l'opinion publique, il s'en moquait encore ; mais elle, sa femme, celle qui croyait en lui, qui n'aimait que lui, elle pleurerait, souffrirait, qui sait ? mourrait peut-être...

« Ah ! non ! non ! pas cela... pas cela ! » Mais que faire ? Fuir ? Il y songea. Partir, elle et lui, bien loin, sans dire où ? Bah ! l'autre, la goule, les poursuivrait partout, saurait bien les rejoindre.

Non, rester, lutter, convaincre... Convaincre ? qui ça ? elle, l'Italienne sans scrupule, la bête amoureuse, toute de chair et sans âme ? quelle dérision ! Menacer ?... oui, plutôt ; il était fort ; elle résisterait d'abord, ferait tête ; mais devant sa colère elle finirait bien par céder... Il la renverrait à son Russe, lui défendrait de toucher à sa vie. Mais si elle ne renonçait pas ?

Et plus il s'épouvantait et plus son trouble

Rosalba se jette dans les bras d'Horace.

grandissait de se voir ainsi fasciné, possédé, redevenu, hélas ! l'amant de Rosalba. Puis, peu à peu, il se rassura, ou mieux voulut se rassurer ; cherchait un plan de conduite ; arrêtait celui-ci : Il irait à ce rendez-vous ; et là, il parlerait fermement, dignement, sans amertume, mais sans faiblesse ; et la vieille maîtresse serait bien obligée de comprendre que tout était fini entre elle et lui. D'ailleurs, c'était elle qui l'avait quitté ; il n'était pas tenu à tant de ménagements...

En raisonnant de la sorte, il demandait son chapeau, refusait sa voiture, et, sans prévenir sa femme qui dormait encore, sortit de l'hôtel et s'en fut à sa destinée. Quand il arriva rue Saint-Georges, quand il pénétra dans cette maison où il avait vécu des jours qu'il croyait abolis, tous les souvenirs à la fois lui ressaisirent l'âme. Il trébucha sur les marches de l'escalier ; en haut, un grand cri avait retenti. Une seconde après, une Rosalba en peignoir lache, une Rosalba folle, radieuse, lui sautait au cou, s'abattait sur sa poitrine ; elle répétait, riant et pleurant, d'une voix étranglée : « Seul ami de mon cœur, seul ami de mon cœur ! »

Et cette étreinte qu'il subissait le troublait jusqu'aux moelles ; la tête lui tournait ; il lui semblait déjà qu'il n'avait jamais quitté cette femme ; que c'était, elle, la vraie, la seule, la légitime ; que la chaîne du passé se renouait d'elle-même au dernier jour où ils s'étaient aimés.

Il tenta cependant de se dégager, évoqua Marie-Hélène dans un héroïque effort. La danseuse s'étonna : « Qu'est-ce que tu as ? Tu n'as pas l'air content !... ah ! le prince ? tu es vengé... Je l'ai tué. »

Chose bizarre, mais réelle, ce dramatique aveu ne l'émut qu'à moitié. Il ne pensait qu'à lui ; et c'est pourquoi il répliquait, dans un bégaiement : « Mais, moi, je suis marié ! »

Elle le considéra comme autrefois, en le tenant devant elle, les deux mains aux épaules ; et cette inconsciente, ouvrant des yeux énormes comme quelqu'un qui ne comprend pas, répondit simplement : « Qu'est-ce que ça fait ? » Elle expliquait d'abondance : « Oui, oui, je sais, je

Je sais bien, tu es marié... j'ai lu ça, là-bas, dans un journal. Mais pourquoi t'es-tu marié? Parce que j'étais partie. Je reviens, je te reprends... ça ne compte plus...et l'on va revivre... Ah ! seigneur ! ça sera bon, après tout ce que j'ai vu ! »

Elle soupirait profondément en secouant la tête, dans une évocation de scènes sans doute tragiques. Et lui restait déconcerté, épouvanté, médusé devant cette créature qui ne doutait même pas de sa puissance, qui ne cherchait même pas une excuse à sa trahison, ne semblait pas s'en repentir, ne songeait à rien de tout cela, mais trouvait naturel, nécessaire, qu'ayant sifflé son chien, ce chien fût accouru. Il lui appartenait à elle et non à d'autres ; les autres, est-ce que ça existait? Puis, très vite, elle racontait comment elle était revenue.

« Oui, le prince... tu sais? Eh bien, mon petit, il m'a battue, le prince !... Une brute, un cosaque, un sauvage... Une fois chez lui, dans son pays de loups, il m'a traitée en esclave... Et puis des fantaisies !... Ah ! non ! et des menaces ! Je l'ai prévenu deux ou trois fois charitablement que ça finirait mal. Chaque fois, il s'est mis à rire. Mais, un matin, à déjeuner, après une gifle que j'ai reçue, j'ai pris un couteau sur la table... le malheur a voulu qu'il fût pointu. Vlan !... ici, sous la gorge. Il a fait « bouffre ! » et a roulé par terre. Je n'ai pas perdu de temps à le considérer. J'ai filé à l'anglaise... et l'on ne m'a pas revue. Qu'est-ce que tu en dis? »

Il essayait de s'intéresser à ce récit baroque et murmura des mots que la raison lui dictait : « Je dis qu'il y a des juges en Russie comme ailleurs et qu'il se peut bien qu'on te poursuive... — Bah ! fit-elle avec une superbe confiance, tout le monde m'aime à Paris... et puis tu me défendras ! »

Tout en parlant, elle le poussait dans sa chambre, leur chambre, — et la porte se referma.

Marie-Hélène attendit son mari pour le déjeuner. Il ne revint pas. Elle s'inquiéta ; elle savait qu'il était sorti dans la matinée, sans l'en prévenir, ce qui la surprenait déjà, car ce n'était pas dans ses habitudes. A deux heures, elle eut vraiment peur. Alors, elle envoyait un domestique porter une lettre au duc, son beau-père. Celui-ci accourut. Il adorait la femme de son fils, l'entourait de prévenances, l'accablait de gâteries. Il l'appelait « ma belle fille », et la façon de dire supprimait le trait d'union. De même, elle l'appelait : « Mon beau-père. » Devant elle, il redevenait jeune, pliait galamment le genou pour lui baiser la main, l'honorait en princesse. Il prétendait n'avoir jamais rencontré une créature aussi parfaite de corps et d'âme ; et elle, gaie et vivante encore, en ce temps-là, acceptait ces hommages avec des mines coquettes, l'en remerciait avec de beaux sourires et des regards très tendres. Et c'était réellement un joli manège que ces échanges de grâce affectueuse entre ce beau vieillard resté droit sous ses courts cheveux blancs et cette

jeune femme confiante dans son rayonnement de joie et de beauté.

Puysan trouva Marie-Hélène affaissée dans un fauteuil, les yeux rougis déjà. Il écouta, l'air méditatif, ce qu'elle put lui dire, ce qu'elle savait, si peu de chose. Puis, il sonna, demanda le valet de chambre du marquis et l'interrogea vite :

« Alors, un homme est venu apporter une lettre?... A quelle heure? — Entre neuf et dix. — Quel homme? — Un commissionnaire avec une plaque. Il n'a voulu remettre son papier qu'à M. le marquis en personne. — Avez-vous vu ce papier? — Non. — Bien. Mon fils est-il sorti à pied ou en voiture? — A pied. Il n'a pas voulu qu'on attelle. — Ah ! »

Le duc fronça les sourcils. Il concluait qu'Horace ne désirait pas qu'on sût où il allait. Il se retint pour ne pas laisser échapper une pensée qui l'obsédait depuis déjà longtemps : « Est-ce qu'*Elle* serait revenue? »

« Eh bien, mon père, vous voyez bien?... c'est incompréhensible. Il est arrivé un malheur ! — Non, mon enfant, rien du tout. Horace a pu vous envoyer une lettre, une dépêche qui court encore. La poste a des retards... »

A ce moment, Mme de Larmental, prévenue elle aussi, arrivait en coup de vent.

« Parfait ! dit Puysan. Vous n'êtes plus seule. Remontez-la, madame. C'est quelque chose de très simple qui s'expliquera, j'en suis sûr. Je vais y voir. Aussitôt renseigné, je reviendrai, mon enfant. Surtout, ne pleurez plus ! C'est un crime avec des yeux pareils. »

Et le duc s'en alla. Dans la rue, il n'hésitait pas. Il donna l'ordre à son cocher de le mener rue Saint-Lazare ; laissa là sa voiture et gagnait à pied le haut de la rue Saint-Georges où habitait Rosalba. De loin, il considéra le petit hôtel. Les volets étaient ouverts, la porte aussi. Le vieillard baissa la tête ; il avait ressenti un coup au cœur. « Ça y est, dit-il, elle est revenue ; et elle l'escamote ! Pauvre Hélène ! »

Et il s'en retourna, l'allure ralentie, les jambes lourdes, paraissant son âge en ce moment, vers l'endroit où son cocher l'attendait. « A la maison », dit-il.

Et quand la voiture fut en route, il laissa choir sa tête sur sa poitrine avec accablement. « Que faire? » Aller chercher son fils chez la danseuse? Il y avait songé. Mais c'était grave. Cette fille répondrait par l'injure et lui jetterait à la face son passé trop connu.

Car, enfin, il s'en souvenait. Avait-il attendu lui-même un an après son mariage pour courir derrière quelque maîtresse? Ce que son fils faisait, il l'avait fait aussi, était donc, une fois de plus, mal désigné pour s'en indigner et pour intervenir. A ces insinuations de sa conscience, il répondit encore à son point de vue personnel : « Oui, c'est vrai, j'ai fait de même... Mais Adélaïde était froide et hautaine ; elle ne m'aimait guère... et Hélène est adorable et adore son mari. »

N'importe ! le passé n'en persistait pas moins . Et voici que, pour la première fois de sa vie, le

noble duc, le beau Puysan, comprit à peu près
ce qu'était un remords. Il se disait de nouveau :
« Il me ressemble. Je lui ai transmis cela avec
mon sang. Je suis aussi coupable que lui. »

Soudain, il éclata : « Mais fichtre ! cela, je
l'avais hérité moi-même de mon père, qui le
tenait du sien. Alors il faut condamner toute
la race et défendre à tout Puysan de faire des
enfants ? Bêtises ! Raisonnons mieux. Il faut
trouver le moyen de tirer ce benêt des griffes de
cette gueuse. Mais comment, comment ! Il faut
trouver ! »

Malgré son expérience, il ne trouva pas. Et
comme, le soir venu, Hélène restait toujours sans
nouvelles de son mari, commençait à le croire
mort, assassiné, tué en duel, écrasé par une
voiture, mais mort, bien perdu pour elle, le vieux
duc fut obligé d'avouer la moitié de la vérité,
qui, pour être douloureuse, restait, en apparence
au moins, remédiable.

Devant Mme de Larmental, Mme de Puysan
présente aussi, et la triste marquise, il prononça des mots vagues : « Une ancienne liaison...
une surprise passagère des sens... rien de grave...
Horace reviendrait bientôt, très confus, plus
amoureux que jamais. »

« Dieu vous entende ! fit la duchesse, les
mains jointes, en lançant à son noble époux
un regard chargé de rancune et de sévérité. »

La comtesse clignait des yeux, pinçait les
lèvres avec un air horriblement choqué, bien
qu'au tréfonds de l'âme elle fût sans préjugés.

Mais la principale intéressée, la pauvre
femme délaissée, aux premiers mots, aussitôt
qu'elle avait compris, s'était levée dans un
élan de tout l'être et criait nerveusement
en tordant son mouchoir trempé de larmes,
criait avec tout son cœur, toute sa tendresse
demeurée intacte : « Qu'il revienne ! Qu'il
revienne ! Je lui pardonne, je lui pardonne tout !
Je l'aime trop. Je ne peux pas, je ne peux pas
vivre sans lui. »

Le duc, ému et plus inquiet de l'avenir qu'il
ne voulait le laisser voir, l'attira dans ses bras
et la baisa au front. « Mon enfant, mon enfant,
vous apprenez la vie. Mais Horace n'est pas méchant, il vous aime. Demain tout s'arrangera,
puisque vous voulez bien oublier les injures. »

Quand la duc et la duchesse sortirent, cette
dernière toisa son mari des pieds à la tête : « Eh
bien ! monsieur, lesquelles valaient le mieux
de mes leçons ou des vôtres ? Votre fils vous ressemble, vous fait honneur à présent. Vous êtes
content, vous en êtes fier ? — Non, pas du tout !
avoua Puysan vraiment bien bas ; ma chère
amie, n'ajoutez pas à ma peine, elle est grande. »

Très tard dans la soirée une lettre enfin
arrivait à la marquise ; elle contenait ces lignes :

« Madame, oubliez-moi. J'ai tous les torts.
J'avoue. Je suis indigne. Mais il y a une fatalité.
— HORACE DE PUYSAN. »

Cette lettre, assurément, avait été écrite
sous les yeux de Rosalba ; c'est ce qui peut en
expliquer la sécheresse.

Marie-Hélène pleura des mois, attendant
chaque jour, mais en vain, le retour de l'aimé.
Ce fut un beau scandale dans le grand monde
et dans les autres même. La mort du duc de
Morny, qui mit la cour en deuil, créa cependant
une diversion. On oublia cette histoire, bien
banale après tout ; oubliée aussi fut Marie-
Hélène, qui, dès lors, à vingt ans, vécut dans
la retraite. L'impératrice, croyant peut-être
distraire ainsi un grand désespoir dont elle ne
soupçonnait pas la profondeur, nomma la
marquise dame d'honneur auprès d'elle. La
jeune femme n'osa pas refuser, mais implora,
comme une grâce, que le titre restât honorifique et qu'on la dispensât de paraître aux
Tuileries avant une époque indéterminée. Et,
seule avec elle-même, un portrait d'Horace
dans les mains, elle existait en pleine inconsistance, se demandant parfois ce qu'elle avait pu
faire pour être ainsi frappée.

Le duc venait chaque jour passer quelques
heures auprès d'elle. Il avait adopté dans son
cœur cette enfant malheureuse et considérait
comme un devoir de lui dévouer sa vie. Il restait
le seul qu'elle accueillit encore, car il berçait sa
peine avec des phrases douces, lui promettait
l'avenir, la réparation. Elle l'écoutait attentive,
sachant qu'il n'ignorait rien des aventures
humaines ; s'efforçait de le croire, joignait les
mains dans une ferveur en soupirant : « Si c'était
vrai ! Si c'était vrai !... »

Jamais, elle ne prononça une phrase de rancune ou de colère contre celui qui la torturait
ainsi ; jamais elle ne prononça le nom de Rosalba, qu'elle avait enfin dû connaître. Mais,
un jour, dans le *Figaro*, elle lut que la danseuse
rentrait à l'Opéra. Elle jeta la feuille et, de ce
jour, n'ouvrit plus un journal, puisqu'on y parlait *d'elle*.

En effet, Rosalba, qui restait sans nouvelles
de son prince et l'oubliait on ne peut mieux,
reprenait peu à peu ses anciennes habitudes, son
ancien genre de vie. Elle reparut sur les planches,
et la légende qui l'entourait lui fut une autre
cause de succès. Le premier soir on l'acclama.
D'ailleurs, il fallait l'avouer, elle n'avait jamais
été plus belle, plus passionnée dans son art,
plus exquise de geste et d'attitude. Ce fut une
ovation.

Quand, à la fin du ballet dont elle venait de
créer le premier rôle, le rideau tomba sur une
apothéose, l'incomparable artiste, l'étoile de la
danse, fut rappelée six fois. Radieuse, elle
exultait, saluait, s'en allait, revenait pour
saluer encore, envoyait des baisers à cette foule
amoureuse, fuyait enfin vers les coulisses et
tombait dans les bras d'Horace, derrière un
portant, en balbutiant nerveuse, des larmes
aux yeux : « Ah ! Paris ! Paris ! il n'y a que
Paris ! »

Autour d'elle, le bataillon des *Purs*, des
Petits Crevés, des *Gandins ultra-chic*, comme on
disait alors, s'empressait, s'épandait en flagoneries et congratulations.

A présent on la jugeait accessible. Elle avait
déjà lâché son amant une fois, elle pourrait

bien le lâcher une deuxième. C'était l'avis courant.

« Et puis, soupiraient quelques jeunes gens doués d'une belle âme, ce serait œuvre pie d'arracher le marquis au scandale et de le renvoyer, faute de maîtresse, à sa femme éplorée ! »

Et pourtant, de nouveau, Rosalba paraissait ne plus aimer qu'Horace. Elle était fière de l'avoir reconquis et le tenait trop bien pour s'occuper des autres. Car, elle le savait, dix influences jalouses travaillaient sourdement à le détacher d'elle ; dans sa peur de le perdre, elle ne le quittait guère, et, par cela même, si elle le gardait, elle restait tout aussi bien gardée.

Leur vie était absurde, s'écoulait dans une atmosphère toute factice ; maintenant ils doutaient l'un de l'autre, ne se l'avouaient pas ; mais souvent leurs regards, en se croisant, les avertissaient, par une lueur sombre, que si l'un se défiait l'autre veillait pareillement. Quand Horace était triste, ce qui lui arrivait tous les jours, les yeux de la danseuse s'allumaient peu à peu à le considérer. Elle s'exaspérait lentement, en silence, puis, brusquement, elle éclatait : « Qu'est-ce que tu as encore ? Tu sais ? si tu la regrettes tant, si tu es si malheureux, je ne te retiens pas. »

Et c'était un flot de basses récriminations : « Dirait-on pas que tu es bien à plaindre ? J'en connais une douzaine qui seraient trop heureux de prendre ta place, et toute chaude, mon petit ! Essaye un peu ! Tu verras si je suis longue à trouver mieux. »

Aveuli, écœuré aussi, il haussait les épaules, ne répondait pas. Il se sentait pour lui-même un mépris absolu ; n'arrivait pas, après des mois de fait accompli, à comprendre comment il était si vite et si facilement retombé dans les bras de cette fille, lui, le mari d'Hélène, cette enfant noble et pure... Hélène, qui était l'idéal d'une expression féminine dont l'autre à présent outrait la parodie.

Ah ! cette ressemblance ! elle le poursuivait encore, mais, hélas ! au rebours des sensations d'autrefois. Certain matin, lorsque, tassé dans un fauteuil, un journal dans les mains par contenance, il considérait, l'œil en dessous, la ballerine assis devant une coiffeuse, peignant ses longs cheveux épars sur un peignoir léger, à la voir ainsi, vaguement, en profil perdu, il évoquait à sa place la triste délaissée et transposait les situations. Il imaginait qu'il était chez lui, là-bas, dans sa vraie maison, avenue Joséphine, que rien n'avait changé des premiers temps de son mariage ; que c'était Marie-Hélène, très aimante, qui s'habillait ainsi devant lui, très épris. C'étaient les mêmes cheveux, la même ligne onduleuse, le même port de tête avec moins de noblesse. Que n'était-ce Hélène en réalité ? Et, douloureusement, il se perdait dans son rêve.

Mais, soudain, une voix forte, mêlant à l'accent italien les intonations d'un argot emprunté aux machinistes, le faisait tressaillir. « Hé ! là-bas ! la coterie ! tu voyages, mon bonhomme ? »

Oh ! non, ce n'était pas Marie-Hélène qu'il avait devant lui.

Et l'autre, sur-le-champ enragée, lui reprochait ses tristesses, ses remords qu'elle devinait. « Après tout ce qu'elle avait fait pour lui ! » Cette phrase revenait sans cesse, comme un refrain. Et si quelqu'un eût demandé une explication, elle eût répondu, convaincue et vibrante, par l'exposé minutieux de tous ses sacrifices :

« D'abord, *avant la Russie*, selon son expression, l'existence mesquine qu'elle avait si longtemps supportée. » Puis, de sa trahison même, elle tirait encore des titres à la reconnaissance, des avantages à sa situation.

Là-bas, en Crimée, le prince, après tout, la comblait ; leurs querelles avaient commencé le jour où Orlowski avait compris qu'elle regrettait la France, et, en France, le marquis de Puysan. Elle ne s'en cachait guère, car si elle possédait une qualité indéniable entre toutes, n'est-ce pas ? c'était bien la franchise ! Et la nuit, à côté du Russe, elle rêvait d'Horace ; bien mieux : éveillée, dans les ténèbres, elle croyait le voir au pied du lit, criait en lui tendant les bras : « Oui, oui, j'étais hantée, hantée de toi, petit !... J'avais beau faire... tu restais toujours là... je te voyais partout, je t'avais emporté dans mon cœur, dans mon sang... Il avait beau sortir ses diamants de famille, me passer au cou les colliers de sa mère, aux bras, aux doigts, les bracelets, les bagues de ses sœurs mortes, de ses aïeules défuntes, — je ne l'en aimais pas plus pour cela. Et il le sentait bien ! Alors il a essayé de la force, des violences, des coups, et ça a mal fini. »

Elle s'arrêtait au milieu de ses souvenirs trop récents pour qu'elle n'en vibrât pas encore et réfléchissait : « Tout de même, voilà six mois que je lui ai réglé son compte, à cette brute-là... et pas de nouvelles ! »

Et elle ajoutait : « Il était dur avec ses paysans, ses serviteurs. Tout le monde le détestait. Peut-être a-t-on accusé un moujick de sa mort et peut-être un moujick a-t-il été pendu ? »

Cette idée l'égayait.

Alors, dans l'âme du marquis déclassé, un froid glacial s'étendait comme une vague ; il mesurait les distances, jugeait les profondeurs de cet abîme où il avait roulé. Mais elle ne lui laissait pas le temps de s'appesantir ; déjà elle repartait dans ses divagations coutumières, s'abandonnait entièrement à la folie de superstitions. « Vois-tu, petit, entre nous, c'est la vie, à la vie, et par-dessus la mort ! Si je meurs, tu verras, je reviendrai la nuit te tirer par les pieds. »

Maussade, il répliquait : « Tu me l'as déjà dit. — Je le répète, car tu n'as pas l'air d'y croire. » C'est pourtant vrai. Morte ou vivante, quand tu mourras, je boirai ton souffle. »

Elle l'épouvantait presque. Parfois, il se demandait si elle ne devenait pas folle. Mais elle avait des retours tels aux exigences pratiques de la vie qu'il fallait bien reconnaître sa solide raison.

Horace, prisonnier de cette femme, vivait enfermé avec elle, ou ils sortaient ensemble ;

rarement, il s'échappait, trouvait une heure de liberté. Ces jours-là, quand elle le voyait partir, elle grondait, méfiante : « Où vas-tu ? » Et quand il revenait : « Où as-tu été ? »

S'il était en retard de quelques minutes, elle réclamait des explications, les accueillait en hochant la tête, avec sa mine mauvaise, sa face contractée des crises de soupçon. Car, au fond de son être, elle avait peur de cette très jeune femme, plus belle qu'elle, elle le savait, et qui gardait tous les droits de l'épouse. « Si jamais j'apprends que tu l'as revue, par le Christ et la Madone, je la tue, comme l'autre ; il y a des couteaux partout ! »

Et Horace sentait bien que ces menaces n'étaient pas vaines ; il s'angoissait à cette idée. Pourtant, un jour, comme il marchait seul, la tête basse, dans la rue Tronchet, quelqu'un l'appela : « Horace ! »

Il se retourna. Son père était devant lui. Il ne l'avait pas revu depuis qu'il avait fui sa maison légitime. Tous les deux se contemplaient avec une affreuse tristesse ; puis le vieux duc parla, d'une voix lente, fatiguée, que son fils ne lui connaissait pas.

« Horace... écoute-moi... je ne te ferai pas de reproches, à quoi bon ? Mais tu causes le malheur d'une pauvre femme qui ne l'a pas mérité. N'as-tu rien à me dire pour elle ? — Mon père, répondit le jeune homme sans chercher à feindre, dites-lui, dites-lui bien, qu'il y a quelqu'un de plus malheureux qu'elle et que ce quelqu'un-là c'est moi ; que chaque jour à comparer le présent au passé, je regrette un peu plus ce que j'ai perdu par ma faute. — Alors ? Si telle est ta pensée réelle, qu'attends-tu ? Pourquoi ne pas rompre, même violemment ? Pourquoi ne pas revenir ? Elle t'attend. Et ce serait une belle fête dans ta maison. »

Le pauvre marquis sourit amèrement :

« Mon père, il ne faut pas essayer de comprendre... ça ne s'explique pas. Je suis hanté, possédé, je ne m'appartiens plus. Je reste sans volonté aux mains de cette femme... peut-être est-ce parce qu'elle fut pour moi la première... mais non, ça ne suffit pas. Il y a autre chose ; quoi ? Je ne sais pas : j'en arrive parfois à croire, comme elle, aux influences occultes, à quelque sortilège ; je suis très las. — Mon pauvre enfant, répondit l'uysan après un silence, en effet, c'est bien obscur et bien douloureux.

Rosalba dans « le Clown ».

Ah ! tu ne me ressembles plus, jamais je ne me suis ainsi livré dans ma jeunesse. Je gardais ma personnalité. — Oui, je le sais... mais vous n'aviez pas été élevé, comme moi, jusqu'à vingt ans, dans des idées de croyances étroites. La religion s'en va, la superstition reste ; les dieux ont changé, voilà tout. — Concluons. Jusqu'à quand ? — Je ne puis dire. — Pas d'espoir. — Si, la mort ! — Malheureux ! — Bah ! Cela ne vaudrait-il pas mieux ? Hélène serait libre ; elle pourrait être aimée, aimer encore, refaire sa vie avec un mari meilleur. — Et moi ? »

Le vieillard avait crié ces deux monosyllabes. Horace tressaillit ; jusqu'à cet instant, il s'était contenu ; mais, à ce cri, tout courage l'abandonnait. « Pardon, pardon, mon père ! Je suis un lâche ! un ingrat, un fou ! Mais c'est l'enfer aussi ! »

En pleine rue, il pleurait presque. Puis soudain, les poings serrés, les traits contractés par une rage montante, il jetait : « Ah ! Dieu du ciel ! Qui donc me tirera de là ?... Adieu, père ! »

Et il s'enfuit. Le vieux duc restait sur place, indécis, désolé, suivant des yeux son fils parti à grands pas du côté de la Madeleine. Alors, secouant la tête, il reprit sa route ; mais, tout bas, il murmurait : « Il faut que cela finisse ! Il faut que cela finisse ! Tant pis si les moyens sont laids ; ils seront toujours bons s'ils réussissent. »

Et lui, le plus galant des gentilshommes de son temps, l'adorateur professionnel de toutes les beautés, songeait, contre une femme, à lâcher la police et tous ses argousins ; évoquait, avec regret, la bonne époque où, sur la plainte des familles, les actrices gênantes par trop d'amour s'en allaient rafraîchir leurs petits cœurs brûlants au Fort-l'Évêque ; où les pauvres filles galantes, déportées par douzaines, mouraient à la Guyane, la tête dans le sable, comme Manon Lescaut.

Mais il n'eut pas le temps d'intervenir ; le drame se précipitait. Derrière Rosalba d'autres haines veillaient, autrement résolues et autrement actives ; s'approchaient sourdement dans l'ombre ; et déjà un doigt mystérieux marquait son heure au cadran du destin. Elle ne s'en doutait guère, continuait sa vie de pirouettes et de chansons.

En ce temps-là, l'Opéra représentait un ballet qu'on disait admirable et qui s'appelait *le*

Clown. La fabulation en était simple : « Des ballerines, dans un décor de la danse des Nymphes de Corot, au milieu d'une clairière lumineuse, rivalisent de grâce et de souplesse par les pas les plus difficiles, les attitudes les plus savantes ; l'une d'elles, *la Danseuse Bleue*, se distingue entre toutes. Elle est proclamée par ses compagnes reine du geste et du charme.

« A ce moment, du taillis, un *Clown noir*, à perruque blanche, s'élance en courant. (C'était Rosalba.) Le clown noir tend les bras à la danseuse bleue et lui exprime son amour. Mais elle, la première, et toutes les ballerines, le repoussent, exprimant leur dédain pour ce bouffon, ce pitre, ce pauvre faiseur de culbutes et de sauts périlleux, parodiste de leur art idéal. Et par des tours de main, elles miment la gymnastique ordinaire de ce vil acrobate, puis s'indignent, avec des airs scandalisés qui éloignent, qui repoussent ; la danseuse bleue est la plus méprisante.

« Puis, toutes, dans un mouvement réglé, partent en tournoyant sur les pointes, esquissent l'académique ballet des lignes harmonieuses. Enfin, elles s'arrêtent et entourent le clown à distance, et par leurs expressions, leurs signes, semblent lui dire : « Fais-en autant ! »

« Alors, seul, sur le devant de la scène, le clown noir moqueur, après avoir haussé les épaules, s'élance à son tour ; et c'est un vertigineux tourbillon d'impeccable plastique envolée dans le rêve, une ivresse, une passion débordante, dans un délire de liberté ; c'est la gloire irradiante de la jeunesse heureuse, de la force légère, l'apothéose suprême qui s'improvise et se renouvelle ; la danse d'un jeune dieu.

« Stupéfaites, confondues, les ballerines en demi-cercle s'extasient, font amende honorable en pliant un genou, tandis que la danseuse bleue, conquise, fascinée, s'approche, à pas scandés, les bras tendus, vers cet amant irrésistible en qui elle reconnaît un maître, le génie même du rythme et de l'inspiration, Apollon peut-être, déguisé en bateleur.

« Le clown noir, qui pardonne, revient à elle, l'enlace ; et tous deux repartent sur un double pas répété, coupé de suspensions extatiques, qui raconte le bel accord et la joie des amants ; puis, brusquement, il l'entraîne vers l'ombre et le silence des bois, tandis que, en arrière, les ballerines mènent éperdument une ronde brisée. »

Dans ce rôle, comme toujours, Rosalba se montrait admirable ; son corps nerveux se révélait entier sous le maillot de soie noir, d'où émergeaient ses seins durs, provocants, ses bras ronds, son cou modelé, sa nuque ambrée sous la perruque blanche. Et son masque changeant, reflétant chaque sentiment, chaque sensation, tantôt tendre, tantôt railleur, tantôt plein d'orgueil, enfin, resplendissant dans la victoire, la joie et l'amour conquis, affirmait une fois de plus quelle âme tragique, à la passion grondante, habitait cette chair splendide et la divinisait.

A chaque représentation de ce ballet, médiocre en lui-même, dont la musique était plu-tôt vulgaire, grâce au seul génie de cette étrange femme, la salle transportée criait son enchantement dans un fracas de mains qui ne finissait plus. Ce fut peut-être le plus splendide triomphe de la danseuse napolitaine.

Or, un soir, une demi-heure avant que le rideau se levât sur ce ballet fameux, comme, dans la loge de Rosalba, se pressaient, pour le grand ennui d'Horace, les habitués de l'adulation, le baron de Trévières entra et dit nonchalamment, après les saluts nécessaires : « Il y a un *revenant* dans la salle. — Ah ! firent des voix indifférentes, qui ça ? — Paul Orlowski, dans l'avant-scène de gauche. »

A ce nom, Rosalba, pâlit du visage, des mains, des bras, tout le sang afflué au cœur, et regarda Horace avec des yeux perdus ; il était aussi pâle qu'elle. Ils n'échangèrent pas un mot. Si tout le monde connaissait la récente aventure de la danseuse avec le prince, personne à Paris ne savait quel drame l'avait terminée dans le sang. Le mot *revenant*, dans la pensée de Trévières, signifiait simplement : *quelqu'un qui nous revient.*

Certes, le baron, en annonçant cette nouvelle, avait bien l'intention d'être désagréable au marquis de Puysan, qu'il détestait comme tous les amoureux de l'Italienne, mais il ne se doutait guère de l'émoi qu'il allait produire ; avec Hamilton et Baru, il parlait déjà d'autre chose.

« Sortez, messieurs, dit Rosalba, avec son habituel sans-gêne, mais d'une voix plus brusque que de coutume ; je ne vais pourtant pas mettre mon maillot devant vous ! — Nous regrettons ! répondit Bassion-Hébert... »

Mais tous se retirèrent.

Quand ils furent seuls, avec les habilleuses qui ne comptaient pas, Rosalba se tourna vers Horace et, d'une voix profonde, haletante, elle murmurait : « Un *revenant* ! Il a dit un *revenant* ! Et c'est vrai... Je l'avais bien tué. Alors il *revient*, pour me prendre?... Défends-moi. » Elle se serrait contre lui, prise de peur, à l'idée d'un spectre, elle que rien d'humain n'effrayait.

« Allons, dit Horace, ce sont de folles pensées. Il a réchappé, c'est bien simple ; il est guéri, tant mieux ! En France, il ne peut rien ; il faut veiller, voilà tout. Je m'en charge. — Tu crois? Tu es sûr?... Ce n'est pas un fantôme, un vampire ? »

Horace éclata d'un rire un peu forcé.

« Voyons, Rosa, tu as vécu trop longtemps à Paris pour croire encore à de pareilles bêtises... C'est un homme, en chair et en os, va ! mais un homme qui veut se venger sans doute. — Tu crois? tu crois? répétait Rosalba nerveuse, angoissée. »

Puis, brusquement, griffant de sa main impatiente sa gorge restée contractée par l'effroi : « J'ai soif, prononça-t-elle. A boire ! De l'eau, du citron ! »

Dans un coin obscur de la loge, une habilleuse, nouvelle au théâtre (ce qui fut rappelé plus tard), prit une carafe sur une table, emplit un verre d'eau glacée, coupa un citron, en exprima le jus dans cette eau et tendit le verre à la danseuse. Celle-ci avala d'un trait, puis respira : «Ah ! ça va mieux ! »

À ce moment, on vint l'avertir que le rideau se levait. Avec Horace, elle descendit d'un pas leste les escaliers des coulisses. Sur le plateau, il lui dit : « Ne regarde pas de son côté... c'est ce qui vaut le mieux. »

Elle fit à son amant un signe de tête qui signifiait «compris», lui envoya du bout des doigts un baiser tendre ; et, légère sous son maillot noir, elle s'élança sur la scène. Son apparition, comme d'ordinaire, fut saluée par trois salves d'applaudissements. Mais, pour les initiés, qui étaient nombreux dans cette salle, un intérêt nouveau s'ajoutait au spectacle, détournait l'attention des splendeurs de la scène. Dans l'avant-scène de gauche, comme avait dit Trévières, tout seul, très pâle dans l'habit noir, se tenait le prince Paul Orlowski. Plutôt un cadavre, un spectre, qu'un homme. On se demandait tout bas de quelle maladie relevait ce beau garçon, autrefois robuste, à présent décharné, épuisé, vide de force et de sang, comme un tuberculeux à sa dernière période. Mais nul ne savait rien. Depuis le départ du prince, il y avait plus d'un an, personne n'en avait entendu parler.

Lui, point de mire de tous ces regards curieux, indiscrets, restant immobile sur son siège, les yeux obstinément fixés sur la scène. Il était arrivé pour le ballet, avait attendu le lever du rideau, rencoigné dans l'ombre de sa loge ; mais, maintenant que les danseuses s'avançaient sur les planches dans des ronds de jambes et des envolées de bras, il se plaçait en pleine lumière et témoignait son intérêt par une continuité d'attention que rien ne pouvait distraire. Par moments, ses mains maigres et longues dans ses gants blancs trop larges se crispaient douloureusement sur le velours rouge du balcon. Autour de lui, on chuchotait, on parlait de lui. Il le savait, ne s'en souciait pas. Or voici ce qu'on disait :

« Mais c'est un moribond. — Il n'a que le souffle. — Voyez, il se cramponne : il ne tient sur son siège qu'à force de volonté. — Attendez de voir sa figure à l'entrée de Rosalba. — Je l'ai au bout de ma lorgnette ; je n'en perds pas une bouchée. — Ils se sont mal quittés, c'est sûr. — N'importe, il a mis du temps à courir après elle. — C'est de la passion réfléchie. — Prenez garde, dit quelqu'un, que tout ceci finisse mal. — Et Paysan, où est-il ? — Dans les coulisses sans doute. — Si le prince était plus solide, il y aurait une rencontre demain. — Impossible, ce serait un assassinat. — Paysan est une bonne lame, et, physiquement du moins, il se porte très bien. — Ah ! oui, physiquement, dit une voix de femme, mais moralement? — C'est autre chose, mais, après tout, je n'en sais rien. Je répète ce qu'on dit. — Enfin, il y a du drame dans l'air. — Chut ! attention, le prince... Voici Rosalba ! »

Le clown noir, en effet, bondissant du taillis, les mains tendues vers les ballerines, vers la danseuse bleue, dans sa mimique de désir et de prière. Comme toujours, une acclamation, des claquements de mains furieux accueillirent l'étoile ; acclamation peut-être encore plus formidable, bravos plus nourris, ce soir-là, comme une huée, une sorte de défi à ce prince barbare qui avait voulu confisquer pour lui seul l'idole de Paris et qui semblait poursuivre une esclave échappée. Impassible, il gardait sa pose figée : et, très assurément, ses yeux cherchaient les yeux de Rosalba. Celle-ci détaillait son rôle avec plus de science que jamais, prodiguait toute sa fougue dans un éblouissement de grâce et de

Le prince Orlowski à l'Opéra.

beauté, se surpassait encore, se livrait tout entière ; mais, selon le conseil d'Horace, elle évitait de regarder à sa droite dans la salle.

Le prince s'impatienta, une rougeur colora sa face blême et ses mains s'agitèrent nerveusement ; Rosalba continuait à l'ignorer. A présent le clown noir, répondant au défi des ballerines par un haussement d'épaules, la mine moqueuse, s'élançait seul sur le devant de la scène et commençait ses triomphantes évolutions. Le prince grinça des dents et murmura des mots incompréhensibles. Cependant, d'une loge voisine, la comtesse de Larchan crut entendre : «C'est trop long (ou trop lent) !...» Puis, un instant après : « Je veux voir pourtant... » Puis encore : «Si l'autre avait eu peur?... que ce ne soit pas fait? »

Mais, en ce moment, le clown noir, entouré par le chœur laudatif des ballerines, salué en dieu par la danseuse bleue, le clown noir subitement chancela, roula des yeux hagards, poussa

*****

un cri terrible en s'arrachant la gorge de ses doigts crochés, dans un paroxysme de soudaine souffrance ; et, la musique arrêtée, le ballet suspendu, dans un effroi général le drame unissant la salle à la scène, au milieu des cris la pauvre Rosalba, qui ne mimait plus, se renversait la bouche ouverte, mourante, dans les mains de ses compagnes, tandis que son bras déjà rigide, tendu vers l'avant-scène, dénonçait le prince dans un geste implacable. Celui-ci, dressé dans sa loge, la regardait mourir avec une joie féroce qui l'accusait aussi. Quand elle tomba, il disparut. Le rideau se baissait à la même minute sur cette tragédie trop réelle : on emportait Rosalba. Dans les bras d'Horace, elle put balbutier encore : « Lui ! venge-moi ! Ta vie... »

Elle n'acheva pas, plia la tête et trépassa. De cette gloire de la scène, de cette chair divine, de cette créature complexe, si vivante et si folle, il ne restait plus rien qu'un petit corps allongé, qu'une face toute pâle. Le lendemain, les journaux annonçaient que la grande artiste Rosalba — frappée d'une embolie disaient les uns, à la suite d'une rupture d'anévrisme prétendaient les autres — avait brusquement succombé sur la scène en plein triomphe, en pleine beauté. Quels regrets !... Mort enviable, cependant, pour une artiste de génie, toute donnée à son art, comme celle qui venait de disparaître. Une gazette, scientifique celle-là, attribuait cette mort soudaine à l'absorption d'une eau glacée par la danseuse en sueur... Elle citait des cas analogues, des exemples à l'appui. Mais pas un journal ne parla de poison, de crime possible, ne fit allusion au prince Orlowski. Par ordre, l'affaire fut étouffée.

L'opinion malgré tout ne s'égara pas, car, ce même soir, le prince quittait Paris et la France : c'était un aveu. Le duc de Puysan apprit la nouvelle toute chaude, à son cercle, un quart d'heure après la mort de Rosalba. Malgré l'heure tardive, il se fit conduire chez la marquise, qui se releva pour le recevoir. En quelques mots, il la mit au courant du drame qui la libérait. Elle écouta, très pâle, les yeux étranges, un peu égarés, et répondit enfin : « C'est affreux, je ne dois pourtant pas me réjouir... et cependant?... Et puis, l'oubliera-t-il?... — A coup sûr, répondit le duc, avec le temps et par vos soins. — C'est l'écueil, observa-t-elle. Je *lui* ressemble trop. »

Mais le vieillard ne voulait pas admettre que, livré à lui-même, Horace ne revînt naturellement à son foyer déserté, c'était son unique refuge. « Soit ! comme toujours, je l'attends ! conclut la jeune femme, laissant enfin paraître un peu de joie. »

Mais Horace avait d'autres soucis. Aussitôt le corps de la danseuse descendu dans la terre, il s'était jeté fiévreusement à la poursuite du prince Orlowski. Il obéissait ainsi à la voix d'outre-tombe qui répétait : « Venge-moi ! » Pendant deux mois, de royaume en royaume, de ville en ville, il suivit à la trace cet ennemi qui semblait fuir. Enfin, un jour, il arrivait

derrière lui, dans un pays perdu, en Crimée, dans cette solitude même où Rosalba avait vécu toute une année tragique. Mais, à une demi-lieue du château, sa voiture s'arrêta devant un convoi funèbre, un cercueil porté à bras par des moujicks, précédé, escorté, entouré par des popes qui psalmodiaient des chants. Très loin, sur la route, dans la blancheur des neiges, une foule suivait, tête basse, offrant des faces mornes, sans aucun sentiment. Le marquis interrogea. Il lui fut répondu :

— C'est le très haut et très puissant seigneur prince Paul-Michel Orlowski qu'on mène à sa dernière demeure dans la grâce de Dieu !

Horace salua le cercueil. Sa mission était terminée. Cependant, cédant à un désir naissant de plus grande souffrance, il se fit conduire au château du prince. Quelques domestiques effarés le gardaient seuls ; les portes restaient ouvertes derrière la dernière sortie du maître. Horace s'annonça comme un ami du défunt, glissa de l'or dans des mains noires ; alors, tout lui fut permis. Il parcourut, précédé par un enfant de douze ans, les trente salles de l'antique demeure où la misère voisinait avec un luxe inouï, où il y avait de la vaisselle d'argent et d'or dans des bahuts anciens et des paillasses de foin aux lits boiteux des princes. Dans la chambre où était mort Orlowski, sur un meuble, il aperçut un cadre de cuir rouge, une photographie abandonnée. A dix pas, il distinguait une figure trop connue. Il escamota ce cadre et le mit dans sa poche. Il emportait avec lui tout ce qui restait de Rosalba dans cette maison maudite. Puis il regagnait la bourgade la plus proche, et là, accoudé sur une table de bois graisseuse dans une auberge obscure, il se posait la question qui résumait l'ensemble de ses pensées : « A présent, quoi faire de la vie? »

Alors il résolut de voyager encore, de ne revenir en France que lorsqu'il serait guéri, s'il devait jamais guérir. Et de ce jour son errance commença.

Cependant, à Paris, son absence, sa fuite, dont le but avait été deviné, plongeait dans l'angoisse et la consternation les deux êtres qui, à des degrés différents, ne vivaient que pour lui : Marie-Hélène, sa femme ; le vieux Puysan, son père. Atterré par ce départ, le vieillard commençait à douter de l'avenir et ne montrait plus la même bravoure dans ses sermons païens. Devant la jeune femme effondrée il se demandait si toutes ses promesses, ses exhortations à la confiance n'étaient pas criminelles, puisqu'elles risquaient fort de rester mensongères. Alors il se taisait, un peu confus d'en être là. Il vieillissait d'ailleurs et s'attristait à cette idée d'une fin prochaine qui laisserait sa *fille* toute seule dans l'existence. Car la comtesse de Larmental était enfin remariée et ne songeait qu'à son jeune époux ; car Mme de Puysan, épouvantée de tous ces scandales, vivait de nouveau en recluse, défendait sa porte et recevait à peine les siens. En leur présence, elle fulminait contre les turpitudes du siècle ; et, si elle parlait de son fils, c'était pour le renier dans une imprécation.

Donc, aucun réconfort pour la délaissée, en dehors du vieillard qui mesurait le temps.

A cette époque, un revirement passager s'opéra dans l'âme jusqu'alors passive de Marie-Hélène. Elle était à bout de force ; un jour, elle se révolta. Elle l'avouait à son seul ami : « Cela devenait intolérable à la fin ! Ce mari qui l'avait abandonnée naguère pour une sauteuse, qui, à présent, l'oubliait pour une morte ; ce mari dont elle ne savait rien, qui voyageait à l'aventure, en compagnie d'un fantôme, sans souci d'elle-même bien vivante et souffrante ! Elle finirait par le détester à son tour. Et sa vie était liée à cet homme, elle lui appartenait? Quelle justice ! Eh bien, c'était assez : elle allait essayer de revivre ; elle se lassait des pleurs et de la solitude, et puis, en fin de compte, elle avait vingt ans ! »

« Vous avez raison, répondit le duc désormais sans opinion réelle. Si le divorce existait, vous seriez libre depuis longtemps. Tâchez d'être heureuse, si vous le pouvez. Ce n'est pas moi qui vous blâmerai. »

La marquise de Puysan reparut dans le monde. Elle y fut accueillie avec curiosité par les femmes, avec empressement par les hommes : les unes s'étonnaient devant cette héroïne, les autres se prenaient d'espoir vague et avaient leurs idées. Mais tous et toutes s'accordaient à reconnaître le charme de sa tristesse et l'éclat de sa beauté. Elle fut très accueillie, très fêtée aux Tuileries, aux ministères, aux ambassades ; elle prit enfin sa place parmi les dames d'honneur de l'impératrice, sous le haut patronage de la princesse d'Essling, grande maîtresse du palais, au milieu de ces femmes étincelantes qui s'appelaient la baronne de Pierres, la comtesse de Lézay-Marnésia, la comtesse de Montebello, la duchesse de Bassano, la vicomtesse Aguado, la marquise de la Tour-Maubourg, la baronne de Malaret, les comtesses de la Poëze et de Sancy-Parabère.

Dans cet entourage, secourue par la bienveillance particulière des souverains, elle eut un instant l'air de se reprendre à la vie. Mais, peu à peu, elle dut reconnaître que, si désormais elle avait appris à dissimuler, elle ne parvenait pas à combler les vides de son cœur et que, malgré elle, en dépit de sa raison comme de sa volonté, elle restait captive du souvenir, attachée à l'absent si indigne qu'il fût. Elle se comprit inconsolable et, sans plus de résistance, résolut d'exister sous un masque pour l'extériorité en gardant son chagrin intact au tréfonds de son être. Mais personne ne s'y trompa.

Dès lors les femmes l'aimèrent mieux encore, mais les hommes, presque tous, lentement s'écartèrent. La petite marquise était un joli phénomène, un monstre de fidélité qui n'aimait qu'un ingrat. Tant mieux pour lui, tant pis pour elle. Voilà ce que disaient les jeunes gens qui saluaient et passaient.

Puis, l'année 1867 fut une année de vertige où toutes les passions se noyèrent dans le bruit ; les personnalités disparurent ; ce fut le règne de la foule dans un Paris cosmopolite. L'exposition universelle, cette foire gigantesque pour l'époque, fit affluer les peuples sur la Seine ; les rois, les empereurs arrivaient les premiers. Elle s'ouvrit le 1er avril, sous la présidence du prince impérial, qui n'avait pas douze ans, au milieu des salves, des fusées et des gerbes, dans les acclamations. Dès lors, une rumeur d'orgueil et de joie emplit la grande cité ; nuit et jour, le son clair de l'or, des bouchons de champagne, la chanson des filles, égayaient la rue, les boulevards ; le populaire s'ébahissait tumultueusement. La cour, elle aussi, semblait folle. Elle accueillait le roi de Prusse en ami, l'empereur de Russie en bon frère. Et tous ces beaux cousins prodiguaient les sourires et les poignées de mains. Ils admiraient, s'extasiaient, ouvertement. « Quelle race que la vôtre ! quel prodigieux mouvement d'affaires, quel étalage de solide richesse ! »

Mais, déjà, ou mieux depuis longtemps, dans sa tête blanchie, le vieux Germain songeait à des moissons sanglantes par ces champs trop hospitaliers. Bismarck passait ; on acclamait Bismarck. On répétait ses mots ; on affichait ses couleurs ; à la lettre ; la nuance mordorée, cette année-là, portait son nom. Pourquoi? pour rien, pour lui faire honneur, par courtoisie française.

Ah ! si le polonais Bérézowski, le seul homme éveillé parmi tous ces dormeurs pleins de rêve, au lieu de manquer le Russe Alexandre, eût abattu le ministre prussien, dans la mémorable revue du bois de Boulogne, — quel service ce fou lucide eût rendu à la France, qui, peut-être, il est vrai, ne l'aurait jamais su ! Car, au milieu des galas et des fêtes, des cavalcades dans les Champs-Elysées, ce diplomate en casque à pointe, mesurait la portée des canons allemands par-dessus nos remparts, la parabole des obus Krupp sur les toits de nos maisons.

Mais devant ces bandits couronnés, méditant les rapines, calculant les milliards de rançon, les butins de guerre, le gouvernement impérial en démence découvrait, étalait des trésors que ne défendait plus la faiblesse des armées. L'insouciance, l'habitude de la sécurité, l'illusion de la force, la vanité nationale qui subsistait encore, aveuglaient, assourdissaient du haut en bas l'Empire et toute la France. Le présent était bien trop beau, bien trop bon pour qu'on s'embarrassât de l'avenir ; on riait, on buvait, on chantait ; qui donc avait le temps de penser, de prévoir? Et même si, par un de ces prodiges de divination qui parfois avertirent les voyants de l'histoire, suscitèrent les prophètes annonçant la ruine des édifices debout, — le peuple de Paris eût pu, dans une minute révélatrice, distinguer sa destinée future à trois ans de distance, voir son étroit blocus, entendre le sifflement des bombes sur ses murs affamés, ce peuple eût haussé les épaules et refusé de croire, tant l'antithèse, à vrai dire, eût paru monstrueuse, la vérité absurde, — impossible, la réalité ! Alors, dans ce tumulte, cette fièvre, cette folie tintamaresque, ce carnaval prolongé, les petits intérêts disparurent ; les intimités se perdirent au milieu des cohues ; et ceux qu'un deuil singularisait jusqu'à les isoler de la joie et du bruit se sentirent plus seuls et plus désespérés.

Ce fut le cas d'Hélène ; elle se retirait bien vite au château de Puysan, près du duc et de la duchesse, attristés eux aussi, et que leur âge

noble dame le disait à son mari, qui lui aussi, sur le tard, semblait rentrer en grâce.

« A la place d'Hélène, toute autre femme de la cour eût cherché des amants. Cette petite a un grand cœur. Dieu lui doit des compensations. — Que Dieu se dépêche, alors ! répondait le vieillard ; elle a souffert assez. »

Et, de cette victime, il s'occupait chaque jour, tâchant de la distraire à force de soin, et de prévenances, d'attentions délicates. Elle l'en remerciait de son jeune sourire brisé, tout ce qui lui restait de son ancien sourire ; joli, il l'éclairait, en cachant tous les autres.

Pauvre Hélène. Le jour de ses vingt et un ans, elle récapitulait le passé. Elle avait été heureuse quelques mois ; mais ce bonheur fugitif, elle semblait devoir l'expier par une vie de solitude et de regrets. A mesure que les jours passaient, elle perdait de plus en plus l'espoir de voir jamais revenir à elle un Horace repenti. Où était-il seulement ? Elle le savait mal.

Parfois, cependant, le duc recevait de son fils une lettre datée d'une ville lointaine, d'Amérique ou d'Asie ; lettre courte, toujours aussi morne, aussi désespérée. « Il n'osait pas, disait-il, revenir en France, reparaître devant les siens ; il doutait toujours de son cœur, ne parvenait pas à chasser le fantôme qui le suivait en route. Il se recommandait à la pitié d'Hélène. » Et c'était tout. Ces lettres, le vieux duc les cachait à la jeune femme. Il lui avouait simplement qu'il connaissait en quel lieu se trouvait le fugitif, et que si son corps gardait quelque santé, son âme restait malade... Elle soupirait, remerciait d'un

Passages de souverains.

éloignait des convulsions de Paris. Elle y passa l'année, du mois d'avril au mois de novembre, emplissant le vide de son âme avec les souvenirs qu'elle rencontrait partout dans cette vieille demeure où Horace avait grandi.

A présent la duchesse Adélaïde se prenait presque de bonté pour elle, reconnaissante à sa belle-fille de garder si fièrement son singulier veuvage et de fuir les consolations. Souvent la

signe, n'assistait pas.

Elle habitait la chambre où, nouveaux mariés, elle et lui, naguère, étaient venus furtifs pour cacher leurs amours par un printemps précoce, une heureuse saison. Elle avait exigé celle-là et pas une autre, car on eût dit qu'elle mettait de la joie à souffrir davantage, qu'elle recherchait les occasions de plus grande douleur.

Dans le même sentiment, elle se laissait enmener par le duc, en voiture ; promener à travers ces campagnes qu'elle avait découvertes la veille avec Horace. Le vieux Puysan conduisait lui-même un léger tilbury attelé d'une grande jument anglaise dont la robe sombre frissonnait au soleil avec des reflets de moire. Au grand trot, l'équipage suivait les routes ; et, du bout de son fouet, Puysan désignait les châteaux à l'entour, les clochers aperçus dans un pli de terrain. Et, chaque fois, Hélène faisait la même réponse : « Oui, je sais... *nous sommes venus là.* »

Nous, lui, elle, le disparu, l'abandonnée.

Le vieillard avait beau s'ingénier à trouver du nouveau, la distraction d'une seconde, il n'y parvenait pas. Souvent, en chemin, les paysans, encore respectueux, peut-être serviles, avant la République, se découvraient à leur passage ; et si la voiture allait au pas sur une côte, certains s'enhardissaient jusqu'à la suivre en demandant des nouvelles de M. le marquis ? pourquoi on ne le voyait plus ? comment il pouvait voyager loin d'une femme aussi charmante ? Alors, comme Hélène baissait la tête, le duc agacé, cinglait de son fouet l'échine noire de la jument nerveuse qui aussitôt tressautait, bondissait en avant et filait à toute allure, laissant, bien loin derrière, les curieux déçus. Mais, ces jours-là, au retour, Hélène semblait plus morne, et un pli amer, qui commençait à marquer, se creusait aux deux coins de sa bouche.

Lorsque l'hiver revint et qu'elle dut rentrer seule dans son hôtel de l'avenue Joséphine, sa tristesse s'accrut encore ; sur le seuil de sa maison vide, elle défaillit, le cœur à bas, trouvant la croix trop lourde et le sort trop injuste.

Cependant, Paris débarrassé de ses hôtes, reprenait peu à peu ses aspects coutumiers. À la cour le train-train des cérémonies ordinaires recommença, suivant d'antiques habitudes. Alors, l'impératrice se souvint de Marie-Hélène de Puysan et la rappelait à elle. La jeune femme, encouragée par son beau-père, obéit aux ordres de la souveraine. Elle reparut au milieu des dames d'honneur, mais n'abdiqua plus sa mélancolie hautaine.

A présent, les très jeunes gens tout bas se moquaient d'elle. Ils l'avaient surnommée Calypso et se demandaient entre eux des nouvelles d'Ulysse ; parfois, elle surprit les échos de ces sottes gouailleries, elle les méprisa. Elle comptait aussi des dévouements nouveaux, des amitiés qu'elle jugeait pures, désintéressées ; car, malgré ses aventures, elle croyait difficilement au mal. Deux hommes, de figures bien diverses, s'appliquaient, vers cette époque, à l'entourer d'hommages discrets et d'attentions réservées. C'était d'abord le vicomte Olivier de Séguy. Celui-ci avait commencé par aimer Marie-Hélène de loin, sans la connaître encore. Naguère en Extrême-Orient, dans une ville chinoise où il était consul, il rencontrait parfois un singulier voyageur, Parisien comme lui, qui traversait sans s'y mêler les foules cosmopolites, s'attardait dans le port à considérer de ses yeux vides le mouvement des navires sous leurs pavillons

bigarrés ; des navires en partance vers l'Europe lointaine, — puis, d'un pas de somnambule, gagnait, vers le soir, quelque fumerie d'opium dont les rideaux légers retombaient derrière lui.

Un jour, une formalité de passeport mit les deux hommes face à face ; le premier se présentait lui-même : marquis Horace de Puysan ; ils causèrent un instant, et cela suffit pour qu'ils évoquassent des noms de la mère patrie. Ils reconnurent qu'ils avaient les mêmes amis, les mêmes relations ; se découvrirent de vagues liens de parenté en quatrième cousinage ; et devinrent amis dans la mesure où le solitaire et taciturne voyageur pouvait admettre l'amitié. Peu à peu, dans l'amertume des lendemains d'opium, Horace révéla sa triste histoire. Séguy ne l'ignorait pas tout entière ; les journaux de Paris avaient popularisé jusqu'aux bords de l'océan Indien la tragique aventure de la petite danseuse morte un soir d'Opéra. Mais l'exilé volontaire, la tête dans les mains, parlant comme pour lui-même, racontait à présent, dépeignait la personnalité douloureuse de Marie-Hélène de Larmental, marquise de Puysan. Il disait sa beauté supérieure, son charme incomparable, sa constance héroïque dans l'épreuve, et s'accusait dramatiquement d'avoir ainsi brisé la plus noble des existences. Pendant quelques jours, il revint chaque matin au consulat, puis disparut ; il s'était embarqué, sans avertir, sur un bateau marchand à destination du Mexique.

Mais Olivier de Séguy se souvenait de ses aveux ; surtout de ces portraits d'Hélène, peints pour lui, à grands gestes hachés, par cet halluciné qui tendait les bras à la France, qu'une morte retenait en arrière, et qui noyait ses incertitudes et sa raison dans les fumées bleuâtres du poison d'Asie.

Aussi, peu de temps après, lorsqu'il revint à Paris, le vicomte de Séguy rechercha-t-il bientôt cette héroïne idéale dont il était hanté. Il la trouva, sans peine, dans les salons, aux Tuileries même, où il entrait librement. Il put constater qu'Horace de Puysan n'exagérait en rien quand il en évoquait l'enthousiaste image ; et, doucement, sans autre pensée encore qu'une pitié très tendre, il prit l'habitude de se trouver sur son passage et de la saluer avant les autres. Elle s'en aperçut, l'accueillit tristement, en femme désabusée, sûre d'elle-même. Mais quand elle apprit qu'il avait rencontré son mari, là-bas, de l'autre côté de la terre, elle lui tendit les mains comme à un vieil ami et se plut à l'interroger. Ce fut ainsi qu'entre eux s'établirent des relations mélancoliques, un peu fausses peut-être ; car, entre une très jeune femme, belle et gracieuse, et un jeune homme de haute mine, l'amitié toute pure est plutôt chimérique.

Le second chevalier, jusqu'alors égal en discrétion, de la triste marquise, s'appelait le comte Maximilien de Ferté des princes Paradeyser ; un Allemand, d'origine française.

Jadis, un comte de Ferté, en Lorraine, converti à la réforme, s'était réfugié, après la Révolution de l'Édit de Nantes, dans une ville du Brandebourg. Il y fit souche ; son petit-fils, un rude soldat, devint prince sous le roi Frédéric Guillaume Ier ; et du huguenot proscrit descendait après deux cents ans le capitaine prussien comte Maximilien de Ferté, prince Paradeyser. Mais, en France, on l'appelait comte, et, à la cour, Max ; il y était grand favori ; les dames se le disputaient, le déclaraient délicieux ; en faisaient leur coqueluche. Il était venu à Paris dans l'état-major royal, à la suite de Bismarck, pour l'exposition. Aussitôt présenté, il allait, léger, plein de grâce, racontant ses origines, commençant toujours par la même phrase : « D'abord, moi, je suis Français. » Et cependant, ses yeux bleu-faïence, ses cheveux blonds, sa taille très haute, étaient là pour avertir qu'à force de croisements avec les filles d'Allemagne, ses pères avaient transmis bien peu de sang français aux veines de ce dernier rejeton. Il était très jeune et semblait plus jeune encore qu'il n'était réellement. Il jouait au gamin à la fois étourdi et sentimental.

L'impératrice, subitement engouée, le trouvait chevaleresque, un paladin. L'empereur, poursuivant l'énigme de sa propre naissance, accueillait ce mélange d'Allemand et de Français comme un petit cousin. Puis, toujours à son rêve, peut-être considérait-il en lui l'expression des races fusionnées pour la paix éternelle.

Mais le propre héros de tant d'attentions flatteuses continuait sa chanson ; citait ses parchemins, ses alliances ; et, — ce qui amusait beaucoup le parti bonapartiste, — établissait ou semblait établir sa parenté, lointaine, mais directe, avec un comte de la Ferté de très haute naissance, lequel alors représentait officiellement le comte de Chambord à Paris et était, à juste titre, considéré par tous comme le chef du clan légitimiste.

« D'abord, moi, je suis Français ! »

Et Max serrait les mains à la ronde, se liait d'amitié subite avec nos officiers, surtout ceux du grand état-major ; allait les voir au ministère ; causait étourdiment, obtenait des réponses, les invitait à déjeuner, à dîner, à souper ; les politesses étaient rendues, et la fête se prolongeait, charmante. Il en fut ainsi tout le temps de l'exposition.

Quand le roi de Prusse, après un court séjour à Compiègne, dut regagner Berlin, ce fut l'empereur lui-même qui lui demanda, un soir, cette grâce de laisser le comte de Ferté en résidence à Paris comme attaché militaire ou à tout autre titre. Ce jeune homme s'était fait des amis à la cour ; on déplorait son départ ; enfin l'impératrice s'y intéressait.

« Oh ! alors ! répondit Guillaume avec un bon sourire, je ne puis qu'accéder. » Il appela : « Paradeyser ! » Le jeune homme s'approcha : « Est-ce vrai que vous voulez redevenir Français ? — Lorrain, sire ! répondit le jeune homme sans tiquer. — Lorrain, comme mes ancêtres ! »

Bismarck fronça les sourcils. Ce jeune prince montrait trop d'impudence ; c'était dangereux. Mais déjà le roi continuait très vite, pour couper les réflexions : « Eh bien, soit, Paradeyser ;

faites-vous attacher à l'ambassade. C'est consenti. » Et, tourné vers l'impératrice, qui s'avançait très lente, il ajoutait : « C'est notre cousine qui le désire ainsi. »

Les souverains s'éloignèrent ensemble. En arrière, le comte de Bismarck, tout droit, tout raide, dans sa tunique de cuirassier blanc, d'un signe des paupières retint le comte Maximilien. Et quand ils furent isolés, très bas, très vite, il l'objurguait :

« Ah çà ! es-tu fou ! — Pourquoi, Excellence ? répondit le jeune homme toujours souriant, sans beaucoup s'émouvoir. — Pourquoi ? pourquoi ? tu ne le sais pas, peut-être ! Autant les avertir directement que nous prendrons l'Alsace et la Lorraine. — Excellence, répondit tranquillement Paradeyser, ce serait la même chose ; ils ne le croiraient pas. Ces gens-là, voyez-vous, n'ont souci que d'eux-mêmes, et ils se croient si forts qu'ils en sont aveuglés. — N'importe, répliqua le futur chancelier, la prudence est obligatoire. Ne recommence pas, ou je te renvoie à ton père. — Excellence, répondit encore le jeune prince avec sa mine de fille gâtée, croyez-vous donc que je ne sois pas utile ici ? — Je n'ai pas dit cela. — Que je n'y voie pas clair, moi ? — Oui, oui, tu as de bons yeux. — Vous verrez bientôt... — Tais-toi, voici les femmes !... — Qui donc leur a soufflé, à toutes, l'impérieux besoin de me conserver en France ! qui donc, Excellence ? — C'est toi, parbleu, beau Machiavel ! Bonsoir, va te promener ! »

En effet, un groupe gracieux, froufroutant, sortait de la salle voisine : quatre jolies dames du palais qui entouraient aussitôt le jeune prince. « Max ! Max ! Vous nous restez ! Vous nous restez ! L'impératrice nous l'a dit... Vous êtes content, hein, Max ? »

Elles battaient des mains, se trémoussaient devant lui ; et lui-même, comme un gamin de douze ans, bouffonnait, faisait claquer ses doigts, sautait d'un pied sur l'autre, pour mieux marquer son ravissement. Canrobert, qui passait, arrivait en retard, vit la scène de loin, haussa les épaules et s'en fut en grognant : « Voilà leurs officiers ! valses et cotillons... Au feu faudrait voir. Et l'on veut nous faire peur avec ces cocos-là ! » Le noble maréchal s'en allait, une fois de plus tout à fait rassuré sur la supériorité militaire de la France.

En effet, Maximilien de Ferté-Paradeyser demeura dans Paris, continua à visiter ses amis de l'état-major français, suivit les revues, les manœuvres, admirant très haut sans avoir l'air de bien comprendre, fut plus que jamais des intimes de la cour, où il ne cessait plus de dévaster les cœurs ; puis, lassé sans doute de bonnes fortunes trop faciles, il découvrait un matin la marquise de Puysan et s'avisa d'être amoureux d'elle. Mais, devant celle-là, devant cette figure fermée, ce singe malfaisant qui, d'ordinaire, restait imperturbable, perdit tous ses moyens et joua au naturel son rôle d'enfant sans expérience, obéissant au premier mouvement. La cause ? Un effet physique sans doute. Marie-Hélène l'attirait par son charme, mais

Horace de Puysan victime du poison d'Asie.

elle le déconcertait par sa tristesse hautaine, son port de tête, sa façon de marcher. — L'ensemble l'intimidait. De cette timidité, il enrageait tout bas, eût voulu s'en venger, mais ne pouvait la vaincre. Et ce fut une cour très respectueuse qu'il offrit à sa nouvelle idole.

« Vous perdez votre temps, mon petit, lui dit un jour Mme de Guichanois, qui suivait son regard. C'est comme à Metz, citadelle imprenable. »

C'était l'avis de tout le monde aux Tuileries ; ce fut peut-être aussi l'avis du soupirant lui-même. Malgré tout, il persistait, le cœur plus ou moins réellement pris, qui l'a su avec des étalages de tendresse mélancolique. Alors, comme il se montrait réservé par hasard, plutôt petit garçon, assez prêt à rougir, la jeune marquise l'accueillit sans défiance ; car elle ignorait ou ne voulait pas croire tout ce qu'on racontait sur ce Don Juan superbe métamorphosé pour elle en berger de Florian.

Avec M. de Séguy, il composa son escorte habituelle ; et, chose bizarre, dans cette cour libertine où les femmes échangeaient leurs amants, où les hommes se prêtaient leurs maîtresses, personne n'osa jamais soupçonner Marie-Hélène de Larmental, marquise de Puysan, d'oublier son mari avec ses chevaliers. « Platonisme, disait-on, Fertó lâchera vite. »

Non, il ne lâchait pas. Tout l'hiver de 1868, au printemps, à l'été, en automne, il resta fidèle à la France comme à son amour. Il était à demeure à Compiègne, où Séguy, moins en cour, ne faisait que passer. Le duc de Puysan, d'abord soupçonneux, à présent lui faisait bonne mine.

C'est un enfant, un enfant sans conséquence !

Et puis le duc savait bien qu'Hélène n'aimerait jamais qu'Horace. De celui-ci, aux mêmes époques, les nouvelles, brusquement, arrivèrent plus fréquentes. Peu à peu, il resserrait le cercle de ses errances lointaines tout autour de la France, se rapprochait graduellement de Paris. A l'automne de 1868, on le savait en Angleterre ; ses lettres se succédèrent, nombreuses, pressantes. Hélène, enfin, reçut directement celle qu'elle attendait depuis des mois, des ans. Le marquis Horace se jurait guéri de ses hantises, demandait son pardon, sa rentrée en grâce, sa place dans sa maison.

Cette lettre dans les mains, la jeune femme restait interdite, en proie à mille pensées confuses et par instant contraires. Elle ne distinguait pas si elle était heureuse. Quelque chose l'oppressait qui ressemblait à de la crainte ; elle hésitait.

II

Il avait plu dans la matinée ; des gouttes d'eau restaient suspendues aux branches ; le parc jauni encadrait d'or les marbres blancs de ses statues ; au lointain la forêt rousse, avec ses masses profondes, enfermait l'horizon ; et dans le ciel redevenu bleu des petits nuages roses s'effilochaient.

Ce 25 octobre était particulièrement doux ; des groupes nombreux, avant midi, se risquèrent dans les allées, devant le château ; les hommes pour la circonstance avaient chaussé de lourds souliers de chasse, mais les femmes moins prudentes s'en allaient, les jupes relevées, sur les hauts talons Louis XV de leurs bottines mordorées. Elles riaient en sautant les flaques d'eau, s'accrochaient au bras robuste d'un chevalier complaisant, à droite ou à gauche, selon leur caprice ; quelques-unes, pourtant, plus équitables, partageaient également ces sortes de faveurs, en tenaient comptabilité. Marie-Hélène à son tour parut sur la terrasse, descendit les marches basses du perron. Aussitôt Olivier de Séguy s'approchait par la droite, tandis que Max de Ferté s'avançait par la gauche. Ensemble, ils la reçurent chapeau bas, au dernier degré de l'escalier. Elle n'eut pas l'air étonné de les trouver là ; c'était l'habitude. Chaque matin, où qu'elle se montrât, ils se présentaient aussitôt. Ils arrivaient séparément, ne songeaient à se saluer qu'après l'avoir saluée, elle, et le faisaient sans grâce. Il était évident qu'ils se fussent volontiers passés l'un de l'autre et qu'ils se déplaisaient considérablement. Mais c'était la commune histoire de tous les groupes qu'ils voyaient à l'entour : une femme, servant de lien factice entre trois ou quatre hommes qui, à cause de ce lien même, se détestaient entre eux.

De ces rivalités naissait l'unique intérêt de la vie dans cette cour où tout était futile, où tout sujet grave était écarté avec préméditation.

« Madame, dit Olivier en se plaçant à droite de la jeune marquise, vous êtes fraîche et rose, vous avez bien dormi. » Elle lui sourit confiante et répondit : « Oui, presque, je ne sais pas pourquoi, par exemple ! car j'ai bien des soucis. »

Le comte Max intervint : « Chassez-les, marquise, chassez-les ! Voyez, il a plu, cette nuit ; ce matin il fait beau. Imitez la bonne nature... Et puis il y a si longtemps que vous avez des soucis !... » Il n'acheva pas, traça dans l'air un geste indécis. Hélène répliqua plus vivement : « Qui vous dit que je n'en ai pas de nouveau ? »

Olivier s'intéressait : « Est-ce vrai, madame ? » Il la regardait de côté avec une curiosité tendre où se peignait déjà un peu d'angoisse inquiète. Comme un écho, mais d'une voix devenue sombre, presque mauvaise, l'Allemand Paradeyser répétait : « Est-ce vrai ? »

Tranquille, elle répliqua : « Tout à fait vrai, mais des soucis heureux, si l'on peut dire. Et ceux qui m'aiment doivent se réjouir, car je vais peut-être retrouver le bonheur. J'ai reçu une lettre de mon mari... — Ah ! — Et alors ? — Il revient... ou plutôt il demande à revenir. »

Il y eut un long silence. Les deux hommes marchaient la tête basse ; Hélène, au milieu d'eux, regardait au lointain des choses qu'elle voyait seule sans doute. Elle souriait vaguement. Mais, derrière leurs dos, remontant jusqu'au perron, leur piste restait marquée profondément dans le sable humide : les empreintes de deux lourds pieds d'hommes emprisonnant les traces légères d'une étroite semelle et d'un petit talon. C'était leur histoire qui était écrite là.

« Et alors ? répétait enfin Olivier, vous pardonnez, vous l'accueillez les mains tendues ? — Sans doute. Je l'aime. »

Paradeyser rougit violemment et serra les poings. Au moindre choc, sa brutalité naturelle reparaissait malgré lui.

« Vous avez raison, continuait M. de Séguy avec un grand soupir. Puysan n'est qu'un égaré sur lequel la fatalité s'acharne ; mais je le connais assez pour croire à sa bonté de cœur et surtout à sa loyauté. S'il revient, il revient guéri, prêt à vous faire oublier un passé douloureux. C'est le plus grand bonheur qui vous puisse arriver. J'en suis heureux, madame ! »

Et Séguy s'inclinait au milieu de son compliment. Le comte de Ferté comprit lui aussi qu'il devait quelque congratulation ; mais, trop irrité pour rester calme, il s'empêtra dans les formules. « Marquise, ne doutez pas... je suis ravi d'apprendre... tout ce qui vous touche ne peut m'être indifférent... Enfin, tant mieux si vous êtes contente ! »

Hélène sourit d'un sourire un peu moqueur, presque gai, qu'on ne lui connaissait plus depuis longtemps. « Merci, messieurs ; je ne doutais pas en effet... car il est bien naturel que des amis sincères se réjouissent de la joie d'une amie. » Puis, non sans malice, elle ajoutait : « Monsieur de Ferté, je vous présenterai au marquis de Puysan. Vous verrez, il est de votre taille ; il a des épaules comme vous. Il vous plaira, j'en suis sûre. »

Olivier, à son tour, souriait vaguement. Et cependant toute raillerie, même discrète, en l'occasion l'atteignait lui aussi.

« Madame, prononça soudain l'Allemand d'un air grave, me permettez-vous un conseil, en passant ? » Un conseil ? Hélène clignait des yeux, arrêtée toute droite, au milieu de l'allée, devant ce conseilleur qui lui semblait impertinent.

« Oui, répéta le comte, un conseil. J'espère que ma franchise ne vous blessera pas. — Votre franchise ? murmura Hélène d'une voix pleine de réticences, enfin, allez toujours ! — Oui, continua Ferté, au risque de vous déplaire, je dis qu'on n'accueille pas ainsi après des années un mari déserteur (je parle en soldat) ; et qu'avant de lui pardonner si vite, il serait bon, il serait nécessaire, pour la dignité d'une femme comme vous, de prendre des garanties, des précautions, de demander des preuves et des épreuves. En un mot, de faire tout ce qu'on fait quand il s'agit d'un mariage, car il n'y a pas de différence entre un homme qu'on ne connaît pas et un homme qu'on ne connaît plus ! Voilà ! Si je vous ai déplu, c'est par excès d'intérêt pour vous-même. — Vous ne m'avez pas déplu, laissa tomber très bas Hélène ; j'avais déjà pensé... Et vous monsieur de Séguy est aussi au votre avis ? »

Cette fois-là, Séguy fut lâche. C'était trop lui demander aussi. Il hésita et répondit sans conviction : « Il est certain, madame, qu'un homme peut changer en trois ans de voyage. Est-ce en bien? Est-ce en mal? Voilà la question. Si dans la multiplicité des paysages il a pu laisser l'idée fixe et les mauvais chagrins il a pu aussi au cours des routes, dans des pays barbares, emprunter à l'habitant des coutumes dangereuses... il y a l'opinion. »

Hélène rêvait. Elle conclut brusquement: «Diriez-vous tout cela, messieurs, si vous aviez cinquante ans? »

Les deux jeunes gens, surpris par la question, ne surent pas répondre. Et, muet un instant, le groupe s'engagea sous le berceau de fer de Marie-Louise. Des gouttes d'eau, filtrées à travers les feuilles, tombaient de la voûte treillagée. Le silence y était plus compact qu'alentour; la voix y prenait plus d'importance.

Quand la marquise reprit la conversation, ce fut pour parler d'autre chose. Cependant elle emportait en elle une impression persistante de ces avertissements. Certes, elle distinguait bien le dépit plus ou moins déguisé de ses deux amoureux, qui, pour aimer sans espoir (elle le croyait ainsi), ne s'en alarmaient pas moins du retour d'un mari toujours cher; mais, pourtant, il était naturel qu'en dehors de la passion on raisonnât comme eux. Elle seule, avec tout son cœur fou, ses souvenirs, son besoin d'amour et de bonheur nouveau, pouvait accepter une réconciliation si brusque en étant si tardive. Une femme sans amour eût hésité certainement.

Elle en voulut à Séguy, comme à Ferté, d'avoir éveillé en elle de telles inquiétudes; mais à la suite de cette leçon reçue, elle témoignait au vieux duc ébahi son désir d'être rassurée contre les dangers possibles d'un avenir resté problématique. « D'où vous vient tant de raison? s'écriait celui-ci; Hélène, je ne vous reconnais plus ! »

Mais Hélène, comme avertie par un pressentiment, persistait dans son désir, dans sa défiance. Elle doutait, s'épouvantait à l'idée d'un retour s'il n'était pas durable, d'une reprise éphémère de la vie d'autrefois. Elle se déclarait désormais incapable de supporter une seconde rupture, de nouveaux outrages, de nouveaux chagrins. Pour être accueilli sans réserve, tout à fait pardonné, il fallait que l'époux infidèle apportât le témoignage d'une foi sans mélange, qu'il subît à sa gloire, quelque éclatante épreuve. « Lesquels? Laquelle, bon Dieu ! s'exclamait le duc, plaidant pour son fils. Il est prêt à tout ! — Je ne sais, répondait Hélène; qu'il cherche, qu'il trouve... trouvez ! » Et, méfiante, ombrageuse, elle demeurait passive dans l'attente, trop indécise pour faire un pas en avant; ne répondait plus aux nouvelles lettres qui la suppliaient.

Dans le cercle de l'impératrice, on en discutait; les uns approuvaient, les autres blâmaient la marquise. Mais quand la souveraine déclara qu'Hélène avait raison, qu'elle avait assez souffert pour montrer quelque exigence, tout le monde s'inclina, et il fut décidé qu'Horace de Puysan devait fournir les preuves de sa foi, comme jadis les Paladins s'évertuant pour leurs dames. Mais nul non plus ne distinguait bien

quelles seraient ces preuves. Ce fut un sujet de conversation, jusqu'au jour où Mme de Metternich eut enfin son idée et mystérieusement annonçait à ses intimes groupées autour d'elle: «J'ai trouvé quelque chose d'étourdissant pour la Sainte-Eugénie et le moyen de faire rentrer Puysan en grâce. — Comment? Comment? crièrent dix voix curieuses. — Écoutez bien ! »

Elle parlait très bas, très vite; et bientôt autour d'elle tout le monde s'extasiait. Pourtant, une belle dame, sensée par hasard, osait une observation. «C'est risqué, princesse; qu'en dira l'impératrice? — Je m'en charge ! répliqua l'ambassadrice, sûre de sa puissance, avec un geste décidé. »

La même frondeuse reparaît: « Mais Marie-Hélène?... Elle compte, elle aussi. Consentira-t-elle? se prêtera-t-elle à ce rôle... singulier? — Pourquoi pas? répondit Mme de Metternich. — Pour plusieurs raisons; la première, parce que ce n'est pas très digne; et aussi parce qu'elle n'est pas femme à désirer ce genre d'exhibitions. Le costume est décolleté du haut en bas. — C'est vrai, reconnut la princesse. Pourtant il ne faut pas oublier que la marquise en elle contient deux personnages: celui d'avant, celui d'après. Avant le drame, rappelez-vous, elle était gaie, volontiers fantaisiste, pleine d'audace et d'imprévu. Elle ne se gênait pas alors pour montrer ses épaules qui sont blanches et sa gorge qui est belle. Depuis, c'est encore vrai, elle est toute austérité. Mais pour reconquérir son ancien état d'existence, il est naturel qu'elle en reprenne les anciennes allures et la belle liberté. Et puis, quand j'aurai gagné l'impératrice, celle-ci la convaincra. — Je la souhaite, conclut la dame, lasse d'être sensée; car le projet est admirable, et ce serait bien amusant ! — Ne doutez pas ! conclut Mme de Metternich et distribuons les rôles. Je vais mander dare-dare le maître à danser de l'Opéra. »

Alors, toutes ces nobles évaporées battirent des mains. Elles se concertèrent longtemps, puis se séparèrent en se jurant le secret. Chose étrange, il fut gardé !

Le même jour, l'ambassadrice, dans un entretien particulier, entreprit de persuader la souveraine. Comme elle s'y attendait, celle-ci se récria d'abord.

« C'était trop osé, presque scandaleux... Les journaux s'en empareraient... Les républicains allaient encore fulminer contre la corruption des mœurs impériales. »

La princesse laissa passer ce flot de vertueuses objections. Puis elle plaida la générosité, la charité de l'intention. Tous les moyens étaient bons pour atteindre un but à coup sûr louable, infiniment moral. De quoi s'agissait-il en somme? De réconcilier à jamais deux intéressants époux séparés par d'affreuses circonstances. Certes, le marquis de Puysan devait être sincère dans son repentir et ses nouveaux serments. Mais il pouvait s'illusionner lui-même, et Marie-Hélène avait raison quand elle exigeait des garanties. Or, quelle épreuve pouvait être plus décisive que celle qu'elle proposait, elle, la

* * * * *

.princesse? Si Puysan en sortait vainqueur, n'était-ce pas le gage assuré d'un renouveau d'amour pour la triste délaissée, redevenue, grâce à cet artifice, la plus heureuse des femmes? N'était-ce pas à considérer?

Marie-Hélène montrerait ses jambes... Eh bien, on les disait parfaites ; et il suffisait d'un coup de vent engouffré dans une crinoline pour que la plus prude des douairières en fît autant, avec moins d'agrément pour ses contemporains. Enfin, n'était-ce pas hypocrisie pure que cette loi mondaine qui permet les poitrines, les épaules nues, le dos et les bras découverts, et proscrit, au nom d'on ne savait quelle pudeur, quelle décence, de laisser voir son genou? Et puis il y avait des précédents, d'illustres exemples. Aux bals travestis de la cour, dans les tableaux vivants, on en avait vu bien d'autres. « Rappelez-vous, Majesté... la comtesse de Casteleone en dame de cœur?... — Oh ! celle-là ! coupa l'impératrice avec un geste de colère qui révélait de jalouses rancunes. »

Mme de Mettersen continuait : « Et la princesse de Borsakoff, en Salammbô, sous ses mousselines transparentes, toute nue, ou à peu près? — Chère amie, interrompit encore Eugénie, nous étions plus jeunes ; et puis vous savez bien que ce fut un esclandre et qu'elle fut reconduite à sa voiture par un chambellan... L'exemple est mal trouvé. — Je l'avoue ; mais il ne s'agit pas aujourd'hui de pareilles effronteries. Un costume de clown n'est pas plus indécent (ce mot m'agace) qu'un costume de mignon Henri III ou de page ; et Dieu sait si nos belles dames se sont souvent travesties de la sorte ! » L'impératrice pensive répétait : « Nous étions plus jeunes. — Allons, madame, ne parlez pas ainsi... ou je croirai que vous cherchez des compliments. »

La souveraine sourit, elle faiblissait.

C'était une âme mélangée et complexe que cette auguste parvenue. Ses amis le racontaient volontiers : dans son enfance, une bohémienne lui avait prédit qu'elle épouserait un souverain ; et cette légende lui donnait déjà des airs de famille avec Joséphine de Beauharnais. Était-ce à cette prophétie qu'elle devait cet orgueil naturel, cette hauteur d'accueil qui lui fit tant d'ennemis? Peut-être, mais plus encore au sentiment intime de sa beauté. Même avant la prodigieuse aventure de son mariage, on remarquait ses yeux bleus déjà durs et déjà despotiques, vides, disait-on, d'esprit et de cœur. A la vérité, pour la France, c'était une étrangère ; elle n'aima même pas l'Empire, s'avouait volontiers légitimiste, encore comme Joséphine. Elle professait un culte particulier pour Marie-Antoinette ; non pour la reine tragiquement déchue, emprisonnée au Temple ou mourant à l'échafaud, mais pour la princesse gracieuse et frivole, des bergeries de Trianon. Longtemps, elle s'était tenue à l'écart de la politique, ne se mêlait en rien au conseil des ministres ; mais quand elle sentit décliner sa beauté, elle résolut de remplacer la puissance fuyante de son charme physique par son autorité dans les affaires d'État. Elle y parvint sans peine ; car l'empereur, *ce doux entêté*, comme l'appelait sa mère, la reine Hortense, sentait avec ses forces décroître sa volonté. L'âge, la maladie lui rendaient odieuses les querelles et les discussions, surtout dans sa maison. Alors, il fermait les yeux, baissait la tête et laissait faire. L'impératrice en profita, son influence fut néfaste, amena les catastrophes dont la France est restée diminuée... Mais, à cette époque, 1868, elle ne s'exerçait encore qu'au plus grand profit du pape, dont Eugénie se déclarait la première servante et la plus fervente des zélatrices.

A cette héroïne historique, on a prêté bien des incartades scandaleuses ; il apparaît pourtant que ce fut calomnie et qu'il n'en reste rien. Elle s'amusait des intrigues des autres, s'en effarouchait parfois pour en mieux rire après, mais elle s'abstint par elle-même de toute aventure sentimentale. Car, sentimentale, elle ne l'était guère ; froide de chair, elle restait à l'abri des surprises des sens : hautaine, elle ne voulait pas déchoir ; avait le respect de son rang, la conscience de sa grandeur ; et dans ces circonstances au moins l'orgueil de Guzman lui fut salutaire.

Enfin, elle conservait religieusement en elle toutes les traditions de sa race, toutes les superstitions de son passé ; sa foi chrétienne datait du temps de l'Inquisition : ses convictions royalistes? une leçon apprise dans l'enfance et trop bien retenue. A ce propos, et au sujet aussi de sa dévotion ardente à la reine décapitée, une histoire courut jadis, alors qu'elle n'était encore que Mlle de Montijo. Certains prétendaient qu'en épousant cette fière Andalouse, l'empereur ne commettrait pas une mésalliance, mais entrerait au contraire dans la filiation de la maison de France.

« Ce n'était, en effet, disait-on en 1853, que par adoption que sa fiancée était demoiselle de Montijo et comtesse de Téba ; d'origine elle était princesse, et princesse royale. Marie-Christine, qui devint reine d'Espagne à vingt-trois ans, en 1829, avait eu, jeune fille, ces passions violentes que charrie, dans les veines brûlées des Bourbons de Naples, le sang trouble de leur race. Et ce sang, elle ne le démentit point quand elle fut reine. C'est d'une de ces amours secrètes, dont on soupçonne que quelques-unes eurent des fins assez tragiques, que serait née, en 1824, une fille, qui, depuis, adoptée par la comtesse de Montijo née de Kirkpatrick, est la petite-nièce de Marie-Antoinette... »

L'histoire est aussi jolie que peu vraisemblable. N'importe, en son temps, elle faisait son chemin ; et c'est « l'Élève de Saint-Denis » qui l'a rapportée.

Au milieu de ces contradictions, Eugénie aimait les plaisirs, l'éclat des fêtes où elle trônait ; mais elle gardait une prédilection marquée pour les séjours à Compiègne, par religion du passé sans doute. N'était-ce pas dans cette forêt déroulée sous ses fenêtres qu'elle avait conquis le cœur de Louis-Napoléon?

C'était un jour de chasse ; elle y parut, amazone intrépide, gracieuse apparition au milieu d'une clairière, fine silhouette fuyant sous la feuillée ; dans une chevauchée hardie, elle entraîna l'empereur à sa suite, et ce fut ce jour-là qu'il s'avoua conquis.

Compiègne? Que de souvenirs encore, toujours du même temps, lors de sa marche au trône, aux heures de sa jeunesse, de son éclatante beauté. Un soir, elle dansait dans la galerie des Glaces ; ses pieds s'embarrassèrent dans les plis de sa robe et elle faillit tomber. Aussitôt une angoisse nerveuse, visible à tous, contractait la figure, d'ordinaire impassible, de Sa Majesté. Une autre fois, dans le parc, ils se promenaient amoureusement, elle et lui, la blonde ambitieuse et le soupirant couronné. La matinée était jolie ; la brume de la nuit avait laissé des perles humides à l'herbe des pelouses.

«La poétique fiancée s'était arrêtée, ravie, devant une humble feuille de trèfle, si gracieusement parée de gouttes de rosée et de lumières bluttantesqu'elle semblait une féerique émeraude saupoudrée d'une poussière de diamant.

«Le même jour, l'aimable intercesseur toujours prêt, le comte Bacciochi, partait pour Paris et commandait un bijou absolument pareil à un de ces maîtres artistes en joaillerie de la capitale. Et quelque temps après, la belle Eugénie exhibait, bien en vue à son corsage, un trèfle dont chaque feuille était illuminée d'un diamant avec un semis étoilé de gemmes tout autour.»

Dans ce même château de Compiègne, l'impératrice avait reçu l'hommage des souverains d'Europe ; avait tenu sa cour dans ces salons immenses que hantaient encore des spectres de royauté ; elle couchait dans la chambre de sa chère Marie-Antoinette, et son auguste époux habitait l'appartement de son oncle, Napoléon Ier. Et c'est pour tout cela qu'elle aimait ce palais. Aussi parce que les séjours en étaient, par avance, voués aux belles folies, loin du Paris

Le cercle de l'impératrice agite le projet d'une représentation sensationnelle.

frondeur, du peuple mécontent ; parce qu'on s'y laissait aller sans contrainte ; parce que les rires y semblaient plus clairs, les musiques plus douces, plus joyeuses ; parce qu'on y était *entre soi* ; c'est-à-dire au milieu d'un monde enragé de plaisir, fou d'illusion, qui croyait à l'empire et n'en sentait point craquer la charpente.

Telle était, confusément, cette souveraine fantasque, impulsive, contradictoire, que l'empereur, avec une intonation plébéienne marquée appelait *Ugénie*.

L'ambassadrice des plaisirs continuait sa plaidoirie : « Du piquant de cette fête, dans quelques jours, madame, tout serait oublié ; mais ce qui resterait, pour votre plus grande gloire, ce serait l'accord parfait de deux cœurs désunis qui battent séparément. Je vous sais trop bonne, trop généreuse, trop charitable, pour vous exposer plus tard à ce remords d'avoir refusé le bonheur d'Hélène quand vous le teniez dans vos mains. — Oui, oui, vous êtes une enchanteresse, répondit l'impératrice ; et grâce à vos magies vous semblez toujours avoir raison. Soit, je consens, faites comme vous l'entendrez. Mais je veux avoir l'air de tout ignorer, et si, par aventure, il y a du scandale, je vous laisse l'entière responsabilité de tout événement. — Je l'accepte, Majesté, sans mérite d'ailleurs, car tout scandale est illusoire. Ce sera charmant ! — Et Marie-Hélène? dit à son tour l'impératrice. — Je vais la prêcher, la convertir. Puis-je lui dire que vous approuvez? — A elle seule, pas à d'autres. — Merci. A présent je réponds d'elle. »

Et Mme de Mettersen s'en fut à la recherche de la marquise de Puysan. Elle la trouva *par hasard* dans le parc, entre M. de Séguy et M. de Ferté, promeneurs pensifs le long des allées. D'un tour de main, elle écarta ce dernier. « Max, laissez-nous, je vous prie. » Puis à l'autre : « Vicomte, mille excuses... mais j'ai trois mots à dire à la marquise. »

Simultanément, les deux hommes s'écartèrent

après un grand salut. Ils étaient accoutumés aux façons de l'ambassadrice et ne songeaient point à s'en offusquer. Celle-ci déjà entraînait la jeune femme.

Que lui dit-elle? Que ne lui dit-elle pas? La conversation ne fut jamais rapportée. Mais d'abord Hélène sursautait avec des gestes de refus péremptoires, un recul prolongé comme devant quelque monstruosité découverte. La princesse haussait les épaules, semblait parler avec plus de vivacité encore. Et, peu à peu, le visage de la jeune marquise s'éclairait à demi, elle sourit ; et, sans doute, alors, son interlocutrice dut lui murmurer des choses bien bouffonnes, peut-être un peu risquées, car elle éclatait soudain d'un grand rire en rougissant très fort. Elle ne se défendait plus que mollement, avec des signes de têtes vagues ; Mme de Mettersen, à présent sûre de vaincre, multipliant les arguments, montrait les résultats, ouvrait des perspectives. Mais la jeune femme prononçait tout bas : « Je n'oserai jamais ! » L'autre bondit et répliqua : « Vous n'êtes guère brave ! »

Puis elle repartit de plus belle dans ses exhortations. Et comme toujours elle eut gain de cause ; car elle avait la volonté tenace, l'éloquence persuasive. Hélène, après un long combat, se rendit à la fin. « Bien, madame, j'essaierai... Mais je serai si gauche !... — Bravo ! La coquetterie... nous sommes sauvées ! » Et la princesse battait des mains elle aussi, grisée par ses projets, par ses deux successives victoires.

Pendant leur entretien, qui avait été long, les deux femmes, sans s'en apercevoir, étaient arrivées à la lisière du parc, du côté des Beaux-Monts. Ces journées de novembre étaient brèves ; bien qu'il ne fût que quatre heures, le crépuscule tombait déjà ; il avait chassé les promeneurs attardés, les allées se faisaient solitaires ; dans les massifs, la nuit lentement s'épaississait et le froid du soir rendait frissonnante la nudité des statues. Brusquement, se voyant de la sorte isolées dans le silence et l'ombre, la princesse et la marquise s'effarèrent légèrement : « Dites donc, ma petite, suggéra la première, si nous rencontrions deux lurons cachés par ici, savez-vous que nous aurions le temps de crier avant qu'un secours vînt?... »

Hélène tressaillit : « Ne dites pas cela, madame. Je ne suis déjà pas rassurée. — Parbleu, vous qui êtes habituée à marcher entre deux gardes du corps ! — Deux valent mieux qu'un pour la morale, princesse, repartit Mme de Puysan d'une voix grave. — Certainement, reconnut l'ambassadrice. Et puis n'êtes-vous pas au-dessus du soupçon ? »

En parlant, elles pressaient le pas, se dégageaient des profondeurs du parc, revenaient en hâte vers les lumières du château. Mais quand elles devaient longer quelque sous-bois trop noir, elles regardaient de droite et de gauche avec inquiétude et respiraient plus fort. La lune se leva pour éclairer leur route. Quand elles furent en vue des fenêtres, elles s'arrêtèrent une minute avec un soupir de soulagement et se

prirent à se moquer d'elles-mêmes. Mais, subitement, l'ambassadrice retint Marie-Hélène par le bras, tandis qu'un de ses doigts, posé sur sa bouche, commandait l'attention et le silence ; elle souffla : « Regardez ! c'est un tableau d'histoire. »

Devant elles, à cent pas, sur un banc de pierre, un homme était assis. Le banc figurait trois larges marches cintrées, bornées à chaque bout par un bras de pierre cannelé, terminé en griffes ; le dossier était bas, le siège était large et le dallage plus large encore. C'était le banc du premier empereur, le banc où Napoléon, après Austerlitz comme après Wagram, revint parfois s'asseoir, dans une heure de loisir. L'homme, le corps perdu sous une vaste pelisse de fourrure sombre, se laissait aller dans une pose découragée. Son visage blafard, levé vers la lune, se découpait en profil du côté des deux femmes. Elles pouvaient distinguer, sous le chapeau enfoncé jusqu'aux yeux, un nez proéminent, une grosse moustache, une forte barbiche. C'était le second empereur, Napoléon III, le neveu de l'autre. Il aimait ce banc plein de souvenirs et souvent à la nuit y venait, disait-on, consulter l'ombre du conquérant.

Or, en ce moment, comme presque toujours, le souvenir semblait profondément triste. Il avait soixante ans ; si le passé était trouble, avec des éclairs de grandeur, le présent s'offrait morne, et l'avenir s'annonçait menaçant. Tout craquait dans l'édifice impérial ; et même en supposant que le maître de la maison eût encore le pouvoir d'étayer la ruine, il n'en avait plus la volonté. Plus que jamais fataliste, il regardait au ciel décliner son étoile ; il sentait approcher les lendemains. Et son œil vague, lointain, considérait parfois les hommes et les choses avec un recul, une tristesse d'adieu. Avec les ans, il apprenait aussi le remords, le regret, et même le scrupule. L'énigme de sa naissance le tourmentait aussi. Il était sans doute si peu Bonaparte, et ne l'ignorait pas. A son lit de mort, la reine Hortense avait parlé pour lui seul, pas assez bas cependant, disait-on, pour qu'on n'eût pas surpris deux noms : Verhuell, Flahaut. Et certains prétendaient qu'elle désignait ainsi les pères de ses enfants.

Alors, l'aventurier de Strasbourg, de Boulogne, qui marchait derrière l'aigle, ralliant les soldats au nom du grand empereur, au cri « Napoléon ! » — n'était-il, malgré tout, qu'un imposteur vulgaire jonglant en plein soleil avec un nom volé? Il y songeait... Et soit qu'il fût instruit, soit qu'il doutât encore, le problème confus des deux paternités le hantait sourdement. Était-il par son père Bonaparte ou Verhuell, Français et légitime ou bâtard et Batave? Hélas ! ceux qui le connaissaient le mieux s'accordaient à lui reconnaître une lourdeur allemande, l'accent d'un Hollandais ; et ses yeux indécis, vacillants, ne rappelaient en rien le regard fascinateur du Corse à cheveux plats. Il demeurait Beauharnais, avec des origines créoles, pour plus de nonchalance.

Tant qu'il s'était cru *prédestiné*, doué de

vertus militaires trois fois supérieures à celles de son oncle putatif, fait pour dominer l'Europe, capable à lui tout seul de porter son destin, les vagues parentés lui paraissaient légères et presque indifférentes. Mais maintenant qu'après l'expérience d'un règne et des fortunes diverses la peur vague du plus tard envahissait peu à peu son âme obnubilée, le remords d'un trône deux fois volé peut-être ajoutait encore à sa somme d'angoisses.

Son 2 Décembre, son 18 Brumaire, à lui, puis les guerres même heureuses, les expéditions néfastes, comme celle du Mexique, les pires entêtements politiques, comme la cause intransigeante du pape, les menées sourdes de la Prusse, retour de Sadowa, et la désaffection de la France tout entière, — tels étaient ses soucis coutumiers. Il sentait autour de lui, dans le peuple, — car la cour de parti pris continuait à rire, — l'inquiétude, la colère, la haine fermentées ; et, plus loin, au delà des frontières, il percevait, bien qu'il se bouchât les oreilles, un bruit constant de forges en haleine et d'armes remuées, une rumeur de troupe en marche. Sur l'horizon du noir coupé d'intermittentes fauves, des airs d'approche d'orage dans les climats violents. Physiquement aussi il souffrait ; ses reins brisés, dans de trop belles et trop nombreuses rencontres ne le soutenaient plus. Il s'affaissait tous les jours par degrés, songeait à la mort en s'efforçant de sourire à la belle comtesse de Mérar, qui fut sa dernière passion, un amour des yeux. Et ce soir-là, comme les autres, il ressassait vraisemblablement ses pensées moroses, dans la solitude silencieuse du grand parc assombri. Comme les deux jeunes femmes, par un détour de l'allée, évitaient le banc impérial et coupaient à travers les pelouses, elles purent entendre soudain l'auguste rêveur, qui se croyait bien seul, murmurer dans un bâillement plaintif : « Dieu, que je m'ennuie ! — Profitez ! dit l'ambassadrice en pressant le bras de sa jeune amie. C'est encore de l'histoire, cette fois, c'est une leçon. »

Quand elles pénétrèrent dans le premier salon très éclairé, on les trouva toutes pâles. « Le froid de la nuit, dit Marie-Hélène. »
Autour d'elles quelques belles dames curieuses se pressaient, désireuses de savoir. C'étaient les initiées, celles qui étaient dans la confidence. La marquise avait-elle consenti? Mme de Mettersen les rassura d'un clin d'œil ; et, dès lors, l'animation fut plus vive dans le cercle de l'impératrice, les yeux brillaient, les joues étaient roses, une petite fièvre courait.

Dès le lendemain, les préparatifs commencèrent ; le surintendant des beaux-arts, M. de Nieuwerkerke, averti par dépêche, expédiait aussitôt à Compiègne le premier maître du ballet de l'Opéra ; et, comme un personnage, celui-ci fut reçu incognito, logé au palais ; mais il n'eut guère le temps d'en sortir ni de se promener ; les journées passaient dans une suite

Sur le banc de l'autre.

d'études consciencieuses. Pour ces exercices, on avait choisi une salle retirée, donnant entre la deuxième cour et la rue d'Ulm ; il fallait, pour y parvenir, franchir un kilomètre de corridors, en connaître les méandres ; l'endroit était gardé, et là, ensemble ou séparément, matin, après-midi et soir, s'évertuaient en grâce de très nobles élèves balleriues, levant la jambe, ouvrant les bras, pivotant sur les pointes, dans des frou-frous de gaze ou de mousseline. On s'y amusait beaucoup ; et Hélène de Puysan, elle-même premier sujet, gagnée à cette contagion de gaieté, reprise de grand espoir, retrouvait ses élans d'autrefois, le rire intrépide de sa dix-huitième année.

Cependant l'absence de ces dames à des heures régulières fut bientôt remarquée ; quelques amoureux s'embusquèrent dans des coins, bien décidés à suivre ; mais ils furent arrêtés net par une Mme de Mettersen, cette fois sans politesse. Et le lendemain, au milieu du corridor, il y avait un planton sous les armes. Max de Ferté y brisa ses vouloirs ; le soldat de la garde impériale refusa le passage au capitaine prussien. Celui-ci se retira, déconfit, vexé comme un dindon qu'on plume; car il avait parié avec les camarades de pénétrer le mystère au cours de la journée. Olivier de Séguy, pris d'une grande tristesse à l'approche du retour de Puysan, ne recherchait plus la jeune femme et s'écartait déjà.

Ainsi l'on arrivait au 11 novembre, jour de la Saint-Martin. Alors, l'impératrice, avouant de la sorte sa complicité, fit appeler le vieux duc de Puysan et lui tint ce langage : « Mon cher duc, vous allez expédier à votre fils une lettre qui le rappelle ici, — oui, oui, ici, vous entendez bien? — pour le jour de ma fête; je le prie à la soirée, à la représentation, au bal, qui seront donnés à ce sujet. Il devra nous arriver sur les dix heures, au moment du spectacle, pas avant, pas après. Ce soir-là, il se passera quelque chose qui décidera de son bonheur et de celui d'Hélène. Rassurez-vous, l'épreuve sera douce — convaincante pourtant. C'est bien compris? — Pardon, répliqua le vieillard pensif, est-ce un ordre de Sa Majesté ou une invitation? — Un ordre! répondait la souveraine, souriante encore, mais déjà redressée. — Je m'incline, dit encore Puysan, il en sera fait comme vous l'entendez. Mais je n'aime pas beaucoup ces complots de femmes pour le mieux du prochain. Il y a des étourderies qui sont des imprudences. — Duc, vous vieillissez! fit sèchement Eugénie. — Hé, madame! riposta le grand seigneur piqué, c'est notre sort commun! »

Il s'en fut mécontent. Il avait surpris des chuchotements, des coups d'œil, s'étonnait aussi des changements d'allures de Marie-Hélène. Il comprenait que l'histoire de sa maison était livrée en chanson à ces belles oisives, à tous ces désœuvrés, et qu'on allait jouer sans doute au théâtre de la rue d'Ulm une pièce tragique ou comique, qui aurait pu s'intituler : *Les Malheurs de Puysan.* Cela lui déplaisait. Puis pourquoi Hélène, qui d'ordinaire lui confiait ses plus intimes pensées, se refusait-elle cette fois à toute confidence? il l'avait interrogée directement, comptant sur sa franchise. Elle avait répondu qu'elle était liée par un serment d'honneur et qu'elle devait garder le secret.

« Mais enfin, insistait le duc, toutes ces manigances, et le résultat, est-ce digne de nous. — Oui, mon père, sans quoi.. — Si je savais, j'approuverais? — Je l'espère. — Et Horace? — C'est pour lui qu'on agit. — Et la duchesse? » Hélène ouvrit des yeux énormes.. Elle avoua, avec un peu de frayeur : « Je n'y avais pas pensé. Doit-elle venir? — Non, répondit Puysan; elle reste dans son cloître, comme toujours... Mais, pourtant, son avis... — Mon père, observa la marquise, vous ne m'avez pas habituée à tant de précautions. — Soit! Soit! bougonnait le vieillard. On verra! On verra! Si vous faites des bêtises, c'est encore nous qui devrons les réparer. »

Il s'en allait, haussant les épaules, pas content du tout. L'impératrice lui avait dit qu'il vieillissait, et il venait de se prouver à lui-même qu'elle ne se trompait pas. Voilà qu'il se préoccupait des scrupules et préjugés de la duchesse à présent ! « O Adélaïde ! quelle revanche ! »

Enfin le grand jour arriva. Le matin, l'empereur dit à l'impératrice : « Deux joies aujourd'hui, madame : votre fête et le retour de Mᵐᵉ de Portal, votre amie. »

La souveraine acquiesça d'un signe de tête gracieux. Elle se sentait d'une humeur exquise, très alerte, en beauté; elle oubliait ses quarante-deux ans. De ces bonnes dispositions en cet heureux jour la cour se réjouissait; tous les visages s'éclairèrent, la joie coutumière devint plus vibrante encore. D'ailleurs, tout se prêtait au charme de la fête. L'été de la Saint-Martin rajeunissait le parc inondé de soleil, et le temps était si doux qu'on ouvrit les fenêtres.

La matinée se passait en compliments, en révérences et baisemains. L'empereur, le prince impérial offrirent leurs cadeaux et leurs fleurs. Puis ce fut le défilé des Altesses et autres grandeurs. A chacun, la souveraine s'efforçait de dire un mot aimable, y parvenait quelquefois. Aux vœux très sincères de la marquise de Puysan, elle répondait d'un air plein de malice : « C'est aussi votre fête aujourd'hui, mon enfant ! » La jeune femme rougit avec un geste évasif.

Le déjeuner fut très gai. De nouveaux invités arrivaient de Paris pour la grande journée. Le cercle s'élargit autour de l'impératrice, qui continuait à prodiguer ses grâces. Vers les cinq heures, on annonça que Mᵐᵉ de Portal entrait au château. Aussitôt la souveraine dépêcha vers elle un chambellan, M. d'Orsano, avec mission d'insister pour que la comtesse parût sur-le-champ, comme elle était, en habit de voyage. Elle obéit après quelques résistances. Elle s'inclina trois fois devant Eugénie, qui s'était levée pour l'accueillir, puis elles s'embrassèrent. Il y avait si longtemps qu'on ne s'était vu ! Malgré la joie d'un tel accueil, Mᵐᵉ de Portal semblait nerveuse, préoccupée. L'empereur, à sa vue, s'avançait à son tour; il marqua par un essai de sourire sa joie subite de la revoir, puis le sourire s'éteignit dans une reprise d'indifférence morne. A présent, d'un ton lointain, il la félicitait de l'éclat de son teint, disant que son voyage lui avait réussi. Elle répondit, après les remerciements nécessaires, par une phrase murmurée qui troubla l'impassibilité légendaire du masque fermé de César... « Sire, il faut que je vous parle, à vous, à vous seul, aujourd'hui même. J'ai des choses très graves à vous apprendre, très graves, très graves ! »

Napoléon répondit indolemment : « Quand vous voudrez, comtesse... mais le jour est bien mal choisi pour des révélations qui, d'après votre mine, doivent être bien tragiques. N'est-ce pas le cas de dire : A demain les affaires sérieuses ! — Ce serait trop le cas, sire, car les suites pourraient être aussi funestes. — Eh bien, madame, ce soir, au dîner... nous causerons. Vous serez à ma droite... ainsi... »

La comtesse plongea de nouveau en reconnaissance d'un tel honneur, prit congé et s'en fut revêtir la robe de gala qu'exigeait la cérémonie. Cependant, de groupe en groupe, voltigeait le comte Maximilien de Ferté, prince Paradeyser. Il se multipliait avec l'entrain de sa belle jeunesse, paraissait s'amuser si franchement, si heureux de vivre que bien des regards le suivaient avec envie.

« Et l'on prétend que les Prussiens sont nos ennemis, songeait l'empereur en le considérant; il est vrai que celui-là est plus qu'à moitié Français... » Il en revenait malgré lui à ses craintes lointaines ; elles étaient avivées aussi par les propos mystérieux de Mme de Portal.

Elle arrivait d'Allemagne, il le savait. Qu'avait-elle recueilli par là-bas? Et, bien qu'il voulût rester joyeux au moins d'aspect pour la fête d'*Ugénie*, une ombre d'inquiétude voila ses yeux déjà lassés. Ses sentiments secrets se traduisirent aux yeux des familiers par ce geste répété qu'il avait dans l'ennui, d'effiler pensivement les pointes de sa moustache. Il y eut une gêne d'un instant. Mais le bataillon des jolies femmes continuait son rire, sa chanson, ses coquetteries au milieu des galanteries des jeunes gens empressés. Le prince impérial, gracieux et charmant, évoluait au milieu des des groupes, recueillait sur son passage les témoignages d'un respect, les protestations d'un dévoûment qu'il ne devait bientôt jamais plus connaître. L'empereur lui sourit. Entre eux, l'affection était profonde. Mme de Mettersen promettait tout haut pour le soir une surprise d'un ragoût exceptionnel. On la croyait sur parole, on applaudissait d'avance, car l'ambassadrice des plaisirs s'y entendait mieux que personne; et, puisqu'elle l'annonçait, on devait compter sur un merveilleux programme. Le mystère qui entourait encore la représentation théâtrale laissait le champ libre à toutes les imaginations. Elles allaient grand train ; on prétendait de folles choses ; et c'était les moins renseignés qui fournissaient le plus d'indiscrétions.

A la princesse de Mettersen, à la marquise de Puysan, à la duchesse de l'ersy, à la comtesse de Mérar, à la baronne de Bassion, à la marquise de Trévières, à la comtesse de Larchan, mille questions étaient posées: « Vous êtes de la *surprise*, princesse? — Oui, si j'en suis? !... Je l'ai inventée. C'est ma plus grande gloire. — Et vous duchesse? — J'en suis, vous verrez... Ah ! vous n'êtes pas à plaindre. — Une petite confidence, baronne. Dites-moi ce que c'est... à moi tout seul? — Pas plus à vous qu'à d'autres. — Je ne répéterai pas, parole d'honneur ! — Vous ne répéterez pas en effet, parce que vous ne saurez rien. — Alors, vous ne m'aimez plus ! — Si, encore un peu... mais pas assez pour trahir mon serment... celui-là du moins. — Oh ! oh ! baronne, nous en avons trahi tant d'autres ! — Justement ! Je n'en ai que plus de mérite. — Je meurs d'envie de savoir. — Mourez, mon cher ; on vous ressuscitera ! — Madame, disait dans un coin du salon Olivier de Séguy à Hélène de Puysan isolée une seconde, je ne sais pourquoi j'ai peur de tout ce qui se prépare... Vous n'êtes pas faite pour jouer un rôle, je ne sais lequel, mais un rôle en public... Tout cela inquiète vos amis. — Monsieur de Séguy, mon mari arrive ce soir... et lui seul est en droit... — Je sais, je sais, répondait tristement le vicomte. Croyez bien que, seul, un intérêt respectueux... Ah bon ! voici l'Allemand ! »

Le comte de Ferté accourait pour troubler leur tête-à-tête, selon son habitude. Mais, au passage, on l'arrêtait : « Max ! Max ! écoutez donc, criaient des voix jeunes et fraîches, c'est vous qui conduisez le cotillon, ce soir? — Oui,

comtesse, l'impératrice m'a confié cette charge importante. — Avec qui? avec qui? — Je choisirai, mesdames. — Mon petit Max, mon petit Max... songez à moi ! — J'ai cent demandes... je n'ai que deux bras et deux jambes. — Mais enfin... — On verra ! » Et, derrière lui, les louanges persistaient. « C'est le meilleur valseur de France et de Navarre. — Dites de Prusse et d'Allemagne ! grogna le jeune baron de Larchan qui était jaloux, ayant lui aussi des prétentions de beau danseur. »

Mais sa voix se perdait dans le brouhaha des murmures, des rires fusés, des longues soies froissées. D'ailleurs, Max était déjà loin ; il rejoignait Hélène et Olivier. Sans daigner remarquer celui-ci, il disait aussitôt, brutalement, à la jeune femme. « Marquise, l'impératrice m'a chargé de conduire le cotillon avec qui je voudrais. Je vous ai choisie. C'est convenu? — Non ! répondit nettement Hélène, je n'accepte pas. — Et pourquoi cela, madame? répliqua le capitaine prussien en rougissant violemment. — Parce que, ce soir, le marquis de Puysan seul existera pour moi. Vous comprenez? — Il faut bien ! murmura rageusement le blond Germain les yeux fixés à terre. N'importe, c'est ennuyeux ! — Pour vous, repartit Olivier, sans grâce. — Oui, pour moi, parbleu ! prononça distraitement Ferté. Qui vais-je prendre maintenant? Bah ! je n'ai que l'embarras du choix. » Il fit une pirouette et s'envola vers le groupe de ses ferventes, qui l'accueillirent avec un enthousiasme bruyant.

« Quel personnage ! murmura lentement Séguy. Dire que toute la cour en raffole. S'il n'était étranger, personne n'y ferait attention. — Peut-être, dit Hélène. Mais ce n'est pas de sa faute si on l'a gâté. — Ne le défendez pas, madame... et j'ai peur qu'il soit encore plus dangereux qu'il n'en a l'air... — A quel point de vue? — Hélas !... On vous appelle, marquise : Mme de Mettersen... »

Et, la face enténébrée d'une immense tristesse, le vicomte de Séguy, ancien consul général en Chine, regardait s'éloigner, légère et gracieuse, cette marquise de Puysan qu'il aimait sans espoir et dont il avait vu naguère le mari somnambule soulever d'une main tâtonnante le rideau flottant des fumeries d'opium.

Alors il se dit que le plus sage serait, contre ses intentions premières, de solliciter à nouveau quelque poste lointain et de mettre les mers entre son rêve et lui.

Il promena ses yeux autour de lui, se complut une minute devant l'évolution galante de ce monde raffiné, songeant qu'il disait adieu dans l'instant, et pour toujours peut-être, à toutes ces élégantes délicates, ces coquetteries subtiles, cette joie quintessenciée. Pourquoi n'avait-il pas choisi pour offrir ses hommages quelques-unes de ces folles et nobles dames qui luttaient ainsi sous les lumières, de grâce, de charme, de beauté, d'esprit encore, en reparties heureuses? De la plupart, il eût été bien accueilli sans doute, distingué quelque jour. Mais non; il s'était épris, et par sa faute, avec préméditation, de la seule peut-être qui fût inaccessible... Le cœur ne se guide pas.

Il écoutait : une musique molle, lointaine, arrivait par bouffées, comme un accompagnement à la musique de ces voix ; une valse de Strauss ou de Métra, langoureusement chantait dans la coulisse, derrière des massifs épais de fleurs d'automne. Debout, devant deux duchesses assises, M. de Ferré, sans souci de répondre à leur propos légers, la fredonnait tout bas.

Olivier jugea simplement que tout ce beau monde était heureux, sans souci du lendemain, solide et fort dans une société aux bases inébranlables. Tout ce luxe insolent, ces diamants sur les gorges blanches, ces perles sur ces têtes magiques proclamaient la fortune, la gloire de l'empire... Dans cette cohue d'uniformes chamarrés, d'habits de cour rehaussés de rubans, de cordons multicolores, de croix, de plaques étincelantes, chaque homme s'attachait aux pas d'une maitresse préférée qui lui parlait tout bas sous l'éventail. Partout de l'amour facile, de l'amour satisfait.

Et lui, lui seul, par la faute d'une absurde passion, allait quitter la fête, disparaître sans bruit, comme une pierre dans l'eau, sans que personne, hélas ! ne s'aperçût de son absence. Et bientôt, à la place de ses adorables vaniteuses, de ces chères amoureuses de l'amour, il ne verrait plus, là-bas, dans les pays perdus, sous un ciel étranger, qu'une vieille Chinoise, le long d'une rizière, ployant sous son fardeau. Il baissa la tête.

« Eh bien, Séguy, dit le vieux Puysan qui passait, à quoi donc songez-vous? c'est fête aujourd'hui ! — Duc, répondit le jeune homme avec un mince sourire, il est des gens bizarres que le plaisir ennuie. — Et vous en êtes? — Oui, sans orgueil. »

Puysan haussa les épaules ; mais il pénétrait, ayant bien observé les sentiments secrets de ce soupirant triste. Il se garda donc d'insister et répliquait évasivement : « A votre âge, on se forge des chimères... — Peut-être, répondit l'autre... n'importe, je vais partir... quitter Compiègne, Paris, la France. J'ai la nostalgie de l'Orient. — Ah ! vous aussi ! lâchait imprudemment le vieillard dans un rapprochement d'idées facile à déduire et plutôt malencontreux. — Oui, *moi aussi*. — Quand partez-vous? — Duc, j'aurais dû partir hier, je devrais partir ce soir, à l'instant !... Mais je n'ai pas ce courage... et, comme hier, je dis : à demain. »

Puysan le considéra une seconde, secoua la tête et, pressé de conclure, laissa tomber un de ses aphorismes favoris, que certains qualifiaient de rengaines: « Décidément, la jeunesse ne sait plus être jeune. » Et il s'éloigna.

« Il se doute... il devine, murmura le vicomte resté seul dans l'embrasure d'une fenêtre ; et j'ai vu le moment où il allait m'encourager à partir sur l'heure. Italien, après tout ! C'est son père ! Mais non, j'attendrai jusqu'à demain. Je veux revoir le marquis, me rendre compte par mes yeux. Qui sait?.. Et puis encore je veux assister à cette fameuse représentation... voir Hélène dans son rôle, connaître la surprise, moi aussi !... Je la prévois douloureuse, pourtant. »

Alors, comme au tour de Mme de Portal, qui rentrait superbe, étincelante, splendidement parée, une foule idolâtre s'empressait, il se glissa dans les groupes pour distraire son ennui. Une rumeur confuse, une rumeur très douce de voix caressantes, rieuses, le berçait un moment. Un parfum de fleurs poivrées, des senteurs rares, discrètes, vaporeuses, des odeurs aussi, sensuellement féminines, l'étourdirent... Il regretta. Mais, au milieu de ce flot d'adulations, la comtesse de Portal, réputée cependant pour la grâce de son accueil, gardait entre les deux sourcils un pli dur et, dans le fond de ses yeux bleus, de ses yeux purs, une arrière-pensée. Elle était Alsacienne de naissance, avait l'habitude de voyager souvent avec son mari, restait parfois des mois hors de France; soit qu'elle allât en été dans le château de son père, non loin

Une répétition du ballet.

de Strasbourg, soit qu'elle répondît à l'invitation de la princesse de Mettersen-Valdor, qui l'appelait près d'elle dans ses terres lointaines, du côté du Danube ; soit qu'elle séjournât en Allemagne, où elle comptait de nombreux amis. Elle ne cachait pas son admiration pour les vertus et le génie de nos voisins de l'est, pour le roi Guillaume de Prusse et surtout pour le comte de Bismarck. Elle croyait fermement à leurs bonnes dispositions envers la France et partageait en cela l'aveuglement de l'empereur, qui jugeait nécessaire une alliance franco-germaine... et y rêvait. Les sympathies de la belle comtesse étaient connues à Berlin, où l'on en exagérait volontiers le caractère en la représentant comme une âme allemande. Cela flattait l'orgueil des lourds seigneurs tudesques, qui l'avaient courtisée aux Tuileries ou à Saint-Cloud pendant les fêtes de l'exposition. Et c'est dans cette idée qu'un soir, M. de Sch..., ministre de la maison du roi, avait prié à dîner le comte et la comtesse de Portal. Celle-ci fut placée à la droite de l'homme d'État. Bientôt, se croyant sûr des sentiments secrets de son invitée, il commençait à dépeindre les progrès incessants de la nation prussienne, fit entrevoir la constitution prochaine de l'empire allemand, le débordement brutal des armées sur le Rhin et l'agrandissement fatal de l'unité germanique aux dépens de la France, incapable de résister. Il développait complaisamment ces projets de conquête, d'expansion territoriale ; ce formidable plan dont on s'entretenait couramment dans l'état-major des princes confédérés et dont nul écho n'avait jamais troublé la quiétude du quai d'Orsay. Mme de Portal écoutait sans desserrer les dents ; le ministre prit sans doute ce silence pour un acquiescement. Il osa dire : « Enfin, comtesse, et ceci nous enchante, vous serez tout à fait des nôtres. »

Elle tressaillit, fixa des yeux profonds sur cet étrange prophète. Il continuait, poursuivant sa vision. « Oui, l'Alsace sera bientôt une de nos plus belles provinces, et nous serons heureux et fiers de vous compter parmi nos compatriotes. »

Cette fois, elle parla ; d'une voix sombre, elle répliquait : « Erreur, Excellence ; je suis, comme l'Alsace, Française, et très Française, sachez-le bien ; et comme elle je resterai Française. »

Le ministre comprit qu'il s'était laissé entraîner trop loin dans ses confidences et changeait aussitôt le sujet de la conversation. Mais Mme de Portal n'oublia pas. Elle se souvint aussi des avertissements vagues échappés quelque soir aux lèvres de ses amis Mettersen, et ne douta plus qu'un formidable guet-apens ne se préparât dans l'ombre de l'autre côté du Rhin. Dès lors, pendant son retour à travers l'Allemagne, elle écoutait et regardait. Partout on devinait les préparatifs d'un peuple qui veut la guerre ; les soldats entraînés étaient prêts sous leurs armes, et les officiers, sur les cartes de France, jalonnaient les étapes. Il suffisait d'un roulement de tambour, d'un appel de trompette, pour que des masses profondes débordassent

des frontières. En France, on ignorait : à Compiègne, on dansait.

Quand vint l'heure du dîner, servi à cause du grand nombre des convives dans la galerie des glaces, — comme il avait été dit. — Mme de Portal s'assit à la table impériale à la droite de Napoléon. Il avait à sa gauche la princesse de Mettersen ; à quelques places plus loin, on apercevait le comte de Ferté, prince Paradeysser. Eugénie faisait face à l'empereur. Dès le premier service, celui-ci interrogea sa voisine : « Eh bien, comtesse, quelle effroyable histoire allez-vous me conter ? — Sire, ne plaisantez pas, vous allez voir. »

Et elle commençait ses explications. Aussitôt la face du souverain se rembrunit ; un air d'ennui lourd, d'immense lassitude, distendait ses traits mous. Ses yeux se voilèrent, il lissa sa moustache. Mais il laissait parler cette jolie Cassandre et n'interrompait pas. Elle racontait son dîner chez le ministre Sch..., ses renseignements personnels, ce qu'elle avait vu, entendu, ce qu'on avait osé dire à elle ou devant elle. Elle dépeignait l'activité guerrière qui, de la Prusse, gagnait toute l'Allemagne, la certitude populaire, là-bas, d'une campagne prochaine dans les plaines de France ; la conviction insolente d'une rapide victoire. Là-bas, on annonçait partout la conquête de l'Alsace et de la Lorraine ; parfois, les plus audacieux ajoutaient la Champagne ; on prédisait à la France le sort de l'Espagne ; on se moquait ouvertement de la politique confiante de l'empereur ; on escomptait déjà des milliards de rançon et d'indemnité de guerre... Ah ! la catastrophe était imminente ; rien ne saurait la conjurer, car ces gens-là voulaient la bataille ; c'était leur idée fixe, poursuivie peut-être depuis 1814.

La comtesse, nerveuse, en parlant s'animait peu à peu ; d'autant plus qu'elle lisait clairement dans les yeux de son auguste auditeur un scepticisme absolu, le refus obstiné de croire. Sa voix porta plus loin qu'il n'était nécessaire. De sa place, le comte de Ferté surprit au vol quelques mots inquiétants, et, renonçant aussitôt à charmer ses voisines de ses galants propos, il tendit l'oreille et s'efforça d'entendre. « Oui, oui, ils veulent la guerre ! et quelle guerre ! et nous nous berçons de rêves pacifiques ; nous croyons à leur loyauté ; nous croyons qu'ils ont peur de nous... Ah ! sire ! si vous les entendiez !... »

L'empereur, toujours silencieux, semblait à mille lieues de là... Ces avertissements, il les avait pourtant déjà reçus de bouches plus sérieuses. Persigny, le premier, l'avait mis en garde contre l'apparente bonhomie de Bismarck ; avait signalé les agissements inexplicables de la Prusse. Mais rien n'était venu confirmer tant d'alarmes... Il comprenait ces appréhensions patriotiques, puisqu'il les partageait lui-même quelquefois, dans les heures qu'il qualifiait troubles et qui étaient les seules lucides ; mais à l'examen de la saine raison, disait-il, toutes ces craintes chimériques se dissipaient sans laisser de trace derrière elles. Comme

Mme de Portal se taisait il traduisait enfin son optimisme et son illusion : « Comtesse, vos jolis yeux ne sont pas faits pour pénétrer les secrets d'Etat, pour inspecter des corps d'armée. Ils ont mal vu. Tenez, l'année dernière, à cette époque, le roi de Prusse s'asseyait tous les soirs à cette même table. Nous sommes bien d'accord. Bismarck fut le premier à rechercher notre amitié. Il sait ce que vaut la France, quelle est sa force, et qu'on ne l'attaque pas impunément. Comtesse, dormez tranquille ; laissez la politique aux vilains hommes ; contentez-vous de nous charmer, c'est votre rôle ; et vous vous en acquittez si bien... — Mais, sire, Stoffel pense comme moi ; j'ai prévenu le général Ducrot en passant par Strasbourg ; il a commencé lui aussi par hausser les épaules, puis il s'est rendu à mes avis, en a compris la sagesse. — Oh ! madame, si vous devenez sage, nous n'avons plus qu'à devenir fous ! Stoffel a rêvé ; Ducrot n'a pas mes renseignements... et puis vous lui avez fait perdre la tête, vous l'avez ensorcelé. C'est bien naturel. — Ah ! Sire, vous me désespérez !... peut-être un jour... — Comtesse, coupa Napoléon d'une voix maussade, c'est aujourd'hui la fête de l'impératrice ; la gaîté est inscrite au programme ; suivons le programme, tâchons donc d'être gais. »

Mme de Portal s'inclina et se tut devant cette volonté si nettement marquée de nier le péril pour n'avoir pas à le conjurer. Elle avait fait son devoir. Elle était quitte. Puis, devant tant d'assurance et de tranquillité, elle commençait à douter d'elle-même, de sa clairvoyance comme de sa raison. Et pourtant !...

Le duc de Puyson n'assistait pas à ce dîner disparate, où les plus graves questions se traitaient à voix basse au milieu des éclats de rire étouffés et des déclarations galantes. Son fils devait arriver à Compiègne vers sept heures ; il alla au-devant de lui. Il ne l'avait pas revu depuis deux ans, depuis le jour où le hasard le lui avait fait rencontrer rue Tronchet, avant le drame. En arpentant le quai de la gare, il se demandait anxieusement quel personnage allait tout à l'heure descendre du train devant lui. Et de ce personnage, il avait un peu peur. Serait-ce l'Horace d'autrefois, redevenu lui-même, ayant enfin reconquis sa santé physique et sa santé morale, ou bien la triste épave de tant de voyages en ce monde et dans l'autre, l'être hanté de visions funèbres, brisé par le destin, le mari d'Hélène ou l'amant de Rosalba ? L'express de Paris fut annoncé, la sonnette tintait ; le train parut, stoppa. Le père dans la foule cherchait son fils des yeux. Il l'aperçut enfin et tout de suite s'attrista. C'était un grand jeune homme maigre et noir qui venait à lui, les bras tendus, secoué d'une émotion maladive. Sans souci des témoins, les deux hommes s'embrassèrent. « Ah ! père ! père ! — Mon enfant ! mon enfant ! »

Puis, l'écartant à bout de bras, le vieillard considérait aux lumières falotes des quinquets de la gare cet exilé volontaire, cette figure creuse où flambaient des yeux fous, des yeux aux prunelles énormes, dilatées par le rêve, l'idée fixe et le poison d'Asie. Il l'entraîna : « Viens, viens vite ! »

Ils tournèrent un coin de rue, se trouvèrent sur la rive de l'Oise, qu'ils suivirent par la gauche. L'endroit était désert. Puyson parla : « Avant d'aller au château — ma voiture est là, de l'autre côté du pont, — causons un peu. — Oui, dit Horace, Hélène ? — Toujours la même, elle t'attend. — Alors, pourquoi tarder ?.. j'ai hâte ; allons, mon père ! — Un instant, répondit le duc, je dois te prévenir. — De quoi ? — Une bêtise... Ces dames de la cour, qui se mêlent de ce qui ne les regarde pas, ont jugé qu'avant de rentrer en grâce, tu devais subir une épreuve, fournir des gages de... elles disent : repentir. C'est la conspiration des vanités féminines. L'impératrice a donné son adhésion... sur la demande de Mme de Metterson, qui a tout inventé... Je ne sais ce que c'est... elles sont muettes par hasard. Hélène a consenti, contrainte, sois-en sûr... Et, ce soir, il doit y avoir une surprise à ton intention au milieu de la fête donnée pour la Sainte-Eugénie, à la représentation théâtrale, je crois, où Hélène figure. »

Horace écoutait en silence. « Mon père, on aurait dû m'éviter cela... je hais les démonstrations publiques... C'est une amende honorable qu'on exige de moi. J'aurais préféré le tête-à-tête avec ma femme, le silence et la solitude pour cette réconciliation. J'ai tous les torts, c'est bien certain ; mais je n'ai de torts que vis-à-vis d'Hélène et de vous-même. Pourquoi les indifférents prennent-ils parti dans cette affaire ? C'est fâcheux, très fâcheux ! — Mon enfant, répliqua Puysan, je suis de ton avis. Mais c'est l'impératrice qui a fait ton mariage, elle se croit des droits... Ah ! les femmes ! les femmes !... Et puis il fallait trouver quelque chose d'extraordinaire pour cette soirée de fête... Et c'est nous qui en faisons les frais. — Et vous ne savez rien vraiment ? — Je te le jure... ah ! ce n'est pas faute d'avoir interrogé. Nous n'avons pas de chance, c'est la première fois qu'on garde un secret à la cour : il s'agit d'un couplet plus ou moins spirituel sans doute... — Enfin, mon père, souhaitons pour nous deux que Puysan ne soit pas en posture ridicule, car si j'ai appris bien des choses en route, ce n'est ni la patience ni la résignation. — Mon fils, dit le duc, quoi qu'il arrive, je serai près de toi... Si quelque mot, quelque geste nous effleure, sois tranquille, nous serons deux à relever l'allusion. Mais on n'oserait pas. Viens maintenant. »

Ils entrèrent au château pendant que l'on dînait encore, gagnèrent sans être vus l'appartement du duc, et pendant qu'Horace s'habillait pour la cérémonie, son père, par des détours, avec des périphrases, des précautions tendres, l'interrogeait, s'efforçait de pénétrer ses sentiments vrais, de sonder cette âme mystérieuse. Alors, dans cette atmosphère de douceur affectueuse, retrouvant la confiance, le triste voyageur ouvrit son cœur blessé.

Oui, il se croyait guéri... Depuis des mois,

Un dîner à Compiègne.

ses nuits étaient plus calmes... ses visions hallucinantes. Ah ! pour en arriver là, il avait dû étourdir sa pensée dans le renouvellement constant des paysages ; d'abord, il avait préféré les solitudes ; mais, bientôt, il avait compris leur danger, car elles étaient trop propices aux rêves, aux hantises, qui l'exténuaient.

Il s'était dit : « Cherche les hommes, parce qu'ils font du bruit et t'empêcheront de penser et parce que tout ce que tu peux penser n'est que souffrance. »

Et dès lors dans les cités actives, les ports populeux, affairés, dans le mouvement des commerces lointains, il avait promené sa détresse, rappelé à tout instant sur terre, à la réalité, par les cris des marchands, les bousculades des portefaix, les rixes, les bagarres, tout ce qui fait la vie. A écouter chanter les matelots ivres, il avait oublié de s'écouter lui-même ; et un jour, dans l'intérêt d'une émeute sanglante, il avait perdu de vue, pendant trois heures, le fantôme de Rosalba. (Il prononçait ce nom tout bas, dans un reste de crainte.) Ce fut à partir de ce jour qu'il osait espérer la complète délivrance dans un temps indéterminé. Ensuite, il avait subi des rechutes profondes où il expiait durement ses oublis d'un instant. Cependant, peu à peu, les heures de distractions se firent plus fréquentes ; il s'étourdissait plus volontiers aux manifestations extérieures, devenait plus sensible aux condoléances humaines. Il l'avouait à sa honte, il avait bu dans les tavernes avec des soldats et des bandits ; il avait fumé l'opium à côté des Chinois silencieux ; mais, dans l'hébétude des réveils, il retrouvait plus lancinante encore l'éternelle hantise. Pourtant, de cela, de ces coutumes lâches, il s'était débarrassé sans peine (il le disait du moins) dès que son désespoir lui parut s'adoucir. Enfin, opium et pipes, il avait tout jeté par-dessus bord le jour de son embarquement pour l'Europe, et, dans le vent du large, bercé par la rumeur infinie de la mer, il n'avait pas regretté. Il revenait tremblant, fatigué d'un grand rêve ; mais si Hélène l'accep-

tait ainsi, comme un convalescent qui veut des soins encore, si elle l'aimait toujours et restait charitable, il ne doutait pas de renaître bien vite à la vie, à la raison, au bonheur, comme autrefois... Car il était las de souffrir, de traîner sa guenille, insupportable aux autres, insupportable à soi-même ; d'être un objet de dérision ou de pitié pour tous. Il faisait table rase du passé, ne comptait pas trente ans, avait droit à l'avenir ; il le voulait heureux, avec les siens ! La confidence, la confession finissaient en couplets de bravoure. Puysan voulut y croire et fut réconforté. Puis, devant lui, sous les lumières, droit campé sous l'habit de gala, en culotte courte, les jambes nerveuses dans les bas de soie noire, il retrouvait son fils aussi beau qu'autrefois, d'une beauté plus sévère apparemment, plus romanesque, racontant bien des choses ; mais toujours l'élégance et la grâce hautaine des Puysan... son fils, quoi !

« Bravo, petit ! tout ira bien ! je suis content de toi... tu l'as dit, recommençons à vivre !... je te tiendrai compagnie le plus longtemps possible ; et puis je m'en irai tranquille en te sachant heureux ! »

Son fils, debout devant une glace, se détourna pour lui tendre la main. « Père, père, vous vivrez cent ans ! — A voir ! fit le duc... pourvu qu'à présent ces gueuses de femmes ne nous chatouillent pas trop !... »

Il se tut, on frappait à la porte. Le comte Macciochi, intendant des plaisirs de l'empereur, parut, salua et déclara que Leurs Majestés quittaient la table et que l'impératrice accueillerait volontiers, avant le théâtre, le duc et le marquis de Puysan. Le duc répondit au chambellan qu'ils l'allaient suivre, et la porte se referma. « Es-tu prêt ? dit le père, toisant son fils, puis le regardant dans les yeux. — Marchons, dit le jeune homme, une mauvaise soirée est bientôt passée ! »

Il semblait très calme, très maître de lui, et ne fût-ce l'étrangeté de ses prunelles trop larges, trop noires, offrait les apparences d'une santé quasi normale. Les deux hommes sortaient en causant à voix haute. L'appartement du duc se trouvait au second étage, sous les toits. Tout autour du palais, desservie par des labyrintes de couloirs, se déroule une longue suite de pièces aux mobiliers disparates, datant de trois époques. Quoique basses de plafond, les chambres, larges, y sont claires et joliment décorées. C'était déjà là que gîtaient les courtisans du temps des royautés ; sous le premier empire, elles abritèrent des princes, des maréchaux, les enfants chéris de la victoire ; sous la restauration, il y eut retour de la noblesse caduque, qui replaça sa béquille à l'endroit où, trente ans plus tôt, elle posait sa canne ou son épée. Avec Napoléon III, ce passé fusionna quelque peu. Le duc de Puysan, étant considéré, possédait deux chambres pour sa seule personne. Dans le couloir, en passant, il indiquait le voisinage.

« Tu vois, la chambre d'Hélène... ta chambre... ici...! — Oui, dit le marquis, c'est la même qu'autrefois, à notre premier séjour... Pauvre Hélène ! — En face, continuait le duc, c'est un joli monsieur qui ne me plaît pas beaucoup, un Allemand, le comte de Ferté... Là-bas, dans l'angle, c'est le vicomte de Séguy... tu le connais, celui-là, je crois ? — Séguy ? répondit distraitement Horace, qui, depuis que son père lui avait désigné la chambre d'Hélène, ne l'écoutait plus guère. Séguy ? Oui, je l'ai connu, à Shanghaï ou à Canton, ou à Hanoï... je ne me souviens plus... »

Ils descendaient l'escalier. Derrière eux retombait au silence la suite mystérieuse des chambres fermées... ces chambres habituées depuis des siècles à cacher les intrigues d'un jour et les amours légères ; dont les portes s'ouvrent, furtives, toutes seules, dit-on, sans un bâillement, en vieilles complices ; dont les murs épais, de l'une à l'autre, ne laissent filtrer ni appels, ni sanglots, ni soupirs ; et, de la sorte, entre deux rieuses idylles, ont pu étouffer quelque drame d'angoisse, d'affreuse violence et de bon plaisir. Ah ! ces glaces, ces miroirs qui ont vu se dévêtir les aïeules impudiques, qui ont reflété leurs blancheurs délicates et l'or de leurs toisons, elles seules, eux seuls peuvent nous le dire : leurs filles lointaines savent-elles encore l'amour ? En vertu comme en grâce, ont-elles démérité?... Aimait-on mieux et plus sous Louis XV que sous Napoléon III ? Combien fallait-il de minutes, en plus ou en moins, pour que la porte s'ouvrît devant un amoureux ? Ces chambres de Compiègne, elles étaient célèbres, légendaires, proverbiales. Le soir, dans les corridors éteints, on se trompait de porte, par hasard ou à dessein. Tant pis, j'y suis, j'y reste ! un éclat de rire, coupé par le rideau qui tombe. L'empereur lui-même dans la jeunesse de son règne, s'était promené de nuit, un bougeoir à la main, cherchant la belle Castelcone ou une autre... On l'avait imité ; on continuait depuis... Et, dans ce dernier séjour, il en allait de même. Là, on était chez soi ; on recevait qui on voulait, quand on voulait, sans s'occuper de l'heure, avec une belle impudence sereine, basée sur cette certitude qu'alentour les voisins en faisaient autant... ou plus.

Aussitôt qu'ils parurent au seuil du grand salon, le duc et le marquis de Puysan furent accueillis par le même Macciochi, lequel guettait leur arrivée, et conduits à l'impératrice à travers la cohue bruissante des courtisans pressés.

On avait bien dîné ; on attendait le spectacle, la surprise ; une belle humeur générale fleurissait aux lèvres de ces privilégiés. A peine, sur son passage, Horace souleva-t-il quelque curiosité, recueillait-il quelques saluts, vit-il quelques mains se tendre. Il fallait avoir de la mémoire pour se souvenir de lui ; puis il était vieilli, creusé, bronzé, changé, on avait des raisons pour ne pas le reconnaître. De plus, en ce moment, il offrait un visage particulièrement sombre, car il comprenait mal qu'on disposât de lui avec tant de sans-façon. Il n'était plus le petit garçon d'autrefois, le très jeune homme du temps de son mariage, auquel on faisait des farces tragiques, en lui présentant une Hélène qui ressemblait à une Rosolba, pour voir la figure qu'il ferait. Que l'impératrice ne se vît pas vieillir, c'était dans l'ordre naturel des choses. Mais elle aurait dû s'apercevoir qu'autour d'elle on devenait moins jeune. Enfin, Horace trouvait étrange qu'il rencontrât tout le monde avant sa femme et que, lui présent, celle-ci n'accourût pas aussitôt. Si elle ne pardonnait pas, ce qui restait son droit, elle eût dû l'en avertir ; il ne serait pas venu. Si elle pardonnait, il fallait le faire de bon cœur, sans tant de simagrées et de cérémonie. Toute cette cour intense qui se mettait entre elle et lui, l'irritait et l'attristait ; et cette souveraine mêlée à ses affaires de cœur ou de ménage lui semblait mal dans son rôle. Il pensait de la sorte tout bas, tout haut aussi, pour lui et pour son père. Celui-ci l'approuvait. Cela ne rappelait en rien Louis XIV, plutôt la cour du roi Pétaud ; ou le château de Barbe-Bleue, où l'on passait la nuit à se faire des malices.

« Petit monde ! Petit monde ! murmurait le duc, les lèvres pincées. Désormais, il faudra vivre à l'écart... Ça s'encanaille. »

Il dut se taire ; ils entraient dans le salon des intimes où l'impératrice s'était retirée en attendant le spectacle ; mais son cercle habituel semblait fort éclairci ; car, de ses grandes amies ou dames d'honneur, la plupart se préparaient pour la représentation, dans laquelle chacun jouait un rôle. Il restait cependant auprès d'elle la comtesse Mélanie de Portal, avec laquelle elle causait en confidence.

A la vue du mari d'Hélène, elle suspendit soudain son geste et son discours et l'appela de la main. Il s'avança, salua très bas. Elle disait : « Je suis heureuse, monsieur de Puysan, de vous revoir après tant d'années... j'espère que désormais vous serez des nôtres, sans plus d'absence... C'est mon vœu le plus cher, car je sais bien que de votre volonté dépend le bonheur de ma très chère marquise. »

Puis, sans attendre de réponse, elle ajoutait :

indiquant les sièges : « Asseyez-vous, Puysan,
asseyez-vous, marquis. »

Le duc ne fit pas de façon ; son fils s'efforçait
de dissimuler son ennui. Il songeait : « Je voudrais bien voir ma femme. » Et Eugénie reprit,
car elle était en verve : « Vous avez beaucoup
voyagé, marquis ; on dit que les voyages forment
la jeunesse... la terre est grande, n'est-ce pas ? »
Elle servait souvent de ces banalités qui décon-
certaient, car elle disait tout ce qui lui passait
par la tête, et ses improvisations n'étaient
pas toujours heureuses. « Très grande, quoique
ronde, ça tourne. » C'était le duc qui se char-
geait de répondre. Elle se tourna vers lui, l'air
étonné. « Qu'en savez-vous, vous ? Vous n'êtes
jamais sorti de France, que je sache ? — Je l'ai
entendu dire, madame. — Ah ! bien ! Mais lui,
il a vu... Et ces peuples étrangers... ils admirent
notre pays, n'est-ce pas ? Nous sommes admirés
et redoutés ? »

À la droite de l'impératrice, la comtesse de
Portal, derrière son éventail, leva les yeux au
ciel. Partout la même folie, la même confiance,
la même vanité. Eugénie parlait comme Napoléon.

« Madame, répondit enfin Horace sans gaîté,
j'ai vu en effet bien des nations... puissantes...
Elles ont leur orgueil propre et n'admettent pas
toujours notre supériorité. — Allons donc !...
Et qui cela ? — Mon Dieu, les Anglais... — Jalousie ! — Les Allemands... — Envie ! — D'autres
encore, même chez les Orientaux... Ils se sentent
forts chez eux et se soucient très peu de la
France lointaine. — Des sauvages ! — Si vous
voulez... »

Il y eut un petit silence, et Horace, logique
avec sa pensée, osa dire : « Madame, je voudrais
voir Hélène. — Dans un instant, répliqua l'impératrice avec un malicieux sourire... Elle vous
a attendu trois ans, vous pouvez bien l'attendre
une heure. » Horace s'inclina. La souveraine
continuait. « Elle vous aime, elle vous désire ;
voilà qui est dit pour vous rassurer et vous faire
prendre patience... »

En ce moment, un chambellan, M. d'Orsano,
vint avertir Sa Majesté que, pour commencer, le
spectacle n'attendait plus que son bon plaisir.
Eugénie se leva lentement, et Mme de Portal
l'imitait aussitôt. Il était dix heures.

Derrière les souverains, le cortège se déroula
sans ordre, le long des galeries, à travers les corridors, des habits chamarrés et des robes légères. Il fallait passer par des endroits obscurs ;
parfois un léger cri effarouché retentissait, salué
d'un éclat de rire. Dans la petite salle du théâtre,
on s'entassa. Elle était, elle est curieuse. Restée
inachevée, elle a cet air pauvret, vieillot, des
salles de province où personne ne vient. Les
loges, même celle des souverains qui fait face à
la scène, étaient et sont découvertes ; les sièges
étroits, pressés derrière l'orchestre et dans le fer
à cheval du balcon ; là, deux rangs seulement,
sans distinction, sans passage. Si du dernier fauteuil quelqu'un veut s'en aller, il lui faut déran-
ger toute la file. Salle nue et froide, éclairée par
un lustre à pendeloques et quelques candélabres

branchés aux murailles, elle n'était pas faite
pour inspirer le recueillement ; l'enthousiasme
y devenait difficile. Devant elle, la scène exiguë,
sans recul, repousse les artistes sous le nez des
spectateurs ; tant mieux quand c'est une jolie
fille ; mais il y a des dignes au théâtre. Dans
les projets de l'empereur, elle devait ruisseler
d'or, être capitonnée comme un nid, décorée de
fresques au plafond, aux murs ; un bijou... Mais
ce projet-là s'en fut avec tant d'autres, dissipé
comme fumée, au vent du boulet prussien. En
traversant la galerie des Cerfs, les deux Puysan
coudoyèrent Séguy. Et là, dans le flot des invités, le brouhaha, les parfums violents, il y eut
reconnaissance.

Ces rapatriés se serrèrent la main en silence
en échangeant un regard triste. Enfin le vicomte
parla : « Puysan, je suis heureux, je vous revois
ici. C'est un signe, un bon signe. — Merci,
Séguy, répondit Horace. C'est vrai, je reviens
de loin ; vous le savez, vous ! »

Et devant les yeux des deux hommes à la
fois passa la vision rapide d'un ciel plus bleu,
du bariolement d'une foule et d'un rideau léger
flottant sur la porte d'une fumerie d'opium. Ils
continuaient à avancer dans un remous d'épaules
nues, de gorges offertes ; le défilé semblait interminable. Enfin, à leur tour, ils entrèrent dans la
salle ; on s'asseyait en hâte, chacun à une place
désignée d'avance ; en hâte, car les souverains
déjà étaient assis. Le silence s'établit. Alors le
rideau se leva sur un léger proverbe d'un auteur
bien en cour, joué par trois artistes du Théâtre
Français. Tout le monde connaissait ces petits
bavardages, nul n'y fit attention. On lorgnait,
on détaillait les toilettes, inventoriait les bijoux.
Dans la loge impériale, on voyait la comtesse
de Portal, à laquelle l'empereur semblait avoir
pardonné ses prophéties lugubres, quelques
ambassadeurs et deux princes étrangers. Le duc
et le marquis de Puysan se trouvaient à droite,
aux fauteuils de balcon ; Séguy au rang au-
dessus. En face, à gauche, à l'extrême fin de
l'hémicycle, — à l'endroit où, dans les vrais
théâtres, se trouve l'avant-scène, — nonchalant
et superbe, se prélassait le comte Maximilien de
Ferté, des princes Paradeyser. Il envoyait du
bout des doigts de légers bonjours ici ou là, un
peu partout, certain qu'ils seraient accueillis
avec reconnaissance ; parfois ses yeux s'arrêtaient sans bienveillance sur le marquis de
Puysan. Mais certains vides, d'ordinaire orgueil-
leusement remplis, rappelaient que les belles et
nobles dames qui avaient noms : Puysan,
Mettersen, Guicharrois, Persy, Larchan, Son-
chy, et d'autres, — s'habillaient en cet instant
et paraîtraient tout à l'heure sur la scène, dans
un « à-propos, » disaient les uns, « un tableau
vivant, » disaient les autres ; — « un mystère,
en tout cas, » objectait un troisième, où la marquise Hélène jouerait un rôle un peu poivré
pour faire plaisir à son mari. Alors, on s'interrogeait tout bas, le long des galeries, de fauteuil
à fauteuil.

« Eh bien, où est-il ? Est-il arrivé ? — Mais
oui... le voilà... avec son père... là-bas... — C'est

ça, Puysan, le beau Puysan? — Eh bien, ma chère? — Mais il est noir comme un Turc... et il n'a pas l'air bon ! — Vous ne le connaissiez pas? — Non ; il y a trois ans, je n'étais pas de la cour... — C'est vrai ; s'il n'a pas l'air bon, c'est qu'on l'agace à le regarder ainsi. Voyez, toutes les lorgnettes sont braquées sur lui. — Oui, mais c'est machinal ; tenez, j'allais en faire autant. Et puis il est le héros du jour. — Triste héros ! Sait-il lui-même...? Séguy... vous connaissez...? — Oui, le vicomte? gentil garçon !... — Trop triste, trop de soupirs, trop de nuages ! — enfin... Eh bien, Séguy l'a rencontré là-bas, très loin, en Extrême-Orient. — Ah ! et qu'est-ce qu'il faisait d'extraordinaire? — L'opium, ma chère, l'opium, le poison d'Asie !... tout à fait détraqué... il paraît qu'il ne sortait pas des maisons chinoises... ».

Il y eut un silence de réflexion, puis une voix lente de femme convaincue chuchota : « Ils ont de la chance, les hommes ! — Pourquoi? — Parce qu'ils peuvent tout essayer, tout connaître... ça doit être bon, l'opium ; c'est une passion ! — Ça rend fou... — C'est votre grand'-mère qui vous a dit cela? — Puysan a-t-il l'air fou? — Hé ! Hé ! je l'ai vu de près, moi ; regardez ces yeux ; ils ne disent rien qui vaille. — Vous ne les auriez pas remarqués si vous ne saviez pas son histoire. » La voix grave, profonde, recommença : « Oui, l'opium, le rêve, l'oubli... l'ivresse ; il paraît qu'on se sent léger, qu'on s'envole. J'ai fait souvent ce songe : que j'avais des ailes, que je planais très haut, pour l'effroi des humains. — Indice d'orgueil, baronne, pas autre chose ! — Qui vous l'a dit? — Mon petit doigt ; c'est un grand magicien. — Vous êtes un impertinent. — Mais non, mais non. — Mais si, mais si. — Mais non, mais non. — Il n'en finira jamais ce proverbe... — Patience, c'est la dernière scène. Puysan s'endort, son père aussi. — Je le vois mieux ; c'est vrai qu'il n'est pas mal... — Là ! vous y venez... — Oui... pas si bien que Max, pourtant ! — Oh ! celui-là ! Et puis comment comparer? C'est le jour et la nuit, blond et brun ; j'aime mieux Horace. — Il s'appelle Horace? — Oui. — Il y a eu un Romain de ce nom-là? — On le dit. — Ah ! le rideau tombe ! »

Quelques minutes passèrent ; les conversations formaient un grand murmure. La vision était vraiment exquise de toutes ces jeunes femmes, belles pour la plupart, au moins jolies, parfois pires, qui faisaient triompher la science des attitudes, offraient aux yeux de liliales blancheurs, des roseurs, tentantes, sous le rapide éclair des féeriques diamants et la pâle douceur des perles argentées. Toutes avaient près d'elles un homme qu'elles aimaient, souvent deux, mais jamais leur mari, qui, lui-même, était occupé de quelque autre. Toutes montraient dans leur visage clair, leurs prunelles limpides, la joie enfantine d'être belles, désirées, la certitude du présent, la confiance dans l'avenir.

Quel heureux temps ! Comme il faisait bon vivre, que tout le monde était charmant, que tout le monde avait d'esprit ! Est-ce que vraiment quelque chose existait en dehors de cette salle qui contenait l'empire? Est-ce que vraiment il y avait un peuple plus loin?... et encore plus loin, d'autres peuples? Des grognons en parlaient... Des trouble-fête. Il y a partout de ces esprits quinteux. Mais les voix se taisaient, le chef d'orchestre avait levé l'archet ; et les violons déjà grinçaient à l'ouverture. L'ouverture de quoi? « Mais je connais ça... — Moi aussi. — Attendez donc... »

Le rideau se levait lentement sur le décor de la danse des nymphes de Corot. « Au milieu d'une clairière, des ballerines (Mme de Mettersen, de Gnicharrois, de Souchy, de Persy, de Larchan, de Bassion-Hébert), rivalisaient de grâce et de souplesse dans les pas les plus difficiles, les jetés-battus les plus compliqués ; l'une d'elles, la *Danseuse Bleue* (Mme de Mettersen) se distinguait entre toutes, était proclamée par ses compagnes reine du geste et du charme. » A cette vue, dans toute la salle, il passa comme un frémissement d'angoisse nerveuse ; chacun comprenait ; tous regardaient Horace de Puysan, devenu très pâle, à côté de son père, plus pâle que lui. C'était donc là cette surprise, la géniale idée de Mme de Mettersen, qui devait réjouir l'impératrice et passionner l'assistance? Il y eut quelques légers « eh ! oh ! » bien vite étouffés. On était en public, et quel public !

Ah ! l'ambassadrice des plaisirs, pour l'instant transmuée en danseuse bleue, gambadant sous un maillot de soie bleue, un court bouffant de mousseline bleue, et si peu de corsage, encore qu'il fût bleu, si elle avait pu entendre, eût été bien surprise de son peu de succès. Un mot courut : « Inconvenant ! » Une réflexion : « C'est barbare ; une Française n'eût pas trouvé cela. » Ainsi, on allait représenter, avec la marquise Marie-Hélène, dans le rôle de Rosalba, la femme dans le rôle de la maîtresse, ce ballet de tragique mémoire, le *Clown*, devant ce malheureux Puysan, condamné à subir l'apparition, le spectre de sa maîtresse assassinée?

Ah ! certes, si après cela il accueillait Hélène avec sérénité, avec l'expression d'une joie limpide, ah ! certes, le doute n'était plus possible : il était bien guéri. Mais quelle étrange épreuve, hardie, scandaleuse, jouant avec toutes les pudeurs et tous les sentiments ! Est-ce qu'Hélène, à la fin, allait mimer aussi l'agonie de la pauvre danseuse? Il le fallait ; sans quoi le plaisir ne serait pas complet. Et, de nouveau, les épithètes circulèrent : « Scabreux ! Cruel ! Infâme ! » Ce dernier mot fut prononcé par Séguy. Sans détourner la tête, Horace, qui avait entendu, lui répondit entre ses dents : « Merci, Séguy ! »

Mais déjà sa voix ne sortait plus qu'étranglée par des émotions diverses. Cependant, dans la salle anxieuse, on attendait sur la scène l'entrée d'Hélène en *Clown noir*. Elle apparut, s'élança du taillis en courant, fine et nerveuse, souple et charmante sous le maillot noir et la blanche perruque.

« Bravo ! cria Max dressé à demi, rouge de plaisir. — Silence ! dit une voix près de lui.

Vous ne comprenez pas. » C'était le marquis de Guicharrois, un ami des Puysan. « Je ne comprends pas? répondit l'Allemand. Elle est bonne, celle-là ! Je comprends fort bien que je n'avais jamais espéré qu'on m'en montrât autant. — Taisez-vous ! reprit Guicharrois du même ton, vous n'êtes pas heureux, ce soir ! » M. de Ferté regarda tout autour de lui, comme s'il cherchait une explication. « Ah ! fit-il encore, le mari !... Moi, ça m'est égal, au contraire. »

Mais ces derniers mots furent murmurés, passèrent inaperçus. Or, sur la scène et dans la salle il y avait deux êtres aussi bouleversés l'un que l'autre : l'actrice Hélène et le spectateur Horace. Au dernier moment la jeune femme, prise de peur, revenue à des idées plus saines, des jugements plus exacts, pressentant le scandale et des suites tragiques, s'était refusée tout à coup à jouer son personnage. Il avait fallu l'intervention de toutes ses comparses, Mme de Mettersen en tête, auxquelles vint s'adjoindre la grande maîtresse du palais, pour la réconforter, la décider à tenir son rôle. Persister dans son refus, c'eût été, disait cette dernière, manquer de respect à Leurs Majestés. Alors la pauvre marquise s'était résignée et elle montrait ses jambes et elle tendait ses bras. Pour Horace, il souffrait autrement. Il s'attendait à être persiflé, égratigné d'une épigramme, chansonné d'un couplet peut-être; mais il n'avait pas prévu et ne pouvait prévoir à quelle épreuve barbare le caprice d'une femme étrangère allait le soumettre devant tous. Car, c'était le mot, on l'exposait ; autant que les danseuses et le Clown noir, il était le point de mire des lorgnettes. Et l'on ne pouvait définir si c'était ridicule ou si c'était odieux. L'un et l'autre peut-être. Son père, le vieux duc, redressé devant l'outrage, lui avait pris la main et la tenait serrée fortement. Mais ils n'avaient pas à braver la foule ; la foule témoignait et protestait pour eux. Un immense malaise pesait sur cette salle encore silencieuse, houleuse pourtant, malgré les augustes présences. Après Ferté personne n'avait plus applaudi ; les appréciations sourdes continuaient à courir. On s'étonnait que Marie-Hélène eût consenti. En une heure, elle perdait le bénéfice de trois ans de dignité, démentait un passé admirable. On accusait tout bas Mme de Mettersen, qui s'était imprudemment laissé séduire par le côté pittoresque de la situation. Confusément, quelques-unes de ces paroles arrivaient jusqu'au marquis. Peut-être l'aidèrent-elles à supporter cette humiliante torture.

Mais comme, en ce moment, seul sur le devant de la scène, le clown noir moqueur, après avoir haussé les épaules, s'élançait à son tour, Hélène ou Rosalba? Horace ne savait plus, — la tête lui tourna, un flot de sang lui rougit la face, qui, reflué vers le cœur, le laissa plus livide encore. Il ferma les yeux, les rouvrit, égarés ; un brouillard lumineux, des voix, une musique lointaine. Et soudain, en face de lui, dans le personnage blond du prince Paradeyser qui ricanait en le regardant, il crut reconnaître

l'autre, l'ancien, le mort aussi; tous les morts reviennent donc à cette heure? Le prince Paul-Michel Orlowski, cherchant encore sa revanche. Oui, oui, à la même place, c'était sa place. Et tout à l'heure, sans doute, Hélène ou Rosalba (non, vraiment, il ne savait plus), allait rouler par terre, la bouche noire, hurlante, moribonde. Non ! il ne voulait pas voir cela. Et puis il ne se sentait pas très bien. Il avait mal à la tête. Il murmura d'une voix enfantine, plaintive, peureuse : « Père, père, allons-nous-en. Elle va mourir. Tu sais, je ne veux pas voir. Allons-nous-en, père ! »

Aux derniers mots, cette voix suppliait. Le duc de Puysan se leva d'un élan. « Viens, mon fils... et malheur ! » Mais déjà Séguy, debout derrière eux, demandait place. « Pardon, messieurs, pardon mesdames, veuillez laisser passer ces messieurs de Puysan. »

Puis, enjambant un rang, il leur ouvrait la route, les précédait, sans souci du scandale. D'ailleurs, devant ce père et ce fils aussi tragiques l'un que l'autre, la foule se dérangeait d'elle-même, faisait la haie, laissait passer ; et des encouragements accompagnaient leur retraite hautaine. « C'est bien, duc, emmenez-le ! Il y a des spectacles qu'on ne supporte pas. » Le vieux Latour-Pozay disait aussi : « Tu sais, Guy, on est cousin donc tenant. S'il y a des hommes responsables, viens me prendre avec toi. »

Dans leur loge, les souverains voyaient, entendaient, comprenaient. Eugénie, déclinant les responsabilités comme elle l'avait annoncé, s'écriait aussitôt pour être entendue : « Si j'avais su, je n'aurais jamais permis... » L'empereur haussait les épaules : « C'est fâcheux, très fâcheux ! disait-il, je ne voudrais pas... pourtant. »

Il n'achevait pas, retombait, flasque et veule, à sa somnolence. Cela, comme le reste, était indifférent. Cependant Puysan, duc et marquis, dégagés de la cohue, arrivaient à la sortie, quand un grand cri, parti de la scène même, les fit soudain retourner. Hélène, voyant son mari quitter la place, comprenant enfin à quel point elle venait de l'outrager, jugeant leur réconciliation désormais impossible, l'avenir encore une fois brisé, Hélène, comme jadis Rosalba mourante, défaillit et tombait aux bras de ses compagnes. Sur son fauteuil, Ferté-Paradeyser, s'était dressé, comme jadis Orlowski, et suivait la scène avec un intérêt railleur. L'illusion était flagrante : tout l'ancien drame se répétait. A cette vue, la face du marquis devint terreuse, un tremblement convulsif lui secoua les membres, il balbutiait halluciné : « C'est cela, c'est cela !... Je savais bien, rien n'est changé, ça recommence. Il faut que je coure vite pour ne pas manquer Orlowski, cette fois. » Il délirait. Son père l'entraîna. Ils refirent, muets et seuls, le chemin des couloirs, s'égarèrent un instant, retrouvèrent l'escalier. D'instinct, ils fuyaient vers l'intimité, le silence de leurs chambres : et le père continuait, au hasard, à parler de courage, de malentendu, de pardon. Mais un grand désespoir l'accablait, lui aussi, à présent.

Le vicomte Olivier s'était séparé d'eux sur le seuil de la salle. « Merci, Séguy ! lui avait murmuré le duc en lui tendant la main. »

Le jeune homme s'inclina, puis aussitôt partait, en courant presque, vers les coulisses du petit théâtre où l'on emportait Hélène. Trop étroites, ces coulisses, pour contenir tous ceux qui s'y précipitaient. « On manque d'air, elle étouffe ! criait la baronne de Larchan très émue, en maillot rose sous son tutu blanc. — Avez-vous des sels, qui a des sels ? » clamait Mme de Mettersen d'autant plus affolée qu'elle se sentait responsable. Elle s'agitait sans trêve, en maillot bleu sous son tutu bleu.

Entouré d'un vol de ballerines froufroutantes, le clown noir, trop fidèle à son rôle, semblait agoniser.

Enfin, le médecin de l'empereur, le docteur Coquet, parvint à fendre la foule pressée qui encombrait les abords du théâtre, et s'approcha de la malade. Toutes les nobles danseuses le renseignaient à la fois. « Docteur, ça lui a pris... — Docteur, c'est un étourdissement. — Docteur, elle a pâli brusquement. — Le cœur, sans doute... »

Le docteur haussa les épaules, souleva du doigt une paupière fermée d'Hélène, tâta son pouls et murmura : « Paroxysme d'émotion, la syncope. Il faut l'emporter d'ici tout de suite... Qui veut m'aider ? — Moi ! dit Séguy. — Moi ! dit Paradeyser. — Un seul suffit avec moi, dit Coquet goguenard. Vous (il désignait l'Allemand), vous êtes plus solide. Enlevez-la, sous les genoux, moi, je la tiens aux épaules. En avant ! monsieur de Séguy, voulez-vous déblayer la route ? »

Les rangs s'ouvrirent, et, sous l'indécente fixité des regards curieux, le clown noir s'en allait inerte, toujours en deuil, dans sa fatalité. Les souverains, depuis un instant, avaient quitté la salle, escortés des princes, des dignitaires, de tous ceux que leur grandeur attachait à leur suite. La fête était manquée. Eugénie s'en montrait d'autant plus affectée qu'elle y voyait un mauvais présage. Et, bien que l'orchestre détaillât bruyamment une valse entraînante, les jeunes gens, les jeunes femmes, ceux, celles qu'on appelait et qui formaient la « petite classe », les toujours en train, toujours en fête, s'obstinaient à déserter les grands salons, s'attardaient aux galeries, aux corridors pour avoir des nouvelles. Enfin, ils reparurent encore très agités, commentant l'aventure. Hélène, tirée de sa léthargie, avait été remise aux mains de ses femmes de service et conduite à sa chambre.

L'orchestre continuait sa musique. Alors, quelqu'un, un vieux, un sénateur, un comte, pour ramener le sourire aux lèvres impériales et pimenter la fin de cette soirée tragique, proposait que les nobles ballerines gardassent leur costume léger pour le bal qui s'ouvrait. Cela donnerait certainement de la chaleur à la fête. Ce vœu fut accueilli par des acclamations. Ces grandes dames, les Mettersen, les Guicharrois, les Larchan, les Bassion, les Persy, se firent prier une seconde, juste le temps qu'il fallait. Puis, après s'être consultées du regard, elles renonçaient gentiment à changer de tenue, ce qu'elles eussent déjà fait, sans l'accident, le drame, et consentirent enfin à valser ou polker, les jambes découvertes, la gorge, les épaules, les bras nus, et le reste voilé d'un nuage de mousseline. Sur-le-champ la joie fut reconquise et monta brutalement. On oublia Hélène, on oubliait Puysan. Tant pis pour ceux qui pleurent ; la consigne était de rire et de chanter... Et puis c'était la fête de l'impératrice ; il eût été inconvenant de ne pas être gai.

Évohé ! c'est le cotillon qui commence. « Max ! Max ! Max ! » Il s'est fait *une tête*, est-il drôle ! Il est maquillé, est-il gentil ! Il a choisi pour commère, naturellement, une des grandes décolletées. C'est à Mme de Guicharrois qu'est échu cet honneur. Et voici donc que le couple s'avance dans un rayonnement d'insolente impudeur. Évohé ! les hommes ont bu, certains sont ivres, clignotent des yeux, rient lourdement ; et tous, autour des ballerines passées de la scène au salon, se bousculent, humant du nez, buvant des yeux, les mains tentées. Dans ces groupes, l'empereur, entre deux généraux ventrus, circule, lent, énigmatique ; avec la fatigue de la nuit, sa face blême est devenue plus blême, ses lourdes paupières tombent plus bas sur ses yeux éteints ; il effile les pointes cirées de sa moustache. Il a donc un ennui ?

L'impératrice, dans son fauteuil doré, entourée de vieilles duchesses qui voudraient bien danser mais qu'on n'invite plus, regarde, considère, contemple ; et dans ses grands yeux admirables le vide persiste, un vide profond, décourageant, déconcertant : pas une lueur, pas une pensée. Devant elle les couples tourbillonnent, le cotillon déroule ses figures burlesques ; les hommes se démènent, les femmes prennent des attitudes ; par-ci, par-là, un petit cri sous une étreinte trop vive, et toujours l'orchestre prodigue ses flonflons. Un instant, dans une figure inventée par lui-même, on vit les six ballerines, un genou en terre, dans une pose d'adoration, entourer Maximilien de Ferté-Paradeyser en lui tendant des bras soumis. Et lui se dressait au milieu d'elles, énorme, rose, bouffi, les yeux railleurs, les lèvres troussées d'un rire, ainsi que le génie de la danse lascive arraché de l'argile par les mains d'un Carpeaux. On applaudit furieusement. Dans les yeux de la souveraine une lueur passa. Elle murmura : « Charmant ! » Napoléon, l'air morne, secoua la tête. Mais, alentour, dans une rumeur formidable de voix délirantes, dans des gestes forcenés, la joie saoulante de vivre, d'être beaux, d'être jeunes, d'être puissants, d'être riches, la volupté bestiale de tous les sens ensemble, de tous les nerfs bandés, éclatait, emplissait le lieu, l'heure, se prolongeait, dominatrice, effaçant tout. Évohé !

Au deuxième étage, sous les toits du château, il y avait des gens moins gais. Dans son appartement, Hélène, livrée aux soins de ses femmes, sortait de sa stupeur pour retomber au déses-

Hélène de Puysan soignée par ses femmes.

jour. La bouche aux d'un souris, qu'il... interrompu, elle criait en arrachant son fourreau de satin noir : « Otez-moi cela ! déchirez, coupez, sortez-moi de là ! Ça m'étouffe, ça me brûle... Je ne puis plus ! »

Et les filles de chambre, effarées, les mains tremblantes, tiraient le maillot de soie, dégageaient en hâte ce corps jeune et charmant dont on ne voulait plus. Enfin, quand le clown fut redevenu femme, quand Hélène se retrouva dans une robe d'intérieur, elle se calmait un peu, acceptait quelques gouttes d'éther dans un verre d'eau. Plusieurs fois, on vint frapper à sa porte : des amis s'enquéraient, demandaient des nouvelles. Par ordre, il leur fut répondu que Madame était au lit et que, brisée, elle s'endormait. Alors, comme la fête battait son plein en bas, tous l'abandonnèrent. A leur tour, elle congédia ses servantes malgré leur insistance : elle voulait être seule pour penser, se reprendre... et puis aussi, peut-être, dans un but plus précis. Dans le silence, elle écouta. Du lointain, arrivaient, assourdis, des échos de musique dansante, une rumeur de foule, parfois un bruit d'ovations. Sa figure, déjà creusée, s'altéra plus visiblement. Ce monde, avec ces bruits, ces rires, elle ne l'avait jamais aimé ; elle le haïssait, à présent. D'un geste égaré, elle passait ses deux mains fiévreuses en arrière, sur ses tempes, sur sa chevelure défaite. Elle regarda la pendule. Il était un peu moins de minuit ; mais elle fut longue à distinguer quelle heure marquaient les aiguilles. Elle demeurait hébétée, comme à la suite d'un grand choc sur la tête ; machinalement, elle répétait : « Que faire ? que faire ? »

Mais une tentation l'obsédait de savoir, d'entendre, fût-ce sa condamnation, l'arrêt définitif d'abandon éternel. De l'autre côté du corridor, dans l'appartement du duc, son sort se décidait sans doute. Horace devait être là... avec son père... A moins qu'il ne fût déjà parti, n'eût quitté précipitamment le château comme un endroit maudit. Pourtant en pleine nuit, c'était invraisemblable. Oui, il était là ! Elle entr'ouvrit sa porte, passa la tête. Rien, elle ne percevait rien. Alors elle s'avança de trois pas dans le couloir, puis de quatre. Enfin, épiant l'alentour, regardant autour d'elle dans la crainte d'être surprise par des étrangers, elle vint coller son oreille à la porte du duc. Un éclat de voix brutal aussitôt la fit reculer. Mais elle revint, reprit sa pose, s'absorba dans son attention anxieuse. Et sur cette face mobile tour à tour se peignaient, selon les variations des paroles entendues, le regret, le remords, une joie fugitive, un espoir passager suivi d'une expression de plus grand désespoir, la souffrance, la pitié, la colère, la honte et tous les sentiments d'une âme désemparée. C'était un fou délirant que le duc avait ramené dans sa chambre. A peine entré, titubant, l'air ivre, il butait sur le tapis et allait s'écrouler sur un fauteuil. Son père, debout devant lui, le regardait, atterré. « Horace ! Horace ! mon enfant ! »

L'autre continuait son monologue incohérent : « J'en ai assez, j'en ai assez... Hélène ou Rosalba, qu'importe ?... j'en ai assez de ce clown noir, de ce visage affreux qui me poursuit partout... Et puis non, c'est elle, c'est bien elle, c'est la morte... Elle m'avait prévenu... « Si je meurs avant toi, je reviendrai, je ne te quitterai pas... je défendrai mon souvenir contre les autres femmes... » Elle l'a dit cent fois... Elle tient parole ! — Horace ! — Oui, oui, je vous vois, mon père... ah ! pardon... mais c'est trop ! »

C'est à ce moment-là qu'Hélène perçut la voix de son mari. Il répétait : « Oui, c'est trop ! Qu'avait-elle besoin... Hélène... si c'est elle... Mais ce n'est pas elle, elle n'aurait pas fait cela... Elle est bonne... elle était bonne ! C'est l'autre, l'éternelle... Et puis, vous savez, il y a des esprits qui s'incarnent un temps dans le corps d'un être vivant... On connaît cela dans l'Inde... on m'en a compté mille cas... »

Il affirmait gravement, comme vérités premières, ces absurdes imaginations : « L'âme de Rosalba s'est glissée dans le corps d'Hélène... oui, c'est bien cela, pour me reprendre quand je lui échappais. Non, non, Hélène n'aurait pas fait cela ! »

Comme il s'arrêtait, haletant, la tête dans les mains, perdu dans son rêve, Puysan en profita pour essayer de le ramener au monde réel par des phrases plus humaines.

« Non, en effet, Hélène n'aurait pas fait cela si elle n'avait pas été mal conseillée. Elle a eu tort de ne pas m'avertir. Je me serais opposé... J'aurais été trouver l'impératrice... qui savait à coup sûr, je lui aurais démontré le danger, l'inconvenance d'une telle manifestation. J'aurais eu gain de cause. Et si j'avais échoué j'aurais brisé net, j'aurais emmené Hélène, et nous serions partis. — Je vous dis, moi, que ce n'est pas Hélène ! C'est Rosalba ! Est-ce qu'Hélène sait danser? est-ce qu'Hélène se montrerait toute nue sur un théâtre? Non, non, allez ! Vous pouvez chercher, l'explication est plus simple; ce n'est que la suite d'autres événements. — Alors, fit le duc se prêtant un instant aux divagations de son fils, Hélène n'est pas coupable. Il faut la revoir, recommencer la vie... oublier ! — La revoir? Jamais ! cria Horace (Et le cri fut terrible.) Jamais ! Jamais ! Est-ce que je sais, moi, si c'est elle ou l'autre?... Elles n'en font qu'une, à présent ! Je les hais toutes les deux... Oui, je hais le double qu'elles ont formé. C'est un spectre... il sent le tombeau... il vient me chercher... Arrière ! Est-ce que vous vous figurez sérieusement que je pourrais rester seul, la nuit, dans le même lit, — j'en tremble ! — avec cette larve de cimetière? Pouah ! Pouah ! »

Il crachait bruyamment par terre.

Marie-Hélène de Puysan ne put en entendre davantage. Chancelante, s'appuyant au mur, elle regagna sa chambre et s'y enferma. De nouveau seule, elle mesure d'un regard l'espace de sa vie. C'était définitif, tout restait bien perdu. La fatale ressemblance, qui avait causé son mariage, devait à jamais la séparer de son mari. C'était un fou, d'ailleurs, celui qu'elle venait d'entendre divaguer. Il rapportait en France une cervelle atrophiée, obnubilée par les fumées d'opium, par d'autres ivresses, d'autres débauches qu'il ne pouvait avouer. Un temps, il

s'était reconquis, avait semblé lucide, mais, au moindre choc, il retombait à sa nuit. Si le drame de cette soirée ne s'était pas produit, tôt ou tard une nouvelle rupture, tragique aussi sans doute, serait intervenue. Car il était possédé et trop ruiné mentalement pour se pouvoir défendre. Sous un prétexte ou un autre, il aurait bien vite aperçu dans les glaces son spectre derrière lui. Horace de Puysan, l'ancien Horace, son époux, son amant, était mort ; la loque qui subsistait inspirait du dégoût, pas même de la pitié. Quant à elle, à part cette imprudence d'une heure, son rôle de clown noir, que pouvait-on lui reprocher? Rien ! Elle était victime, uniquement victime d'accidents étrangers. Avec cela la vie passait. Alors elle se révolta. Plus d'une fois déjà, à diverses époques, elle avait senti monter dans son âme des velléités de vengeance légitime et de revanche à prendre. Cette nuit-là, elle écouta les voix mauvaises, les accueillit comme bonnes conseillères et résolut de suivre leurs avis. Elle en avait assez d'être une veuve ridicule par la faute d'un maniaque ; assez, à vingt-trois ans, de vivre sans amour, plus chaste qu'une nonne, au fond de son couvent. Elle avait repoussé jusqu'à ce jour les rares hommages qui s'offraient ! Oui rares, car sa réputation d'inattaquable vertu éloignait d'elle les cœurs. Mais pourtant elle se connaissait des adorateurs déclarés, malgré leur silence timide : Séguy, Ferté, Max et Olivier. Eh bien, pourquoi pas? Celui-ci ou celui-là... qui sait? Les deux ! Elle ferait comme les autres, celles qui étaient insolemment joyeuses, étalant leur luxure, affichant leurs amours. Elle n'en serait pas moins estimée, au contraire, dans cette cour damnée. Le jour où on la saurait accessible, d'autres amours viendraient pour la solliciter. Elle n'aurait qu'un choix à faire. Si elle n'était pas plus heureuse au fond, elle serait en tout cas moins triste, ne se dit-elle plus volée, honteusement délaissée. Ah ! elle était Rosalba ! avait son âme dans la chair? alors il serait juste qu'elle agît comme elle, chair et âme. Elle le ferait. Tant pis pour la morale et les grands sentiments. Duperie que de rester seule honnête, seule dévouée, seule aimante, sans être jamais payée de retour, sans jamais trouver la réciproque. Qui donc aurait le droit de lui demander des comptes? Qui donc serait le trompé? Elle avait fait ses preuves, avait été assez immolée par sa résignation : les temps changeaient. Elle était jeune et belle, elle le savait. Inutile jeunesse, inutile beauté. Non pas ! Non plus ! Elle n'entendait pas compter les heures dans la solitude en attendant que la vieillesse vînt lentement détruire ces biens terrestres qu'elle aurait méconnus. Elle pouvait faire de heureux, retrouver, elle aussi, des ivresses oubliées, vivre enfin, oui, vivre ; parler le même langage que les autres femmes, ne plus être l'exception, l'unité curieuse dans la foule, un monstre de vertu ! L'avenir était long, sans doute ; elle saurait l'emplir avec du bruit, des plaisirs, des chansons ; elle aurait son âge, elle rirait encore, serait encore aimée ! Ce serait une Hélène nouvelle qui, au matin, sortirait de cette chambre ; elle allait y passer sa dernière nuit de victime muette ; elle disait adieu à son odieux passé. En songeant de la sorte, elle regardait autour d'elle ; elle invoqua l'âme des choses : « N'est-ce pas, ô vieille chambre ! que j'ai raison? C'est la première fois sans doute que tu abrites une habitante de mœurs aussi austères, aussi tristement vertueuse. D'ordinaire, chaque nuit ta porte s'ouvrait, discrète, à quelques coups frappés. Dans ce siècle et dans l'autre, tes glaces ont reflété des scènes peu chastes, mais très tendres, car jamais jusqu'ici tu n'avais enfermé une Hélène de Puysan... Je suis pénétrée de tes souvenirs, de leurs exemples; je ne dépasserai plus la folle collection de tes chères amoureuses et celles qui m'ont précédée seront contentes de moi. C'est mon tour, me voici ! »

Le sommeil la surprit au milieu de ses pieuses austérités. Brisée de fatigue et d'émotion, elle ne s'éveilla que tard ; mais aussitôt qu'elle ouvrit les yeux, le douloureux sentiment des réalités mornes la reprit à l'instant. Elle murmura : « Comment ai-je pu dormir?... »

Alors un papier blanc, qui avait été glissé sous la porte, attira ses regards. Elle sauta du lit, tout de suite anxieuse, et ramassa ce papier. C'était une lettre ; elle lisait d'un long effort nerveux et fou :

« Ma chère fille...

« Je ne puis quitter une minute Horace, malgré le désir que j'aurais de vous voir ; mais il est inquiétant. Hélas ! ma pauvre enfant, votre épreuve a bien mal tourné. Pourquoi n'ai-je pas soumis le projet à ma vieille expérience? Je vous aurais dissuadée. A présent, il est trop tard, le mal est fait. Je sais bien qu'il ne faut pas vous en rendre responsable, qu'il vient de plus loin, de plus haut, mais le résultat n'en est pas moins triste. J'ose à peine vous dire l'aveu... dans le temps, de prendre une... patience... je vous l'ai déjà dit tant de fois ! je crois qu'il mieux serait que vous quittiez Compiègne et que vous regagniez Paris. C'est ce que nous faisons nous-mêmes en cet instant... j'emmène Horace ; je le garderai près de moi autant que je pourrai, mais combien de jours? Car il parle déjà de repartir au loin, de fuir... devant le spectre. Tout est à recommencer. Sachez bien, ma chère fille, que je vous garde ma grande estime et toute mon affection. Je ne doute pas de vous dans l'avenir, car votre passé m'en répond. Vous resterez admirable, digne des noms que vous portez ; mais je vous plains aussi avec toute la tendresse de mon cœur de vieillard à jamais désolé... Hélène !... pardonnez-nous !

« Puysan. »

Cette lettre ne changea pas ses dispositions : le mot patience lui fit hausser les épaules. Elle n'était pas coupable? assurément, elle le savait. Alors *ils* étaient donc partis? Elle passa un peignoir, sortit de sa chambre. Devant elle, de l'autre côté du corridor, la porte du duc était

grande ouverte. Elle pénétra ; les bagages avaient été enlevés ; il ne restait plus rien des derniers habitants. Elle revint chez elle ; et, tandis qu'elle procédait à sa toilette, elle monologuait encore, la face volontaire avec une expression de dureté nouvelle : « Non, je ne quitterai pas Compiègne... les autres s'y plaisent, s'y amusent, et désormais, je suis comme les autres. Non ! je ne regagnerai pas Paris, pour vivre seule entre quatre murs, à pleurer un bourreau. C'est fini, fini, fini ! On va connaître une marquise de Puysan différente et joyeuse. Ça étonnera ! Et pourquoi cela, mon Dieu? quand j'étais jeune fille, est-ce que je n'étais pas gaie? »

Lorsqu'elle descendit, elle trouva les salons presque déserts ; de vagues personnages y erraient, la mine mélancolique. Le bal et le souper qui avait suivi, avaient duré toute la nuit. Les plus enragés, dont Max et ses ballerines, s'étaient enfin séparés vers cinq heures ; ceux-là dormaient encore. Ce furent les sages qu'Hélène aperçut à son entrée, ceux qui s'étaient retirés vers trois heures ; mais ils n'en apparaissaient pas moins assez dévastés, car la fête avait été chaude et le souper tumultueux. La migraine s'inscrivait à l'ordre du jour. Autour de la marquise, cependant, quelques-uns s'empressèrent. Ils croyaient lui voir opposer aux regards curieux un masque de tragique douleur, ils furent déjà ou surpris ; elle souriait ; et c'était certes bien elle, parmi toutes, qui semblait la plus fraîche et la plus reposée. Séguy s'approcha lentement, la considérant de loin ; une subite angoisse lui serra le cœur ; sans qu'il pût dire en quoi, il lui parut déjà qu'Hélène était changée. Elle avait dans les yeux une expression de révolte, de défi, oui, de défi, plutôt qu'il ne connaissait pas. Il la salua en silence, n'osant rien demander. Elle lui tendit la main dans un geste très vif, bien plus expansif que d'ordinaire. Elle l'interrogeait : « Vous n'êtes pas fatigué, vous? — Oh non ! je me suis échappé de bonne heure, bien avant minuit, je n'ai même pas soupé. — Ah ! »

Elle le regardait gaiement, songeait que celui-là aussi avait dû veiller dans cette nuit affreuse, épier les bruits ; peut-être l'avait-il vue, écoutant aux portes, dans le corridor?... Bah ! qu'importait ! cela servait ses plans.

Elle reprit : « Puisque vous êtes valide, accompagnez-moi au parc... il fait gris, il fait doux... et puis j'ai besoin d'air, je ne tiens pas en place. — A vos ordres, madame, comme toujours ! » Elle éclata de rire sans bien savoir pourquoi ; se calma soudain et murmura : « Oui, vous êtes fidèle... je le sais... Eh bien ! vous aviez raison ! »

Il ne répondit pas ; il la suivait en silence. Ils sortirent du château, descendirent dans le parc. Il était désert aussi ; de ses promeneurs accoutumés, aucun, ce matin-là, ne se montrait encore. Alors, comme ils longeaient le massif qui conduit au banc de l'empereur, elle parla de nouveau. « Monsieur de Séguy, qu'est-ce que vous pensez de la scène d'hier au soir? »

A cette question brusque, posée d'une voix

nette, presque dure, le jeune homme tressaillit. Il chercha ses mots, et répondit enfin : « Qu'est-ce que vous voulez que j'en pense? Je crois qu'il y a en tout cela un immense malentendu. Je pense surtout qu'il y a certains remèdes trop violents pour certains malades; et que les meilleures intentions peuvent tourner contre ceux ou celles qui se les proposent. »

Elle l'écoutait; il se tut, elle ajouta : « C'est tout? — Mon Dieu... — Vous ne trouvez pas que lorsque les malades dont vous parlez sont purement imaginaires, ils finissent par lasser les meilleures volontés? et qu'ils n'ont pas le droit, à tout prendre, uniquement parce qu'ils se croient malades, de condamner aux pires misères les créatures quelconques qui ont le malheur de leur appartenir? »

Olivier rêva une seconde et répliqua : « En toute conscience, je n'ai pas cette sécurité. Parlons franchement. M. de Puysan est mal remis d'une grande souffrance morale, compliquée de désordres physiques causés par l'opium peut-être. Il lui faudrait le silence, le repos, les soins attentifs d'une affection dévouée. Or pour le premier jour, on l'a jeté dans le bruit, la foule, la lumière, et l'on a fait de lui le héros d'un scandale. C'était certainement bien mal s'y prendre. Vous le jugez à présent comme moi... »

Hélène l'interrompit d'un geste de colère, sa voix tremblait : « Je vois, vous l'excusez, vous le défendez... Et vous prétendez m'aimer?... C'est ridicule! — Madame, dit Séguy, un peu pâle, vous exprimez tout haut des pensées que j'ai peur de remuer tout bas. Quels que soient mes sentiments pour vous, je ne considère que votre intérêt, votre bonheur, je dirai plus — votre dignité. C'est, je crois, la meilleure preuve d'affection qui se puisse donner. — Possible! continuez... pour voir! — Je n'ai pas à continuer; j'émets seulement un vœu : Puisse M. de Puysan guérir bientôt et reconnaître par les soins qui vous sont dus trois ans d'un dévouement peut-être sans exemple. — Ah! oui, le temps, la patience! je connais cette chanson. Alors, vous ne comprenez pas que je sois lasse, blessée à mort, outrée, et désireuse enfin de chercher des compensations à ce qui m'est refusé? — Je comprends que toute autre femme n'hésiterait pas à le faire. — Mais moi, non, n'est-ce pas? l'éternelle exception... Quel rôle! Et si je voulais, à tout prix, me consoler pourtant, comment jugeriez-vous celui qui pourrait m'y aider? — Madame, répliqua Olivier d'un ton sévère, je jugerais celui-là comme un misérable, comme un lâche qui abuserait d'une crise de colère que vous vous reprocheriez ensuite toute votre vie. — Vraiment? Et vous supposez qu'un homme qui aime sincèrement, passionnément une femme, raisonne ainsi? — Je ne le suppose pas, marquise, j'en suis certain... et pour cause. C'est un piètre mérite, en telle occasion, de servir d'arme à la vengeance et de devoir si peu d'amour à tant de haine. — Allons, vous êtes une belle âme, monsieur de Séguy! Dieu vous tienne en joie; mais parlons d'autre chose. M. de Ferté a-t-il noble-

ment reconduit le premier jour?... — Je n'en sais rien, madame, je m'étais retiré. — C'est dommage, j'aurais voulu savoir... Il m'intéresse beaucoup ce jeune homme; je le crois décidé, ne doutant de rien. Bah! d'autres me renseigneront... n'est-ce pas? — Lui-même, si vous y tenez, et soyez assurée que ce qu'il vous dira ne sera pas à son désavantage. — Oh! oh! voilà presque de la médisance! Pour la belle âme que vous êtes, c'est un moment d'oubli. — Non, c'est encore de la justice et de la vérité. Autrefois vous aimiez l'une et l'autre, madame. — Autrefois, autrefois, gronda tout bas Hélène, il y avait bien des choses — ou des gens — que j'aimais et que je n'aime plus!... »

Olivier la regarda de côté. Ils entraient sous une longue allée; les feuilles étaient lamentables, et tout le paysage suggérait des idées de ruine et de mort. Hélène, droite et hautaine, une Hélène nouvelle, sans cette indécision de souffrance qui naguère l'allanguissait encore, Hélène tranchait dans les feuilles sèches — sa robe bruissante, et ses deux mains nerveuses sous ses gants de peau souple se crispaient par instant. Séguy remarquait ces détails, cette différence dans l'allure, dans l'attitude; une grande tristesse lui noua le cœur; ce n'était plus la même femme, celle qu'il aimait, qui marchait près de lui. Mais il se rassurait en songeant que ces manifestations présentes n'étaient sans doute qu'un reste de tempête et que la réflexion ramènerait le calme avec la sagesse dans cette âme déséquilibrée. Puis il se remit de nouveau à penser qu'elle était en ce moment — fût-il passager — près de commettre des folies, à la merci d'une exaltation où qu'un autre, plus habile ou moins généreux que lui, pourrait en profiter. Il se jura de faire bonne garde autour de cette égarée; mais quel droit avait-il à la défendre, si délibérément elle avait résolu de se perdre? Dès lors, entre eux, la conversation ne reprit plus qu'à moitié, dans des incidences brèves, banales, sur la douceur du temps, la beauté recueillie des paysages d'automne... « Tristes, tristes, pourtant, disait la jeune femme, comme un pressentiment d'une peine prochaine. »

Ils revinrent vers le château, car l'heure du déjeuner approchait. Les convives furent peu nombreux; l'impératrice ne parut pas; elle était fatiguée. Seule présente des dames d'honneur, la marquise de Puysan eut la bonne fortune de s'asseoir à la table du souverain. Il la présidait, l'œil plus morne, le teint plus jaune encore que de coutume. Il n'essaya même pas de parler. Tout autour, on respectait son silence; on mangeait peu aussi, du bout des dents; personne n'avait grand'faim. Au dessert, l'empereur, cependant, fit une remarque, d'une voix blanche, du ton lointain qui lui était habituel : « Lendemain de fête... ce n'est pas gai... c'est toujours comme cela dans la vie. »

On admira comme il convenait la profondeur de cette observation; les courtisans approuvèrent avec des airs confits. Hein? quel génie!

Enfin, on se leva de table; une minute, Hé-

... se trouva Grand Napoléon. Alors, il l'arrêta par la manche de son corsage, leva vers elle ses yeux voilés où pointait une courte flamme et prononça : « Marquise, vous avez de bien jolies jambes ! — C'est pour mieux courir, sire ! répondit-elle promptement, que rien ne vaudrait plus... » Cette réplique fut commentée : « La petite se dégourdit... »

La journée traîna maussade. Un jour mat, les ombres de la nuit reparaissaient, les traits tirés encore, le teint brouillé et terne, les belles dames montraient toutes en fin de soirée sous leur nez et les hommes distingués n'étaient mal des bâillements étendus. Eh bien, le comte de Mérar se présentait à son tour, très tard, sur les onze heures. Il fut accueilli par le sourire connu de ces ...

« ... comment allez-vous ? — Eh ! non, Max... » Le comte s'arrêta et lui serra la main ... « je ne sais ... gris, moi, marquise, j'ai mal aux cheveux ... c'est un grand ... — Vous devez pourtant ... en avoir l'habitude ... ! objecta Montégut ... les détails là, je déteste. Il l'objecta l'ivresse par ... la pointe est à l'envers, elle ... rendre dans ... ivresse. Ah ! les vins français ! »

Mais ... s'écriaient pour lui faire place, ... il se laissa tomber sur un fauteuil, avec des plaintes, et ... il s'était figuré, non sans raison, qu'après ... l'éclat de la veille, elle avait dû quitter le château, sans doute avec son mari ; et ce vicomte, quelque allemande, était comte ; et il avait conclu à une réconciliation dans le ... bonheur des heures nocturnes. Il avait ... en partie, le deuil de son amour. Mais ... s'il ... retrouvait la marquise, ce qui était ... encore, la ... il ... le marquis ; sans ... le duc derrière elle, ainsi qu'il arrivait trop souvent d'ordinaire. Ceci pouvait rouvrir le chemin aux espérances... Par malheur, pour l'instant, il se sentait éteint, sans vivacité, sans éloquence, en mauvaise condition pour jouer les amoureux flambants. Il remit à plus tard et se réserva. Mais ses yeux attentifs, de loin, ne quittaient plus la jeune femme, et ... des chatouillements d'or, soit ... il dut bientôt reconnaître qu'elle aussi tournait la tête souvent de son côté. Alors, il affecta des poses mélancoliques. Après le dîner, comme sa migraine commençait à s'assoupir, il chercha la marquise, s'approcha d'elle et profita d'un instant de quasi-solitude pour lui dire tout bas et d'un ton pénétré : « Madame, recevez mes compliments.

Vous opposez aux événements une grandeur d'âme incomparable. »

Elle lui coupa le reste de son discours d'un coup d'éventail sur l'épaule : « Taisez-vous ! ce n'est pas l'heure de me complimenter. Mon âme est lasse d'être grande. Entendez-vous, *Max* ? »

Il la considérait avec des yeux surpris, ne sachant pas encore ce qu'il devait comprendre. C'était la première fois qu'elle l'appelait familièrement ainsi ; il n'osa conclure d'après une apparence. Leurs regards se rencontrèrent, se lièrent ; d'un côté, c'était une interrogation ardente, de l'autre, une promesse, sous un battement des cils. « Marquise, répondit Ferté dans un murmure, quoi qu'il arrive, si vous avez besoin d'un ami, je vous sais dévoué jusqu'à mourir... — J'y compte bien ! répliqua-t-elle avec un même sourire ; d'ici peu j'en exigerai la preuve. » L'Allemand salua, Mⁿᵉ de Larchan s'approchait.

De loin, Olivier de Ségny avait remarqué ce colloque secret. Il pencha la tête, regrettant peut-être ses déclarations de la journée ; sentant bien que ce qu'il avait refusé, un autre allait l'accepter sans ombrage et que cet autre s'appelait le prince Paradeyser. Le sentiment du devoir accompli ne suffisait pas à calmer ses angoisses. La soirée fut abrégée, l'empereur bâillait ; les plus beaux yeux se fermaient de fatigue. « Demain, chasse à courre ! avertit au dernier moment la marquise de Guicharrois... Il s'agit de bien dormir et d'être un peu plus matinau, n'est-ce pas ? »

Ceux-ci la promirent. Au réveil, tout le monde se retrouverait dispos ; la journée serait belle. Pourtant, cette nuit-là, quelqu'un ne dormit guère : le vicomte de Ségny, qui veilla très tard sous la lampe, un livre dans la main. Puis, couché dans son lit, sa porte laissée mi-close à dessein, la lumière éteinte, les yeux ouverts dans l'obscurité, il épiant encore les bruits du corridor, redoutant d'y surprendre des pas sortis, étouffés : les pas d'un amant heureux quittant sa chambre à lui pour la chambre voisine où, livrée par désespoir, une folle l'attendait. Il ne perçut aucun bruit suspect, un grand silence enveloppait le château plein d'ombre. Le prince Paradeyser n'osait pas encore. Avec toute autre femme, ses décisions sans doute eussent été plus promptes ; mais il avait l'habitude de respecter la marquise de Paysan ; jusqu'alors il l'avait crue inaccessible ; il lui fallait d'autres encouragements.

C'était le lendemain. Une aube pâle, à travers les arbres dételés, filtra sur la forêt dormante, pénétra les taillis, les retraites obscures. Mais le silence persistait encore ; le peuple libre des animaux, perdu dans le brouillard, à ras de terre, tardait à s'éveiller. Dans une clairière qui formait cirque, entourée de pins hauts et grêles, un grand cerf dix-cors, couché sur le flanc, les yeux ouverts, soufflait doucement sur la mousse. Une paresse alanguie le retenait au gîte ; ainsi allongé, ce solitaire du bois semblait énorme ; de loin, sa robe fauve se confondait avec l'or roussi des feuilles mortes, et ses robustes bois ...

d'adulte simulaient deux branches sèches. Son flanc se soulevait, rythmiquement, contre la terre amie, en grande confiance, dans une paix profonde. C'était la bête libre, heureuse, au milieu de la forêt où elle était née ; la bête qui n'a pas varié depuis les premiers jours du monde ; et qui a hérité de ses ancêtres lointains la peur innée de l'homme, cet être lâche et malfaisant. Cependant, tout alentour, le réveil de la vie saluait le crépuscule du matin ; l'activité courait déjà, à même le sol, des insectes fureteurs ; le long d'un chêne, un écureuil se laissa glisser. Peu à peu, l'intense bruissement sourd des myriades d'existences en travail emplit la futaie, le taillis, la broussaille, un groupe de lapins gris, secouant leurs oreilles, se hasarda hors du fourré. Le cerf, toujours couché, suivait de son grand œil paisible ces évolutions qui étaient des exemples sans nulle envie apparente de les imiter. Mais un rai de soleil blafard perça les rainures d'automne, dissipa la dernière brume flottante, encore à terre, comme la dernière frange du manteau de la nuit, et fit soudain irradier et flamber les gouttes d'eau perlées sur les bruyères mortes. La forêt grise et rousse tressaillit sous cette caresse du ciel. Alors, le cerf, indolemment, étira son grand corps musculeux dans un frisson léger, raidit ses quatre jambes, tendit son cou robuste, puis, d'un seul élan souple, se releva sur ses pieds ; il fit trois pas, secoua les feuilles sèches qui lui collaient aux flancs et s'avança lentement dans la clairière. Ainsi découpé sur le fond des pins devenus roses dans la clarté, il apparaissait splendide de force et de majesté, roi du hallier, légitime seigneur des gîtes mystérieux. Brusquement, il s'immobilisa, huma largement l'air, avec une première inquiétude. Des senteurs menaçantes arrivaient jusqu'à lui, apportées par le vent mou. Il soupçonnait au loin des présences hostiles ; il écouta, les oreilles droites, les muscles bandés, prêts au bond prodigieux de la fuite ; et toujours il reniflait fortement. L'expérience du danger, il l'avait par lui-même ; par les vagues leçons aussi transmises d'âge en âge, tout au long d'une lignée de victimes. Dans le péril, il orientait, situait les approches redoutables ; mais si lointain qu'il fût, ce bruit, de lui seul perceptible, l'environnait à présent d'un cercle vaste et déjà cependant inexorable. La tactique des hommes, servie par l'instinct meurtrier des chiens esclaves, l'enserrait dans sa retraite ; le drame commençait. Des piqueurs, précédés de limiers, le nez bas, avaient relevé ses traces de la veille dans la terre molle et grasse ; connaissaient désormais la chambre où il avait dormi sa dernière nuit ; sa place exacte. Pour en repérer les entours, ils cassaient des branches aux buissons, les semaient aux routes, marquaient des arbres, entassaient des pierres. Avec ces jalons, quand l'heure serait venue de lâcher les chiens de meute, on retrouverait toujours la piste. L'animal serait poursuivi et rejoint tôt ou tard, à moins d'un défaut peu probable, ou d'une grande pluie brouillant le bois jusqu'à la nuit. Or, le grand cerf de sept ans savait tout

cela ; il frémit ; l'odeur des chiens, l'odeur des hommes arrivaient jusqu'à lui, plus violentes. Il lui fallait à présent de la force et de la ruse ; mais il se sentait solide sur ses jambes nerveuses ; il espéra. Tout le temps que dura la manœuvre des brisées, il resta coi, figé dans sa pose, la tête haute, les oreilles au vent, mais ses yeux mobiles inspectaient le buisson. Puis, tout bruit s'apaisa ; l'air se désempesta des senteurs de l'homme ; le prologue était terminé. Le cerf, conseillé par la prudence, attendit une heure encore ; puis, soudain, sans que rien ne semblât justifier cette déroute, il fonça dans la broussaille et s'enfuit à fond de train ; ce fut d'abord une randonnée folle pour brouiller les pistes, tromper les chiens ; puis, comme un boulet, l'animal perça le taillis, franchit des ravins, gagna les profondeurs. Il y retrouvait le silence et des semblants de sécurité. Il se crut hors d'atteinte, délivré des hommes lâches et des chiens dépravés, souffla, rôda, passa par les carrefours, broutant de-ci, de-là, la ronce toujours verte, oubliant presque que les bêtes sont candides... Par instants, cependant, il écoutait, épiait encore. Mais le temps passa sans nouvelles alarmes. Autour de lui, chaque petit ouvrier de la grande nature poursuivait son travail selon les règles précises de l'universelle méthode ; il y avait des conflits d'intérêt sur un brin d'herbe ; une usine sous une feuille jaunie ; des meetings dans les fourmilières, des émeutes aussi ; autour d'un mulot mort, les fossoyeurs s'empressaient ; une armée de cloportes s'en allait en campagne. Un renard traversa le sentier, fila sans même se retourner la tête. Le grand cerf, à sa vue, d'un nouveau mouvement une inquiétude ; peut-être l'autre lui avait-il jeté, en passant, quelque avertissement. Et de nouveau encore, les bois renversés sur l'échine, il interrogeait l'espace de ses yeux devenus tristes, de ses courtes oreilles rigides, de son nez humide qui remuait dans le vent. Au loin, très loin, à peine distinct, un faible aboi retentit. Alerte !... Les chiens, les chiens implacables, et, après eux, les hommes !... les hommes qui tuent pour se distraire. Sur les brisées, les piqueurs ont relevé la piste toute chaude... Et, maintenant, c'est la fuite éperdue, au hasard, avec derrière soi, le souffle puissant de la meute obstinée, rongeant patiemment, le nez en terre ; la lourde charge des chevaux complices, les cris des veneurs, les claquements des fouets ; et surtout la chanson terrifiante des cors emplissant l'étendue. La bête, encore confiante en sa vitesse robuste, détale au grand trot, ménageant ses forces, franchit les massifs, les fondrières, cherche les terrains secs où le pied se pose sans laisser d'empreintes, revient sur ses pas, croise, embrouille les traces et tente mille ruses dans l'espoir d'un défaut.

Et cela, c'est la science atavique, la science innée en cette âme subtile, héritée des aïeux, la leçon des siècles, péniblement, lentement apprise par les premiers parents aux premiers jours du monde, quand, déjà, ils fuyaient, soit devant l'homme, féroce et rusé dès l'origine, mais ignorant alors l'artifice des armes ; soit devant les grands fauves dont l'espèce a disparu dans sa forêt natale. Mais l'homme, l'homme est resté. Le voici ! Les cors sonnent le débucher, le lancer, la vue. Au galop ! Et la troupe se rue, formidable et brayante, derrière l'animal affolé qui comprend sa fin proche. A présent, c'est le vertige de la course ; il vole, le corps allongé, et son ventre semble toucher la terre ; mais, déjà, son poil se mouille, ses flancs halettent, le souffle est dur ; et, sous les angoisses, la peur, son cœur douloureux, son cœur rompu, éclate. Il y a longtemps qu'il court... et toujours derrière lui, il sent la poursuite opiniâtre de la meute enragée : hommes et chiens. Sous-bois, dans les mousses, une fontaine d'eau claire, dorée d'un oblique reflet de soleil, s'offre à sa soif affreuse ; il s'arrête une minute, y plonge son mufle chaud, y noie sa bave épaisse ; et, dans l'eau qui se trouble, il aperçoit son image pour la dernière fois. La fanfare s'acharne dans les arbres ; les chiens bariolés, tricolores, les habits rouges des chasseurs, les uniformes des officiers de la garde, des dragons, des hussards de Compiègne, font des taches mouvantes, rapides sur les fonds bleuâtres du taillis. Le cerf bondit, reprend sa course, droit devant lui, désormais sans direction, sans raisonnement, abruti et navré, battant par instinct, pour prolonger sa vie quelques minutes encore. Et, derrière lui comme la victoire est certaine, les piqueurs de la voix et du fouet modèrent l'élan des chiens ; les cavaliers retiennent leurs montures en sciant du bridon, pour laisser aux équipages, aux belles dames à cheval ou en voiture, aux souverains surtout, le temps de rejoindre et d'arriver à l'hallali. Ils apparaissent enfin, coupant au plus court, par-

tout où on peut passer, la daumont impériale, les breacks, les drakes, escortés d'un escadron volant de fières amazones : elles vont, rieuses, roses d'être éventées, hardies, charmantes, cruelles ; se pressant pour arriver les premières, assister en bonne place au spectacle d'agonie, de meurtre, pour bien voir le couteau entrer droit et violent au flanc de l'animal ; et nulle ne songera que la pitié est bonne, qu'elle appartient aux femmes.

Dans sa calèche, à côté de Napoléon, Eugénie rêve et se souvient. C'est dans une chasse pareille qu'elle a conquis son trône il y a quinze ans. Il lui semble que c'est hier ; et si ce souvenir persiste à l'enchanter, elle n'en ressent pas moins la mélancolie ombreuse de son éloignement. Mais la plus hardie, aujourd'hui, la plus folle, la plus enragée à la poursuite de la bête fourbue, c'est encore avant toutes la marquise Marie-Hélène de Puysan. Elle étonne à vrai dire ; fait le sujet de tous les commentaires.

On sait comment s'est terminée la comédie tragique au soir de l'avant-veille. On sait que son mari s'est enfui de nouveau, sans idée de retour, retombé plus bas dans ses transes de maniaque ; on sait que la jeune femme, si elle reste logique avec son passé, a tous les droits au désespoir.

On s'attendait à la voir quitter le château à son tour, s'en aller à quelque solitude pour y cacher ses pleurs et ses déceptions. Point du tout, loin de là, elle est restée, elle rit ; elle fait tête ; elle ne souffre pas, elle ne veut pas souffrir ; c'est une révoltée. On remarque avec une surprise toujours plus grande que maintenant elle semble encourager la cour jadis discrète de Max, qui s'enhardit. Il la suit partout, avec des airs de conquérant devant une place qui va se

Le cerf aux abois.

rendre. Et ce pauvre Séguy, l'œil morne, la tête basse, assiste à ce tournoi auquel il n'est pas convié.

Marie-Hélène, la voici, vibrante, fougueuse. Elle mène la course, poussant son cheval à travers les épées, fouettée par le retour des branches ; on dirait que c'est elle qui commande le peloton de cavaliers, cette chevauchée sauvage, cette chevauchée furieuse : on dirait qu'à la mort du grand cerf elle attache un symbole ; que c'est tout son passé de sagesse, de vertus, de résignation qui fuit et se dérobe ; qu'elle veut à tout prix l'atteindre pour le voir mourir sous ses yeux, pour être ainsi certaine qu'il est mort et bien mort.

« Hurrah ! marquise, bravo ! » Tous l'acclament, l'escortent, les plus fiers écuyers l'escortent simplement ; un seul, au cours d'un instant, lui fait la voie, la précède, trouant la broussaille : et c'est Max de Ferté, son chevalier servant ; mais il lui déplaît dans ce rôle ; elle le rappelle, lui fait signe : « En arrière ! » Elle veut à garder la tête, c'est son orgueil du moment, sa passion dominante.

Quelqu'un murmura le mot : « courage ». Elle a entendu, sourit : « Tant mieux ! » Si elle pouvait rouler dans quelque ornière, la tête brisée comme le cœur, ce serait une belle fin ! Mais non, sa chance la sauve ; son cheval a le pied sûr.

L'empereur se soulève à demi dans sa voiture et, d'un doigt mou, désigne à l'impératrice cette Diane chasseresse si charmante, si cruellement joyeuse. Eugénie secoue la tête lentement et : « Énigme ! Elle ne comprend plus. Sa réplique est vague : « Tout lasse ! »

À présent, c'est le dénouement, la curée : le grand cerf, arrêté dans le cercle des chiens, au milieu d'un carrefour, chancelle sur ses jambes fourbues, promène alentour des prunelles sanglantes, infiniment tristes. Il dit adieu aux bois profonds où sa vie a passé ; où il vécut libre et fort, livra de rudes combats pour de rudes amours ; où il errait, rôdeur silencieux, sur les mousses sourdes, sous les branches amies. Par instant, un chien s'élance ; alors, instinctivement, il baisse encore sa tête bourdonnante, menace l'agresseur de ses vastes andouillers, devenus trop lourds pour sa faiblesse exténuée. Mais il a renoncé à fuir, car son souffle est à bout, ses membres raides ; son cœur l'étouffe. Adieu, la forêt, adieu la vie ! c'est le bon plaisir des hommes. Les cors assemblés entonnent l'hallali. Toute la troupe rejoint ; amazones, cavaliers, équipages, se rangent au milieu des cris, derrière les piqueurs ; on attend le signal, l'ordre, l'arrêt de mort. Alors, se traînant dans un dernier effort, le pauvre animal au désespoir humain, s'avance, suivi, pas à pas, des chiens rageurs, au milieu des voitures ; il quête la pitié, implore sa grâce, comme si tout ce beau monde de grands seigneurs, de petites dames, pouvait être accessible à quelque sentiment étranger à lui-même. Et voici que toutes les jolies femmes applaudissent rieuses, le condamnent à leurs voix chantantes. « À mort ! à mort ! » Celles qui sont en voiture agitent leurs mouchoirs ; les autres, à cheval, témoignent, la cravache levée. La bête sacrifiée à la joie barbare de ces nobles catins, de ces poupées titrées, à présent pleure de grosses larmes, la tête basse dans l'herbe. Et les cors sans trêve, et le cri, fait de cent cris, qui monte : « À mort ! À mort ! » Et la première et la plus implacable à jeter la sentence à ce vaincu sans haine, c'est encore et toujours la marquise de Puysan. Mais l'impératrice, d'une voix molle, prononce aussi : « La mort ! » Alors, Bassion Hébert, boucher désigné par avance, met pied à terre et tire son couteau. Au loin, les paysans se bousculent pour voir. Les cors sonnent la curée ; les chiens hurlent au sang, et la forêt a peur. Le cerf est mort.

Le même soir, Olivier de Séguy eut beaucoup à souffrir. Toute la journée, Hélène l'avait épouvanté par ses allures nouvelles ; quand il s'approchait d'elle, dédaigneuse, elle lui tournait le dos et, très ostensiblement, se rapprochait du prince Paradeyser.

Comme les autres folles, maintenant, elle l'appelait : « Max », exigeait de lui des soins constants. Elle s'affichait avec préméditation. Elle fut admirée par la marquise de Guicharrois, qui s'y connaissait en scandale ; celle-ci disait : « Étonnante, Hélène ! pour ses débuts, elle est géniale ; coups d'essai, coups de maître. Elle ira loin. Ah ! l'eau dormante ! Mais entre nous ce n'est que justice ; son ahuri d'époux ne l'aura pas volé. »

Quant au héros de de cette fantaisie, il se méfiait encore ; la jeune femme l'avait tenu si longtemps à distance, rappelé si souvent, d'un seul coup d'œil sévère, au respect, une seconde oubliée, qu'il n'osait croire à tant de bonheur inattendu et se demandait si tout cela ne finirait pas, comme d'habitude, par quelque brusque ressaut de dignité reconquise. Mais, à mesure que la journée, puis la soirée, passaient, il dut se rassurer pourtant et fut forcé d'accepter l'évidence. Qu'il servit d'instrument à une vengeance, il n'en doutait pas, et ce rôle, même secondaire, ne l'affligeait en rien. Il voyait le triomphe au bout de mille peines que, la veille, il jugeait inutiles et perdues. Il se disait : « Enfin ! » (c'était le refrain de ses pensées) et prodiguait ses grâces autour de sa conquête.

Séguy distinguait ces deux manèges ; alors, un chagrin morne, mêlé de confusion, emplissait son cœur douloureux. Hélène, pour rompre avec son passé, s'évader de sa misère, se jetait éperdument à l'irréparable ; elle était décidée à la chute ; ce n'était pas un amant qu'elle cherchait dans la personne de Ferté, mais un complice. Elle le choisissait parce qu'il n'avait pas de scrupule, et passait à sa portée.

Vers onze heures du soir, le cercle se rompit. Encore une fois, la journée avait été bien remplie, et la lassitude pâlissait les visages. L'Impératrice donna l'exemple et se retira au milieu des révérences. Ce fut l'instant des bougeoirs, des jolis bonsoirs, et des prières furtives, le long des corridors ; des couples, bien d'accord ceux-là, s'échappaient discrètement ; un grand murmure de rires étouffés, de protestations tendres, courut le long des galeries. Et, de cette joie galante, les vieux pleins de regrets, devenus plus moroses, montaient les escaliers d'un pied lourd en bougonnant tout bas.

Hélène, avec Max, passa devant Séguy. Il balbutia : « Madame ! » sur un ton de supplication si instante qu'elle s'arrêta une seconde, considérait ce visage navré... Elle hésita. Certes, elle le préférait à l'autre qui marchait devant elle. Puis, avec un geste de décision violente, elle laissa tomber ces quatre mots : « Vous ? non ! trop honnête ! »

Paradeyser revenait sur ses pas. Il surprit cette courte scène, rougit de colère en serrant les poings. Entre les deux hommes, il y eut un échange de regards meurtriers, une flambée de bonne haine. La marquise de Puysan haussa les épaules : « Pas de ça, messieurs ! Allez, Max !... Adieu, Séguy ! »

C'était l'arrêt ; le vicomte, désemparé, chancelait ; il s'appuya au mur pour laisser passer la foule ; quand il se décida à regagner sa chambre, les couloirs étaient déserts, le mystère régnait derrière les portes fermées. Encore une fois, il éteignit sa lumière, encore une fois, derrière sa porte entr'ouverte, assis sur une chaise, il épia les bruits du corridor. Cet espionnage, il se le reprochait à lui-même dans un monologue mental. « C'est un vilain rôle, un rôle indigne... et puis quel résultat ? Souffrir un peu plus... sans droit d'empêcher rien, sans droit de te plaindre. Ah ! la malheureuse ! elle se perd, elle est perdue... Aussi tout le monde l'abandonne. Est-ce que le duc, à défaut d'Horace, ne devrait pas être ici pour la défendre contre elle-même ? Est-ce qu'il n'aurait pas dû lui ordonner de quitter Compiègne ? Elle aurait obéi. Non, il y a une fatalité... tout conspire... Cet Allemand... et *Elle* ! Dieux puissants ! J'aurais dû lui cracher au visage, tout à l'heure, à cette brute. Bah ! ça n'aurait rien changé. J'aurais dû le provoquer sous un prétexte, il y a huit jours... oui, cela !... Mais je ne savais pas, je ne pouvais pas savoir... ah ! malheur de ma vie, que vais-je devenir à présent, moi tout seul ?... »

Mais tandis qu'il songeait de la sorte, le temps passait ; un silence profond pesait sur l'entour ; peu à peu ses yeux se fermèrent, il pencha la tête ; toute la fatigue d'une journée de chasse, d'exercices violents, accablait sa nature nerveuse ; un irrésistible besoin de sommeil annihilait toute pensée dans sa cervelle confuse... Il n'eut pas à lutter, tant la sensation fut imprévue et prompte ; il roula dans la torpeur comme un noyé dans l'eau ; et là, sur sa chaise étroite, près de la porte entre-bâillée, lourdement, bestialement, il s'endormit. Quand il se réveilla en sursaut dans la nuit, il ne comprit pas tout d'abord où il était, ce qu'il faisait. Il se tâtait, se levait encore hagard ; brusquement la mémoire lui revint. « Ah ! misérable, j'ai dormi ! »

En hâte, il cherchait des allumettes, un bougeoir ; mais ses mains s'égaraient, maladroites, ne trouvaient pas les objets. Enfin, il vit clair,

regarda sa montre ; il était quatre heures du matin. Il y avait quatre heures qu'il oubliait son amour, son chagrin, la vie, le monde. Que s'était-il passé pendant ces quatre heures ? Le même silence emplissait le château. Il eut le triste courage de sortir de sa chambre, d'écouter à certaines portes. Il ne surprit rien, revint, déconcerté. Il résolut de veiller à nouveau, jusqu'au jour ; mais, averti cette fois, par défiance de lui-même, il resta debout derrière sa porte mi-close. Ce fut un dur supplice. En ce temps de l'année, l'aube pointe vers sept heures ; plus tard, si le ciel est nuageux. Les bras croisés, il attendit, compta les coups sonnés à l'horloge du château, dans l'unique espérance d'acquérir une certitude, celle de son malheur. Et il pensait. Un instant, il s'avoua que si Hélène fût redevenue l'épouse de Puysan, comme il était normal, il n'aurait pas autant souffert... bien loin de là. Et cependant sa jalousie eût subi la même épreuve ; de même, son amour eût été condamné. Mais alors il aurait été seul à souffrir. Hélène, désormais heureuse, Hélène, demeurée sans tache et sans honte, fût restée pour lui un souvenir très pur, un souvenir très doux...

C'était de sa chute qu'il s'attristait le plus... et, sentiment complexe aussi peut-être, malgré bien des scrupules, du coupable regret de n'être pas *cet autre*... celui qu'elle choisissait pour servir sa vengeance...

Soudain un bruit léger, très vague, le fit tressaillir. Dans le couloir, une porte glissait sous une main prudente. Retenant son souffle, il considéra. De la chambre d'Hélène une ombre s'échappait, furtive. Ses prunelles dilatées suivirent cette ombre ; elle s'arrêta une seconde devant la chambre du comte de Ferté, tourna la clé et s'y réfugia. Alors Olivier de Séguy, convaincu désormais, revint à tâtons vers son lit et s'y abattit, la tête dans les mains, avec un sanglot sourd.

III

Qui pourrait calculer les intrigues intimes, petits sanglots perdus dans la grande clameur que dénoua soudain le drame national ? Deux ans ont passé. A présent, c'est la guerre ; « ma guerre », a dit l'impératrice. Or, Mᵐᵉ de Portal dans ses prophéties sinistres ne s'était pas trompée. Au premier boute-selle, les escadrons prussiens, saxons et bavarois ont débordé des frontières ; lourdement, joyeusement, ils chevauchent sur les routes de France ; et, derrière eux, les interminables convois de pesante artillerie défilent sans interruption : les bataillons, les régiments allongent leurs mille pattes vers ce Paris haï autant qu'envié, qui, trois ans plus tôt, accueillait leurs rois, leurs princes, comme des amis chers, avec tous ses canons tonnant aux citadelles et ses feux d'artifice illuminant sa nuit. Une politesse en vaut une autre ; chacun son tour et chacun sa façon. Ils viennent les lui rendre, ses coups de canon et sa pyrotechnie. Et ces rois, ces princes, ces ministres, ces généraux, en marchant au milieu de leur état-major, rappellent gaîment ce passé des fêtes françaises où s'asseyait comme une louche hôtesse la lourdeur prussienne. On mangeait bien, on buvait bien, alors ; avec cette arrière-pensée que ce n'était qu'un hors-d'œuvre, qu'une dégustation de ce qui plus tard deviendrait l'ordinaire allemand servi par la conquête. Et les officiers répètent avec des airs pâmés : « Ah ! leur vin de champagne. Ah ! leur vin de champagne ! »

« N'est-ce pas ? Paradeyser ? interroge le Prince Rouge tourné vers un jeune capitaine à sa suite. — Ah ! oui ! Altesse, ah ! oui !... Il faut leur prendre la Champagne ; c'est meilleur de boire son vin chez soi. » Ainsi parle gaîment le comte Maximilien de Ferté, d'origine française, « *Max ! Max !* » la coqueluche des dames de la cour, aux Tuileries, à Saint-Cloud, le plus joli valseur des soirées de Compiègne. « Et leurs femmes ? hasarde une voix. — Pas besoin de les prendre, elles se donnent ! riposte Max qui s'y connaît. »

Un gros rire salue cette boutade galante ; un rire épais qui parcourt les rangs secoue les ventres sur les selles. Ah ! ce Paradeyser, il en fait de bonnes ; voilà un étonnant garçon ! Quand on pense qu'il a vécu deux ans à Paris, dans l'intimité des souverains, faisant la noce, insouciant en apparence, disputé par les marquises, qui l'arrachaient aux comtesses ; et que, toujours lucide, au milieu de sa joie, il écoutait à table, prenait des notes dans les alcôves, surprenait partout des secrets et les révélait sur-le-champ à Roon ou Bismarck, par la valise diplomatique. Quel gaillard ! Il avait bien mérité de la patrie allemande.

Il le savait mieux que personne, en était fier insolemment. Et cependant les souvenirs glorieux de son séjour en France n'étaient pas sans mélange. Une amertume, une rancune secrète le poussaient avec plus de rage encore, comme s'il eût quelque injure personnelle à venger, à la ruine de ce pays que, naguère, il revendiquait comme sien. « D'abord moi, je suis Français ! »

Quand il proclame que nos femmes se donnent, il pourrait ajouter qu'elles se reprennent aussi. Il s'en souvient. Dans sa dernière aventure de cœur, il triompha douloureusement, et ce n'est pas de celle-là qu'il a le droit de tirer vanité.

C'est vrai qu'une des plus nobles, qu'une des plus belles, la marquise de Puysan, une nuit, à Compiègne, lui a ouvert sa porte dans un coup de folie. Mais quelle révolte immédiate abrégea cet acte de délire, lui seul le sait et ne l'avouera pas. Non, il ne racontera pas à ses beaux compagnons de guerre de quels outrages, de quel mépris fut suivie cette possession incertaine et quel congé définitif il reçut, cette nuit même, comme un complice odieux ; comme un lâche qu'il était ; un lâche qui profite, qui abuse d'une faiblesse égarée ; quelle haine vigoureuse, après si peu d'amour, l'éloigna pour toujours, le chassa tête basse, à jamais condamné. Il n'avouera pas plus — et pourtant c'est l'exacte vérité — que cette rigueur soudaine, succédant sans transition au dernier abandon, avait vrillé dans son cœur un amour jusqu'alors en surface et que des rares

beautés entrevues, effleurées dans cette heure trop brève, il gardait le douloureux regret, qui persistait encore.

Le lendemain de sa chute, Marie-Hélène de Puysan avait quitté Compiègne furtivement sans prévenir personne. Désormais, tout ce qui était de la cour lui devenait ennemi ; tous ces gens-là, songeait-elle, pour s'amuser, pour égayer la fête de l'impératrice, avaient fait son malheur, causé sa honte, l'avaient perdue. Elle disparut en silence ; on s'en étonna une heure et puis on pensait à autre chose. Revenue à Paris, de nouveau, elle s'enfermait chez elle, ainsi qu'aux anciens jours, quand elle n'était encore qu'une victime, toute à plaindre.

Le prince Paradeyser, tourmenté par une passion montante, osa se présenter un matin à l'hôtel de l'avenue Joséphine ; il fut éconduit par un valet avec cette claire réponse : « Mme la marquise ne reçoit personne et prie monsieur de Ferté de respecter sa retraite. »

Tout espoir à bas, l'Allemand maudit Hélène, la cour, la France ; pendant trois mois pourtant il fit encore figure ; il mettait le temps à profit, prenait note sur note, multipliait les rapports. Enfin, vers le mois de mars 1869, il avait demandé son rappel et avait regagné Berlin. Il y apportait encore des renseignements précieux et poussait à la guerre. Il répétait en haut lieu où on aimait l'entendre : « Nous entrerons chez eux comme un fer dans l'abcès... ces gens-là sont pourris ! C'est une tâche de salubrité européenne que de porter le plomb et le feu sur leurs cités maudites. Nous serons les instruments de Dieu, qui marche devant nous. »

Le vieux roi Guillaume, dans sa duplicité paterne, aimait cette chanson. Oui, c'était une mission sainte d'écraser Babylone. Bismarck, positif et sans rêve, raillait l'inconcevable légèreté de ce peuple d'enfants ; et de Moltke, calculateur infatigable, avec des équations promettait la victoire. Trio sinistre de vieillards que l'âge ne désarmait pas, dont le premier, le roi, pouvait se souvenir et se souvenait des paniques d'Iéna. Aussi, quand l'occasion fut favorable, leur cri de guerre fut un cri de joie ; et si d'autres, à la même heure, se sentaient le cœur léger, ils s'en furent, eux, à la bataille avec enchantement.

A travers cette Lorraine, où ses ancêtres avaient jadis servi loyalement le roi de France, le Prussien Ferté-Paradeyser, à la suite du prince Frédéric-Charles, comme tous les officiers du prince Frédéric-Charles, pille, vole, viole, tue, massacre, incendie, selon ce que présente le hasard de la route, et reprend chaque matin, avec un nouvel entrain, la tâche suspendue la veille par la tombée de la nuit.

Depuis deux mois ils entourent Metz, la cité vierge, sous laquelle Bazaine s'est réfugié avec cent cinquante mille hommes, l'armée du Rhin, les meilleures troupes de l'empire. Et bien que l'exemple soit là de Sedan qui fume encore, c'est un constant souci pour le prince rouge que cette place de guerre et cette grande armée.

Aussi, tout autour des vastes camps retranchés où veillent les Français, — sans relâche, sans trêve, le voit-on chevaucher, battre la campagne avec son état-major dans d'interminables reconnaissances. A chaque aube, éveillé avant tout autre, il s'attend à percevoir les premiers coups de canon annonçant une grande journée. Et malgré sa confiance orgueilleuse l'issue lui apparaît problématique. Il connaît mal Bazaine encore et lui fait trop d'honneur. Mais comment supposer que le généralissime des armées de France, appuyé sur des masses profondes, une ville formidable, ne songe qu'à capituler? Cependant c'est ainsi, vers ce commencement d'octobre, alors que toute l'armée ne demande qu'à combattre et que Metz, qui forme son centre, rappelle son passé de gloire intacte et, par la voix de son maître, se refuse à servir de rançon. Le maréchal a d'autres soucis. Il n'admet pas la république et rêve d'une régence où il partagerait le pouvoir avec l'impératrice. Il rêve de sacrifier la patrie à la dynastie, de rétablir l'ordre à Paris, ce qui veut dire l'empire.

Avec la mentalité d'un émigré de 1795, il s'appuierait volontiers sur l'étranger pour sauver ses princes et relever le trône chaviré dans la boue. Et, doucement, à loisir, — après avoir prodigué tout le jour d'héroïques promesses, — durant les soirées longues, il médite et prépare sa trahison. Fait isolé dans l'histoire, consolant malgré tout ; car un si grand bandit est un bandit unique, et, quoi qu'il arrive, jamais l'ennemi, quel qu'il soit, ne retrouverait plus un pareil allié.

Oui, tout autour de Metz, dans les camps retranchés, malgré la misère et les privations, l'âme du soldat reste hautaine et railleuse, toute prête aux sacrifices, et certes sans soupçon des destinées pendantes. Tous acceptent de mourir. Se rendre — comment? pourquoi? — personne n'y a pensé. Personne de ceux d'en bas. Pourtant, depuis des semaines, aucune sortie sérieuse n'avait été tentée ; des escarmouches, des engagements partiels, quelques expéditions de fourrage surtout, de ravitaillement ; tel était l'actif de ce dernier mois de siège.

Le 7 octobre, le combat de Ladonchamps fut la dernière opération de cette superbe et pitoyable armée de Metz dont les heures étaient comptées. Désormais, les jours vont succéder aux jours, monotones et vides, pareils dans leur détresse, sans une joie, sans une espérance, sans une lueur sur l'horizon fermé. Isolés du reste de la terre, sans nouvelles de la patrie, nourris misérablement, juste assez pour ne pas mourir de faim, nos soldats erraient, piétinaient, indécis, incertains, oisifs, dans des océans de boue, sous une pluie rageuse, opiniâtre, cinglant toujours, rayant, noyant les vues. Tristes, d'ailleurs, les perspectives : des ruines de villages incendiés, des taillis déjà défeuillés par l'approche de l'hiver, dévastés et troués par le canon. Alors, peu à peu, les bruits les plus sinistres couraient par les campements. On disait d'abord tout bas, puis à mi-voix, puis à voix haute, que la capitulation était chose décidée au grand état-major, que le maréchal négociait sourdement avec l'ennemi. Mais la plupart refusaient de croire encore, haussaient les épaules, niaient éperdument : «Quelle bêtise ! Ça ne s'était jamais vu ! Capituler en rase campagne, avec une armée formidable, l'appui d'une place forte de premier ordre, un matériel de guerre immense, et des vivres suffisants pour un long siège. Et puis, quand même, si les vivres manquaient, il ne fallait pas attendre la famine, sortir en masse, se donner de l'air. On verrait bien ! Jusqu'à présent, c'était vrai, la chance avait été contraire, mais il restait tant d'atouts dans la main !»

Hélas ! les simples sans galons ignoraient que, de parti pris, le haut gouvernement dans son jeu trouble *écartait les rois*. Mais les informations se précisèrent : on allait se rendre sans rien tenter.

Ce fut une stupeur, puis un réveil dans l'indignation. Les officiers parlaient les premiers, et très haut, les jeunes surtout, les lieutenants, les capitaines. Les mots «trahison, déshonneur» se répondaient d'un groupe à l'autre. Les soldats écoutaient, tête basse. Puis, eux aussi, la colère les gagna. Ils témoignèrent à leur tour, réclamant quelque suprême effort, la trouée, la ruée au dehors, une belle fin au moins si l'on était vaincu, refusant de déposer leurs armes avant de les avoir une dernière fois rougies.

Renseigné, le maréchal fit avertir ses généraux, avec l'ordre de communiquer sa déclaration aux troupes, qu'à partir du 22 le pain manquerait. C'était une manœuvre du commandant en chef, dont l'unique souci semblait être d'achever la dépression morale de cette multitude guerrière dont il redoutait les violences. En même temps que grandissait la famine, les pires avis circulaient par ordre dans les bivouacs. Paris investi ne pouvait plus tenir, la révolution y régnait, le gouvernement de Tours n'était pas obéi. Il ne restait plus, épars çà et là sur le territoire, que des tronçons d'armées, sans discipline et sans espoir.

A la vérité, il existait encore une réserve de provisions dans la ville, qui n'avait jamais été réquisitionnée, et même dans les magasins militaires ; ce qu'on cachait soigneusement. Il fallait réduire les dernières énergies, prendre ces gens-là par la misère et la faim.

Ce qui fit dire plus tard au général Deligny dans son livre sur le siège de Metz : «Le régime débilitant, physiquement et moralement, auquel l'armée se trouvait astreinte semblait avoir été combiné de manière à produire à point nommé les hallucinations de la peur et la soumission inerte ; on l'eût dit appliqué méthodiquement, patiemment, avec une incroyable logique.» Au procès de Bazaine, il fut dit encore : «Pendant six mois après le siège les Prussiens ont vendu des quantités prodigieuses de lard qui étaient enfermées dans les caves immenses de la caserne du génie.» Mais le maréchal avait hâte d'en finir pour aller jouer ailleurs le rôle que son ambition s'attribuait.

Tristes jours ! Une rumeur dans les camps, la rage d'être livrés, la rage d'avoir souffert et de souffrir pour rien ; à travers les bivouacs embourbés, des conciliabules, des mouvements de menace, des propositions ouvertes de révolte contenues à grand'peine par le sentiment habituel de la discipline, enraciné dans l'âme confuse de cette splendide armée. Mais, à tous les symptômes, on reconnaissait que le dénouement était proche. Par convention tacite, les feux s'éteignaient aux avant-postes, la surveillance se relâchait partout, et l'on vit des soldats vagabonds ramasser des pommes de terre à portée des sentinelles prussiennes, qui laissaient faire en haussant les épaules.

« Autour des rares musiques qui jouaient encore, dit ainsi Rousset, officiers et soldats déguenillés, erraient en silence, l'œil fixe, l'air abattu ; et, dans les petits groupes qui se formaient tout autour, on entendait des paroles de colère et de haine. Il semblait alors qu'une dernière lueur d'énergie brillait dans les regards et qu'une explosion de rage folle allait tout à coup soulever les âmes dans un élan désespéré. » Puis la misère s'accrut encore. Des soldats affamés se ruaient sur les chevaux tombant d'inanition, les dépeçaient avant même qu'ils fussent morts. Ceci se passait du 22 au 24 octobre. L'armée de Metz avait encore cinq jours à vivre.

Le 29, le maréchal Bazaine, généralissime des armées de France, allait livrer d'un trait de plume cent soixante-treize mille hommes, dont trois maréchaux, soixante généraux, six mille officiers, cinquante-trois drapeaux, mille quatre cent sept pièces de canon, deux cent mille fusils, trois millions de projectiles, vingt-trois millions de cartouches, un immense matériel, et Metz enfin, Metz la pucelle, qui devenait allemande. La France, stupéfaite, allait hurler d'horreur.

Quand on sut que la reddition était décidée, certains officiers et soldats résolurent d'échapper à sa honte. Sous des habits de paysan, ils sortirent des camps, la nuit, et tentèrent de franchir les lignes prussiennes. Ils agissaient isolément, car le risque était moindre ; et, de la sorte, s'en furent à l'inconnu, où la plupart sombrèrent. De ces premiers évadés de l'infamie, furent deux simples soldats, engagés volontaires pour le temps de la campagne.

Le soir du 26, ils se concertèrent : « Puysan ! — Séguy ! — J'ai vu Montbryon ; il sortait de l'état-major, c'est fini, nous serons livrés le 28. Ça vous va? — Pas du tout. Filons à l'anglaise. D'autres l'ont déjà fait. — C'est ce que j'allais vous proposer. — Bien. Quand cela? — Tout de suite. — Allons-y !... Mais il faut se déguiser un peu... — Oui, j'y ai pensé. Vous allez voir. »

Les mains dans les poches, sans armes, les deux compagnons déambulaient à travers les bivouacs. Puysan suivait Séguy. Ils étaient aussi méconnaissables l'un que l'autre. La rude fatalité avait mué ces deux beaux de l'empire, jadis frisés et parfumés, en deux routiers adustes, bâves, poilus, hirsutes, crottés jusqu'à l'échine, traînant des souliers rapiécés ; et ceux qu'ils rencontraient en route souffraient de la même misère, offraient les mêmes aspects, les mêmes faces creuses, ravagées, des yeux hagards sous l'idée fixe.

A cette heure nocturne, un peuple d'ombres à bout d'imprécations, le camp se taisait. Au seuil des tentes aux toiles pourries devenues noires, çà et là, quelques misérables popotes fricotaient on ne sait quoi, pied de cheval ou boyaux de chat : « Le plat du jour, » disait-on. Un cercle de têtes penchées surveillait cette cuisine.

Les deux passants n'attirèrent aucune attention. Aux confins des bivouacs, cependant, un vieux capitaine à cheveux gris, qui faisait semblant d'inspecter quelque chose, les arrêta : « Où allez-vous? — On fout le camp, répondit le marquis ; bien des choses à Bazaine ! » L'officier secoua la tête. « Vous ne passerez pas. La zone d'investissement est étroitement surveillée; ils ont peur de nos désespoirs. Vous serez tués. — Tant mieux ! fit Séguy, ça fera deux vaincus de moins. — Allez, mes enfants ! répliqua simplement le soldat d'Italie. »

Après les derniers feux c'était la nuit noire ; il pleuvait toujours. Séguy et Puysan barbotaient dans des boues anciennes, des ornières profondes ; et leurs souliers clapotaient, aspirant l'eau par leurs semelles ouvertes, la rejetant après dans un giclement continu. « Vous êtes sûr de votre chemin? interrogea Horace après un silence. — Tout à fait sûr. Tournons à gauche. »

Devant eux, dans le lointain, des lueurs fixes : les lignes prussiennes. Enfin, l'œil distinguait un amas de chaumines, sous un clocher. « Châtel-Saint-Germain ! annonça le vicomte. Nous sommes arrivés. » A la première masure, il frappa violemment. La porte s'ouvrit aussitôt. « Corbin, c'est nous ! avertit Séguy. — Entrez ! fit l'habitant, entrez vite ! »

La porte se referma. Ils étaient dans une pièce haute et nue : une cheminée où brûlait péniblement du bois mouillé, une paillasse à terre, deux bancs, un escabeau, un coffre, une table boiteuse, et sur cette table, une chandelle fumante. A sa lueur vacillée les trois ombres dansaient sur les murs blancs de chaux. Corbin prononça : « J'ai les habits, dépêchons-nous. Il y a des rondes. »

Ce Corbin était un vieil homme lorrain, tout droit sous l'âge, poil jaune et gris, face tannée, allure de loup ; un contrebandier, un braconnier sans doute, en temps de paix ; un maraudeur en temps de guerre ; âme trouble, et pourtant accessible à l'idée de patrie. Les deux fugitifs, en hâte, dépouillèrent leurs uniformes, revêtaient les vêtements grossiers, les loques paysannes que leur offrait cet hôte d'occasion. Pendant ce temps-là, Corbin ramassait les capotes bleues, les pantalons garance, *tout le fourbi* ; sortait par une porte de derrière qui donnait sur une petite cour et enfouissait le paquet sous un tas de fumier. Il rentra : « Ils ne viendront pas le chercher là ! A présent, ça va mieux. »

Il considérait ces deux déguisés ; il souriait largement, montrant des dents noires énormes. « Dommage qu'il n'y ait pas de miroir ; vous êtes tout à fait bien. — C'est vrai, dit Puysan, regardant longuement Séguy, vous avez l'air d'un cul-terreux parfait. — Et vous, d'un petrouille authentique. »

De leur passé, ils ne gardaient que leurs montres et leurs bourses qui étaient restées pleines d'or. Chacun en sortit dix louis, les jeta sur la table. « C'est trop ! fit le Lorrain, qui empochait pourtant. » Puis il eut une **réflexion** philosophique : « Enfin ! si ça doit aller aux Prussiens, mieux vaut qu'il en reste ici, n'est-ce pas ? » L'hôte n'était pas rassurant ; mais les deux jeunes gens ne s'alarmaient pas pour une parole. « Quand partons-nous ? demanda le marquis, qui piétinait sur place. — Vous êtes trop pressé. Dans une couple d'heures... Il faut qu'ils dorment... »

Il entr'ouvrit la porte, écouta dans la nuit, et reprit : « Le couvre-feu n'est pas sonné. » Il répéta : « Il y a des rondes. » Et il referma la porte en murmurant : « Je tiendrai ! »

Séguy et Puyvan s'assirent côte à côte, sur un banc. Corbin les contemplait, songeur ; enfin, il laissa tomber d'une voix qu'il voulait indifférente : « Avez-vous faim ? - Oh ! non ! » ripostèrent à la fois les deux soldats de Metz. On a tant de pain six semaines. — Je l'ai pavé, dit encore le Lorrain. » Il le laissa dans un coin, fouilla dans son coffre, en tira un pain blanc, une bouteille de vin rosé et un morceau de fromage sec. Les yeux des deux affamés brillèrent dans l'ombre comme des yeux de fauves. L'hôte les servit. Ils se jetèrent sur la nourriture ; ils mangeaient en grognant, comme des chiens perdus, eux qui bâfraient jadis aux dîners de Compiègne. Corbin expliquait : « Avec les braves gens, on agit en brave homme. Je n'avais demandé que cent francs pour les nippes, vous avez payé double : je vous dois bien cela. »

Les autres ne répondaient pas, avalaient toujours, ne s'arrêtaient de manger que pour boire, et réciproquement. Le Lorrain ajoutait : « Vous savez... ça vient de chez eux... (*Ils, eux*, cela voulait toujours dire : les Allemands.) J'ai acheté ça, ce matin, aux avant-postes. Ils ont de trop, *eux*... la réquisition... » Il soupira : « Malheur des temps ! qui eût cru cela ? La France fout le camp. » Il continuait, sans suite apparente : « Pourtant, on aimait l'empereur !... Tenez, j'ai son portrait là, au mur... Il m'a bien coûté dix sous... les colporteurs sont des filous. Est-ce que vous le connaissez, l'empereur ? »

A cette question, les deux anciens habitués des Tuileries échangèrent un regard ironique. « Oui, lâcha Puyvan, entre deux bouchées ; à Paris, tout le monde le connaît. — Vous êtes de Paris ? » Deux signes de tête en réponse. Le Lorrain continuait : « Paraît qu'il résiste encore, Paris ?... Bah ! ça finira comme Metz ! On n'y est plus !... »

A ce moment, en arrière, dans la nuit, sur les lignes françaises, un clairon lointain, avec des notes mélancoliques, sonna l'extinction des feux. Les trois hommes écoutaient en silence.

Séguy et Puyvan arrêté par un vieux capitaine.

Pour les deux soldats déserteurs de la honte, cela symbolisait l'adieu de l'armée. Presque aussitôt, de l'autre côté, au nord, aux avant-postes prussiens, une sonnerie également triste répondit à la première. Entre les camps adverses, c'était l'unique échange des impressions ressenties. « Dormez avant la victoire », disaient les uns. « Dormez avant la défaite », disaient les autres.

Dans le silence, Corbin proposa : « Nous avons encore du temps devant nous. Faisons-nous un somme? la route sera longue cette nuit. »

Les deux jeunes gens acquiescèrent ; ils avaient besoin de sommeil comme ils avaient besoin de nourriture, toujours, à tout instant, étant aussi brisés de fatigue qu'épuisés de privations. Puis, le ventre plein par hasard, ils s'engourdissaient. Invités par leur hôte, ils s'étendirent, côte à côte, sur la paillasse ; Corbin s'allongea sur un banc ; et, les yeux à peine clos, tous trois s'endormirent.

Ce n'était pas le hasard qui avait réuni le marquis Horace de Puysan et le vicomte Olivier de Séguy sous les murs de Metz. Depuis des mois, avant la guerre, ils s'étaient rapprochés, et liés peu à peu d'une amitié étroite encore que complexe. Quand Olivier, sachant Hélène perdue, s'était retrouvé dans Paris, seul, sans but, sans amour, il avait d'abord voulu chercher l'oubli dans de nouveaux voyages, retourner aux pays du calme fatalisme, à cette Asie si vieille que toutes les passions s'y sont usées. Mais, chaque jour, il remettait au lendemain les préparatifs de son départ et reculait sans cesse sa visite au ministère et sa demande d'emploi. Il ne pouvait se décider à mettre les mers immenses entre Hélène, même coupable, et lui, même désespéré. Il avait besoin de savoir qu'il respirait son air, qu'elle était passée ou allait passer, le matin ou le soir-même, dans les rues qu'il parcourait ; et, souvent, dans la silhouette rapide d'une femme entrevue, il s'imaginait la reconnaître. Les déceptions fréquentes ne le décourageaient pas. Parfois il se hasardait aux approches de l'avenue Joséphine, mais jamais ne poussa jusqu'à l'hôtel de la marquise de Puysan.

En mars 1869, il apprit le départ du prince Paradeyser ; ce fut une petite joie au milieu d'une grande tristesse. Et cependant il ne renonçait pas encore à ses idées d'exil. Mais un soir, à une réception chez Mme de Portal, il entendit, de la bouche de celle-ci, des avertissements graves. De nouveau, comme naguère à la table de l'empereur, mais avec plus de certitude, plus de preuves à l'appui de son dire, la comtesse annonçait tout haut la tempête prochaine, le choc inévitable des armées de France et d'Allemagne. La première, elle osait suspecter le rôle joué à la cour par le joli Max de Ferté ; l'accusait, à demi-mot, de n'avoir jamais été qu'un des mille espions aux gages de la Prusse, déguisé, celui-là, en bel évaporé. Elle rappelait, en passant, ses sentiments pour Hélène de Puysan ; la seule, disait-elle, qui eût su lui résister. C'était de dépit qu'il s'en retournait à Berlin ; car jamais la marquise, de retour à Paris, ne lui avait entr'ouvert sa porte...

Autour de Mme de Portal, plus d'une belle tête se baissa dans une furtive rougeur pendant ce réquisitoire contre un ennemi jadis tendrement accueilli... Mais le vicomte de Séguy écoutait avidement ces phrases d'alarmes qui fixaient ses hésitations et consolaient un peu son habituelle souffrance. Si la guerre se faisait imminente, sa place restait en France ; il ne partirait plus. S'il était vrai qu'Hélène, reprise à peine donnée, avait chassé sur l'heure son amant d'une nuit, elle se réhabilitait presque à ses yeux prévenus, et voici que, déjà, il cherchait à lui pardonner.

Ce même soir, dans ce même salon, il s'enquit d'Horace, apprit qu'il vivait de nouveau chez son père, rue de Lille, recevait peu, sortait rarement, bien qu'une apparence de santé physique lui fût revenue, affirmait-on ; mais tout espoir de rapprochement entre sa femme et lui semblait abandonné. On déplorait cette rupture lamentable, et tous en rejetaient délibérément la faute sur Mme de Mettersen et ses diaboliques inventions. Alors, dans l'âme dévastée d'Olivier, un grand désir naquit de revoir le marquis, de connaître ses projets ; de juger par lui-même quel avenir la raison pouvait prédire à cette malheureuse femme qu'il aimait en silence, encore et malgré tout. Et puis, s'approcher d'Horace, c'était aussi se rapprocher d'Hélène, entendre parler d'elle, au moins, — circuler dans une atmosphère où elle avait vécu.

Le lendemain, il se présentait à l'hôtel de Puysan. Il fut reçu sur-le-champ à l'annonce de son nom et put voir de ses yeux qu'en effet le triste mari d'Hélène, s'il restait affaissé sous les coups de la vie, paraissait plus vivant et surtout plus lucide que dans les temps passés. Il tendait les deux mains à ce visiteur inattendu : « Vous, Séguy ! c'est très bien de penser à moi... Vous êtes un rare parmi les rares. Je suis heureux de vous voir... d'autant plus que je ne vous ai pas encore remercié... — De quoi? répondit le vicomte, qui ne voulait pas comprendre. — De quoi? de votre conduite, ce dernier soir à Compiègne, quand nous étions seuls, mon père et moi, dans cette foule ironique... c'est inoubliable !... Vous êtes un ami, vous ! nous le disons souvent. — Puysan, répondit Olivier, j'ai fait bien peu de chose... et c'était si naturel que mieux vaut n'en pas parler. Puis c'est fini, tout cela. Oublions ! Vous voilà en bonne route, parti pour la guérison vraie. J'en suis enchanté. — La guérison vraie? murmura le marquis, ce n'est pas encore demain. Oui, pourtant, ça va mieux... J'ai la peau dure... On m'a soigné... mon père, admirable ! Il ne m'a pas quitté d'une heure tant que... vous comprenez? quelle secousse ! Ce fut rude, très rude, après tant d'autres !... On n'a pas des idées comme cela... c'est jouer avec la vie des gens. »

Il fit une pause, souffla fortement, les yeux à terre, parti dans des réflexions. Puis il reprit, suivant sa pensée : « Par exemple, nous sommes brouillés avec les Tuileries. Jamais un Puysan n'y remettra les pieds. Ma mère est redevenue légitimiste intransigeante ; mon père et moi, nous devenons républicains. Étrange cause, étranges effets ! D'ailleurs un mauvais vent souffle sur l'empire ; on verra bien ! »

Il s'arrêtait encore, passait à plusieurs reprises sa main longue et blême sur son front, dans un geste de fatigue. Puis il sourit péniblement : « Vous voyez?... on n'est pas si fier que cela... Il y a des reprises. » Séguy se levait : « Je m'en vais, content de vous avoir vu, et dans cet état. Vous me permettez de revenir? — J'y compte, je vous en prie ! J'ai à vous parler... des choses... intimes... de Compiègne encore... avant mon retour. Revenez demain, voulez-vous? » Olivier acceptait sur-le-champ. « Oui, à demain, c'est convenu. »

Et il s'en alla, un peu déçu ; le nom d'Hélène n'avait pas été prononcé ; mais il sentait bien que, tôt ou tard, il faudrait parler d'elle. Le lendemain, en effet, le marquis en arrivait aux confidences, avouait l'immense erreur de sa vie manquée. « Vous saviez déjà, Séguy... là-bas, dans notre exil, je vous avais exposé les grandes lignes de cette triste aventure ; mais, depuis, vous avez connu, approché fréquemment la principale héroïne ; vous avez vu vivre Hélène ; et peut-être savez-vous des choses que j'ignore. Que pensez-vous d'elle? » A cette question directe, le vicomte se sentit mal à l'aise ; mais, malgré lui, l'enthousiasme jaillit de sa bouche en phrases fougueuses. « Ce que j'en pense, Puysan? ce que tout le monde en pense ! Elle fut admirable, vous aima sans détour, malgré l'absence, malgré l'abandon, malgré, permettez-moi ce mot dont vous vous êtes servi vous-même, malgré le mal que vous lui avez fait... — C'est de ce mal-là que je ne guéris pas, interrompit lentement Horace ; allez, continuez, Séguy... Alors, aux Tuileries, à Compiègne?... — A Compiègne, aux Tuileries, elle était l'image désolée du souvenir inconsolable. Au milieu de cette cour frivole, de cette cour dépravée, elle étonnait, comme une Vestale égarée parmi des Bacchantes... Elle a découragé les tentatives les plus audacieuses. Et si sa beauté attirait et tentait les séducteurs professionnels, la dignité de ses attitudes, la sévérité de ses yeux, les écartaient bientôt. Je le répète : elle fut admirable. »

Il s'arrêta ; sa conscience lui criait : « Prends garde ! Tu vas mentir, tu mens !... » Et la vision de Desadeyser fuyant, à l'aube, le long du corridor obscur, passa dans sa mémoire. Alors, il transigeait avec cette conscience, ajoutait assez perfidement : « Jusqu'à votre retour, elle n'eut jamais qu'un seul tort envers vous : accepter de jouer un rôle dans cette stupide comédie... Mais elle manquait* d'expérience, était mal conseillée... Vous savez que l'impératrice elle-même avait approuvé le projet?... Rien n'est de sa faute, tout vient de la perversion d'un milieu sans scrupules. La marquise a cru bien faire. On lui jurait que c'était la meilleure façon de vous reprendre avec sécurité. »

Puysan écoutait en silence, les yeux demi-fermés. Quand la voix de Séguy tomba, nerveuse, sur la dernière phrase, il murmura : « Peut être... n'importe ! le mal est fait. — Est-il irrémédiable? — Il l'est. » L'affirmation était nette, sans réplique. Séguy ébaucha un geste évasif. Horace reprit : « Tout cela, c'est très compliqué... on n'en peut pas sortir... non... pas d'issue. D'ailleurs, nous sommes d'accord sur ce point unique. Hélène reconnaît elle-

même que, désormais, tout rapprochement est impossible. Elle l'a dit et redit à mon père qui la voit chaque jour. C'est un grand malheur, un grand malheur... pour tous les deux. »

De nouveau, il se taisait, rêvait dans un lointain. Séguy voulut parler. « Cependant, à vos âges... » Puysan coupa : « Il n'y a pas d'âges ! » Il s'animait, une tache de sang aux joues : « Voulez-vous la vérité? la voici, bien claire. A tort comme à raison, Hélène me fait peur. C'est ainsi. Cette maudite ressemblance est la cause de tout. Si je vivais avec elle, par cela même, je vivrais en même temps avec *l'autre*. Je verrais sans cesse un spectre, non pas entre nous, mieux que cela, en elle-même... Oui, un spectre toujours visible pour moi. Imaginez-vous cela, vous? vivre avec un fantôme, le fantôme d'une maîtresse assassinée... Avoir un présent qui vous rappelle sans trêve, à toute heure, à toute minute, forcément, le passé? Et quel passé !... Tenir dans ses bras une femme vivante en se demandant si ce n'est pas une femme morte? Ah ! non ! non ! Cela dépasse les possibilités humaines ! Non, non ! Je n'y résisterais pas, je fuirais encore... Alors, à quoi bon? Ou bien je deviendrais tout à fait fou, mûr pour la camisole et pour le cabanon. »

Il s'exaltait à ses propres paroles ; ses prunelles s'agrandissaient, devenaient fixes, et l'égarement y reparaissait, indice des angoisses d'une âme encore confuse. Et Séguy dut reconnaître qu'en effet le lamentable époux de la douloureuse Hélène n'était pas encore complètement évadé du domaine de l'ombre. Pourtant, calmé peu à peu, celui-ci reprenait : « Quant à la marquise, c'est plus simple. J'ai lassé sa patience, et cela se conçoit. Elle est restée pure, fidèle à mon nom, par vertu de race, par éducation première, parce qu'elle a de l'honneur le culte indestructible... »

Séguy baissait la tête, il souffrait dans son cœur. Il y avait trop de fausseté dans ces affirmations. L'autre continuait son dithyrambe : « Je sais, on m'a dit qu'à la cour... oui, on l'entourait. Vous le dites vous-même... On m'a parlé d'un capitaine allemand, d'un comte de Ferté. Il y a perdu sa peine... On m'a parlé... tenez, de vous aussi !... Vous étiez un fervent auprès d'elle?... Ah ! je ne vous en veux pas... je vous crois loyal... et elle, je le répète, inaccessible, immarcescible ! »

Le vicomte Olivier crut à propos de se défendre : « C'est vrai, elle m'écoutait plutôt qu'un autre. Pourquoi? Parce que je vous avais rencontré par delà les mers et que je lui parlais de vous. Voilà pourquoi je fus mieux accueilli... C'est tout ! — Je n'en doute pas, Séguy ! je n'en doute pas ! Sans quoi, vous recevrais-je, moi qui défends ma porte? Quoi qu'il en soit, ajoutait Horace avec un geste de découragement, le résultat est le même. Il n'y a pas d'issue. »

Puis, d'un ton morne, il laissait encore tomber ces phrases navrantes : « Alors, nous allons vieillir séparément, loin l'un de l'autre, sans droit à la vie, sans l'espoir d'une joie, car nous sommes liés à jamais, rivés à jamais l'un à l'autre... Croyez-vous que le divorce, dans ce cas-là, ne serait pas un acte saint, nécessaire, de juste délivrance? Chacun de nous, peut-être, pourrait refaire son existence, trouver ailleurs l'oubli, la paix au moins, à défaut du bonheur? Ah! les lois humaines sont d'implacables lois !... Jusqu'à la mort... éternellement! comme s'il y avait quelque chose d'éternel en nous! J'ai fait ce rêve: Hélène remariée, heureuse, et moi libéré, délivré des remords, qui sait? rencontrant peut-être une autre femme qui ne ressemblerait pas à Rosalba! Mais ce rêve est un rêve. »

Il s'arrêtait brusquement, et, fixant Séguy de ses yeux devenus durs, il scandait d'une voix âpre, ironique, mauvaise: « Tenez, je parle de remords, eh bien, je vous le confie à vous ; je préférerais qu'Hélène fût moins fidèle, moins inexorablement pure, qu'elle m'ait trompé! Oui, c'est ainsi! Cela soulagerait mon âme timorée... cela les tuerait, mes remords! Mais non, il n'y a qu'une femme chaste au monde, et il faut qu'elle soit mienne! Stupide! stupide! c'est stupide! Dans tout autre ménage, cela se fût délié par des chansons, chacun se fût distrait de son côté, à sa façon. Bonjour, bonsoir! Mais, voilà! nous avons, nous, deux âmes peu vulgaires. Il faut le regretter. »

Olivier, à entendre ces déclarations qu'il jugeait sacrilèges, se demandait s'il était éveillé. Puis il se raisonnait en se disant que c'était un malade qui lui parlait ainsi. Mais, cette fois encore, quand il sortit de l'hôtel de Puysan, il n'aurait pu dire au juste la couleur de ses pensées. Plus ou moins triste? Il ne savait pas. Pourtant Horace l'attirait quand même. D'ailleurs, sur le seuil de sa chambre, il lui avait crié comme achen : « A bientôt ! » Et trois jours ne s'étaient point écoulés qu'il reprenait le chemin de la rue de Lille. Ce jour-là, le duc se trouvait chez son fils. Il accueillit Olivier avec une effusion cordiale : « Vous êtes un gentil camarade, vous ! Vous ne lâchez pas. Courtisan du malheur, cette espèce d'oiseau est rare au temps actuel. Je vous remercie de venir ainsi, car après vos visites, Horace nous paraît plus valide. C'est à croire que vous êtes un peu sorcier. »

Séguy, en riant, répliquait par des phrases de circonstance, avec un égal empressement. Mais il considérait le vieux gentilhomme en s'attristant de son examen. Fini, Puysan ! fini, le duc ! une ruine. Tout le passé accablait son présent : trente ans de fête, de vie à outrance, avaient brûlé son sang. Il payait à l'échéance les traites tirées par sa jeunesse fougueuse sur sa vieillesse escomptée. Puis les derniers chagrins, les inquiétudes nocturnes au chevet de son fils délirant avaient encore creusé ce masque déjà marqué, encore courbé cette stature déjà fléchie. Il ne restait plus rien du beau Puysan de jadis, rien qu'un grand vieillard voûté dont l'œil était plein d'ombre. Mais il ne pensait guère à lui, cet ancien égoïste devenu sur le tard un père attendri. Il recevait mal les imprudents qui lui conseillaient de se soigner lui-même. Séguy ne commit pas cette erreur, ne

sembla pas s'apercevoir que le duc fût changé, et celui-ci lui en sut gré. Dès lors, il devint l'ami de la maison, le familier de toutes les heures. Il fut même reçu par la duchesse Adélaïde, qui l'accueillit en grâce, puisqu'elle le savait né.

Si le duc n'était plus qu'une ruine, la duchesse n'était plus qu'un souffle. Celle-là aussi penchait vers la tombe, et le sentiment qu'elle avait de sa fin prochaine lui donnait une douceur de ton et de regard inconnue chez elle jusque-là. Triste famille, où les trois personnages côtoyaient le néant. Et Olivier songeait que celle qui eût dû compléter ce groupe mélancolique vivait seule, et recluse, livrée aux poignants souvenirs, là-bas dans son hôtel de l'avenue Joséphine, dont la porte restait fermée, où personne n'approchait des fenêtres ouvertes. Mais sur ces infortunes personnelles, brusquement, le vent des calamités publiques souffla, tout de suite en tempête, les secoua dans l'air et les éparpilla.

L'année de 1869 fut une année de tressaillements précurseurs dans un peuple voué aux catastrophes. Les foules ont leurs intuitions ; nerveuses, elles s'effarent, se cabrent sur place, comme un cheval de guerre qui sent la poudre au loin.

Paris s'agitait. Devant le gouvernement impérial fléchissant et désemparé, le spectre rouge, tué au coup d'État, s'évadait de la tombe et revenait au jour. Des émeutes partielles troublaient les rues ; autour de Sainte-Pélagie, dans la prison même, des scènes tumultueuses. Les élections renforçaient le parti démocratique : Gambetta était élu, E. Picard, J. Simon, E. Pelletan, Thiers, J. Ferry, J. Favre, tenaient la tête dans les circonscriptions. L'empire craquait.

Des grèves, à Ricamarie ; le 16 juin, la troupe tirait, abattait douze victimes. L'émeute grandissait. Au camp de Châlons, Napoléon faisait l'éloge de la guerre, qu'il préconisait comme l'antidote de la révolution. Rochefort, pamphlétaire, publiait *la Lanterne*. Les irréconciliables se désignaient eux-mêmes. Encore des grèves ; des mineurs tombaient mitraillés à Aubin. La presse démocratique dénonçait ce crime, criait à l'assassinat. Émile Olivier constituait le ministère. Cependant l'impératrice inaugurait le canal de Suez, où des fêtes splendides — les dernières — étaient données en l'honneur de la grande souveraine, de la France prépondérante. Ce fut le suprême sourire d'Eugénie.

A la première rumeur de l'émeute, Horace dit à Olivier, qui arrivait tout chaud des impressions reçues : « Vraiment? Ça chauffe? Allons, tant mieux ! » L'autre le regarda, l'air étonné. « Ça vous surprend? Pourquoi cela? Si l'intérêt court les rues, on va pouvoir revivre. C'est une distraction offerte par le peuple. » En effet, lui qui ne sortait guère recommença dès ce jour à se mêler aux foules. Et chaque fois, au retour, il se congratulait : « C'est le branle-bas ! On n'aura plus le temps de rêver ni de penser à soi. »

Et, en réalité, dans la fièvre publique il retrouvait rapidement la santé. Le temps passait, des mois de tumulte, une attente angoissée. Puis les premiers démêlés surgirent avec la Prusse ; enfin l'empereur, l'impératrice, qui voulaient des batailles pour sauver la dynastie, se virent satisfaits. La guerre fut déclarée...

Alors le marquis Horace de Puysan, le vicomte Olivier de Séguy, un soir, rue de Lille, résolurent de partir comme simples soldats, engagés volontaires, pour défendre la France menacée. « Va ! dit la duchesse Adélaïde à son fils, c'est le devoir. » Le duc, moins prompt, proposait aux deux jeunes gens de les faire attacher à quelque état-major. Ils refusaient ensemble. « Rien de l'empire ! — Rien à l'empire ! »

Horace, redressé, sentant son énergie revenue, ayant un but enfin dans la vie, un rôle dans le drame national, oubliait ses misères, si petites par la comparaison. Olivier remuait d'autres idées en tête. Pour lui l'ennemi, la Prusse, l'Allemagne, se symbolisaient dans un seul personnage : le comte Maximilien de Ferté, prince Paradeyser, capitaine prussien, le renégat, l'espion, le valseur de Compiègne, l'amant d'Hélène, hélas ! Ah ! si le hasard pouvait un jour le mettre, celui-là, au bout de son fusil, quelle joie, quelle revanche, quelle vengeance, quel délice complet, — abattre ce bandit !

Le lendemain matin, les deux amis s'engageaient de compagnie aux bureaux de la guerre. On leur demanda leurs noms. Ils répondirent à la fois : « Puysan. — Séguy. »

Il n'y avait plus de marquis, plus de vicomte. Il y avait deux conscrits, deux troupiers résolus, mais quelconques, à leur rang. Trois jours après ils marchaient par les routes, le fusil sur l'épaule et le sac au dos. Derrière eux, la duchesse Adélaïde, redevenue femme et mère, à présent que le courage n'était plus ordonné par les circonstances, exhala sa plainte dans un sanglot brisé : « C'est fini, tout s'en va, tout nous abandonne ! » Le duc avoua, cette fois : « Bah ! madame ! pour ce qu'il nous reste à vivre... — C'est vrai, dit-elle, et grâce à Dieu ! »

Et c'est ainsi qu'après des étapes, des bivouacs, des batailles, mille aventures, — et toujours la défaite, et toujours la colère, — après Spicheren, Borny, Gravelotte, le blocus de Metz, le siège, la faim, la honte, la boue aux pieds, la boue au cœur, — plutôt que de se rendre, Puysan et Séguy étaient venus s'échouer dans la cabane du paysan Corbin et ronflaient pour l'instant sur sa paillasse pourrie.

La même nuit, à la même heure, à trois lieues au nord de Metz, il se passait un fait de guerre assez bizarre. Dans la journée, deux escadrons et deux bataillons d'infanterie avaient été commandés à l'état-major prussien pour fournir une vaste randonnée autour des lignes françaises, déloger leurs compagnies franches qui tenaient encore la campagne ou le bois. Un escadron et un bataillon eurent mission d'occuper une petite ville, Ferté-sur-Moselle, qui, en cas de résistance partielle, pouvait offrir un point d'appui aux évadés de Metz. (Frédéric-Charles continuait à craindre la révolte de la dernière heure et quelque tentative désespérée.) De plus, devant cette ville, se trouvait un pont dont il était urgent de s'assurer pour couper toute retraite.

Le doigt sur la carte le prince rouge avait dit en riant : « L'occupation Ferté appartient de droit au prince Paradeyser ; c'est son bien qu'il reprend. Il sera de l'expédition. »

Paradeyser avait accueilli cette gracieuseté sans répugnance, mais sans grand plaisir ; l'aventure en elle-même ne le séduisait guère. Depuis des semaines qu'il évoluait tout autour de sa ville d'origine, il ne s'était jamais senti la tentation d'y hasarder ses pas. C'était indifférent pour lui. Cependant il n'allégua aucun scrupule, n'en éprouva peut-être pas, et, quand l'instant fut venu il monta à cheval résolument et prit sa place en tête de ses hommes. « Eh bien, *comte de Ferté*, lui souffla le colonel, un gros court quand cette cavalerie s'ébranla, nous allons chez vous aujourd'hui ? Vous nous faites les honneurs de vos terres. » Maximilien haussa les épaules : « A quoi bon ? Elles sont à vous ! »

Et ils partirent le long des routes, surveillant les lointains. Une heure plus tard, ils étaient en vue de la petite cité lorraine. Alors, ils firent halte pour attendre l'infanterie qui les joignit au premier crépuscule. Mal enclose, sans fossés ni remparts, la ville se rendit sans combat à ces troupes d'avant-garde. Les Allemands entrèrent en bel ordre, occupèrent l'hôtel de ville, les maisons principales sans qu'un coup de feu retentît. Sur leur passage, les rues étaient désertes, l'abstention et le silence sont la protestation des impuissants. Puis la nuit, nuit rapide d'hiver, tomba profonde, éteignant l'orgueil des vainqueurs, voilant la tristesse des vaincus. Dans les maisons fermées, des lumières pointaient progressivement, chaque famille continuait sa vie, étonnée de se retrouver semblable à la place coutumière par cette heure effarante de désastre suprême. Dans une salle basse de l'hôtel de ville le colonel prussien et huit officiers étudiaient des cartes déroulées sur une table. L'officier supérieur, d'une voix brève, dictait des ordres successifs, qu'un lieutenant transcrivait d'une main hâtive. « On devait se garder... Des corps francs battaient la campagne ; et, dans cette cité découverte, un coup de surprise était à craindre. Le gros de l'armée allemande restait distant de douze kilomètres ; Metz les en séparait... et, de Metz, des fous pouvaient sortir en masse. Il fallait compter sur soi-même, peu dormir, et d'un œil. » Chaque officier reçut des instructions particulières ; enfin se tournant vers deux capitaines, le colonel prononça : « Prince Paradeyser, monsieur Margraff, de minuit à trois heures, vous ferez une ronde. Vous, Paradeyser, avec vos cavaliers, par le nord de la ville, vous, Margraff, avec vos fantassins, par le sud, — en élargissant le cercle sur un périmètre d'une lieue environ, extra muros, de façon à vous croiser en route. Je vous recommande, à l'un, les abords du fleuve, le pont des Croix, — à l'autre le bois de Vouzy A la première alerte, feu de salve pour l'alarme, et retraite immédiate sur nous. C'est compris? »

Les deux capitaines acquiescèrent d'un signe de tête, et le colonel congédiait ses officiers. Chacun s'en fut où le sort le logeait en attendant l'heure du service. Seul, le capitaine comte Maximilien de Ferté, des princes Paradeyser, marchait à pas rapide par les rues muettes et désertes. Il regardait l'alentour avec une curiosité inquiète. La pluie avait cessé ; la lune s'était levée, très blanche dans le ciel balayé. L'ombre des maisons se projetait, violente, sur les pavés blancs, et le milieu des voies restait en pleine lumière blafarde. Au hasard, le capitaine allemand s'engagea dans la ville. Cette inspection n'était pas commandée, pouvait être imprudente, mais il n'y songeait point. Brusquement, il déboucha sur la place de la vieille cathédrale, place très vaste, assoupie sous la lune. Le monument gothique, baigné de rayons pâles, surgissait du haut en bas d'un gris bleuâtre. Les sculptures, les statues du parvis, du portail, ressortaient fantomatiques, empruntant de la vie au vague flottant des demi-ténèbres. Alors, dessiné en silhouette géante sur l'étendue tristement lumineuse de cette place endormie, l'officier s'arrêta. La tête levée, il contemplait. Le vent aigre lui sifflait aux oreilles ; il ne bougeait pas, il rêvait... Or, voici quelle était la nature de son rêve : dans cette cathédrale antique aux rosaces flamboyantes se dressaient, il le savait pas ouï-dire, des sépulcres de marbre, décorés d'écussons bariolés, surmontés lourdement d'une couronne comtale. Là, dormait, depuis des siècles, les mains jointes sur la croix des épées, une lignée hautaine des chevaliers sans peur ; jadis seigneurs du lieu, grands hommes de guerre, fameux dans les batailles, prodigues de leur sang bleu, derrière l'étendard fleurdelisé ; fiers compagnons, bons fils de France, qui menaient leurs vassaux par delà les frontières, clamant à pleins poumons : Montjoie et Saint-Denis ! et portaient pour devise sur l'écu consacré : « *Fertus ac Firmitas, robustesse et constance.* » Or, de ces paladins, il descendait lui-même.

A présent, dans l'âme de ce soldat brutal, un sentiment vague, indéfinissable, se glissait sourdement. Influence de la nuit sans doute, de la solitude, du silence, mais toute envie de bravade avait disparu. Il hésitait dans ses certitudes de la veille, sentait autour de lui la spectrale menace du passé. Il se secoua, s'objurgua tout haut : « Ah çà ! je deviens bête !... que reste-t-il de tout cela ! rien, poussière ! A remonter les origines, on arriverait au père Adam... Je me suis moqué des vivants, ce n'est pas pour avoir peur des morts... »

Mais il s'arrêta soudain, avouait sa détresse grandissante, l'expliquait à sa façon : « J'ai trop bu à dîner... le vin de ce pays est traître... Je ne me reconnais plus... parole ! cette terre me tire les pieds ; et puis il me semble que j'ai déjà vu tout cela, que j'ai vécu ici, jadis, dans des lointains. »

Il s'arrêta regarda tout autour de lui, écouta la plainte du vent sur les toits, et murmurait avec un léger frisson : « L'âme des ancêtres... pourquoi pas ! »

Mais, de nouveau, il haussait les épaules. « Si les camarades me voyaient, m'entendaient, ils n'auraient pas fini de rire... allons voir ! Je veux leur tirer la barbe, à ces fantômes de pierre ! »

A pas lents, il traversa la place, monta les marches de la cathédrale assoupie. Il poussa la porte massive ; elle s'entre-bâilla ; sous un nouvel effort, elle céda tout entière. Il était dans l'église ; son pas sonna, brutal, par le silence auguste de la nef solitaire. Dans des niches, devant des vierges couronnées, fleuries, quelques lampes brûlaient, discrètes, laissant tout leur mystère aux effrayantes coins d'ombre. Le soldat s'orienta, prit par les bas côtés, fouillant des yeux l'obscurité des chapelles successives. Tout d'un coup, il sursauta. Quelque chose remuait dans les ténèbres, à vingt pas devant lui ; puis, souriant de sa terreur, il marcha droit vers ce qui remuait. Ce n'était qu'un vieillard, le gardien de l'église, qui s'avançait, balançant une lanterne sourde, et faisant, lui aussi, sa ronde, avant de fermer les portes. Il avait vu entrer ce visiteur tardif et venait à lui. A dix pas, il éleva sa lanterne, dont la lueur jaune projetée éclaira l'officier. Mais celui-ci, couvert de son manteau d'ordonnance, apparaissait de loin comme un pèlerin quelconque.

« On n'entre pas ici à cette heure, gronda le vieux. » Tranquillement, s'approchant en plein dans la clarté, Ferté entr'ouvrit son manteau. L'uniforme apparut, couvert de croix à la poitrine. « J'entre où et quand je veux, répliqua le capitaine. — Un Prussien, murmura le gardien, c'est vrai... Qu'est-ce que vous voulez? — C'est toi, n'est-ce pas, qui montres aux voyageurs curieux les choses remarquables de la cathédrale? — Oui. — Eh bien! fais ton office ; je suis un voyageur aussi, et très curieux encore. — Soit ! Vous êtes le plus fort... Suivez-moi... »

Derrière le chœur, apparaissait la file rigide et solennelle des tombeaux allégoriques. Alors, le vieux, promenant sa lanterne, commença d'une voix monotone, comme on récite une leçon, la chronique de ces morts redoutables.

« Celui-ci, dont voici la statue couchée sur son sépulcre, bâtit cette ville, dans la plaine, en bas de son château, Hugues de Ferté, baron de Vouzy, comte de Ferté ; à Bouvines, il combattit près de Philippe-Auguste, qui le fit comte, du latin *comites*, compagnon, bon compagnon. Ce deuxième, Hugues Philippe de Ferté, suivit Saint-Louis en Palestine, était si bon chrétien qu'il édifiait le roi. Cet autre, blessé à Crécy, revint ici pour y mourir en proclamant la gloire de Dieu et le bon droit de la France. »

Et le vieillard, lentement, éclairait, de sa lanterne vacillante, chaque fantôme de marbre couché dans son armure sur les tombeaux antiques. Il racontait Azincourt, Ravenne, Marignan, Pavie, Henri IV et ses guerres, Louis XIII, Richelieu, Cinq-Mars. Dans les épitaphes chronologiques des seigneurs de Ferté, tenait l'histoire de France ; gloire ou désastre, quand, tout perdu, on criait : fors l'honneur... Temps de vaillance et de foi, des belles équipées et des combats loyaux. Sur leurs tombes aussi, pâles statues, étaient couchées des femmes aux longs doigts joints, filles, sœurs, mères de soldats, filiales comtesses jadis, qui portaient un grand cœur dans leur blanche poitrine. Le capitaine les considérait une à une, parfois secoué par des ressemblances qu'il imaginait peut-être. Mais, fatalement, il en revenait aux bons guerriers, aux forts, aux chefs de la famille qui l'avaient anoblie. Le vieux, immobile, se taisait, sa tirade terminée ; comme son visiteur étrange s'attardait, il crut devoir conclure ; et, d'un grand geste, embrassant la suite des chevaliers de pierre, il dit : « S'ils étaient encore de ce monde, vous ne seriez pas là ! — Prends, dit Ferté, en lui jetant sa bourse. »

Vers minuit, les capitaines de service, Margraff et de Ferté, rassemblaient leurs compagnies sur la place d'Armes : « Vous à droite, moi à gauche, dit Margraff ; point de jonction, le pont des Croix. — Entendu, dit Ferté, bonne promenade, mon cher ! — Heu, heu ! répondit l'autre, le temps est un peu frais, enfin... au revoir ! » Et les deux troupes s'éloignèrent chacune de son côté ; les fantassins marquant le pas sur la terre sonore, les cavaliers cliquetant des sabres aux bottes éperonnées.

En tête de ses dragons, Ferté, avait gagné la campagne. La lune masquée par un retour de nuages agressifs, la route devenait obscure, dangereuse, bonne aux embûches. Mais l'officier n'y songeait guère. Le sabre au poing, il chevauchait, le front bas, l'esprit troublé par un tumulte de rêves. Tout basculait maintenant dans ses croyances, ses habitudes, ses pensées coutumières. Quelle était sa vraie patrie, l'Allemagne ou la France ? Autour de lui, la mémoire atavique, l'âme des choses, lui soufflaient des indécisions douloureuses. De cette terre ancestrale des voix montaient, indi-

La voix des aïeux

gnées, vengeresses, qui lui criaient : « Renégat ! » Il se figurait être traduit subitement devant un conseil de guerre ; et ses juges étaient des chevaliers français, couverts d'armures sombres, coiffés d'un casque couronné.. Il les reconnaissait... Celui-là, le plus grand, c'était le preux de Bouvines ; cet autre, l'ami du roi Saint-Louis ; tous, ainsi, ses pères ; et tous le regardaient d'en haut, de leurs yeux vides, sous le heaume spectral ; et tous, avec dégoût, criaient : « Traître !... traître !... »

Et les minutes passaient ; la route se déroulait sous le pas lourd des chevaux allemands, sans qu'il s'en aperçût, multipliant en songe les scènes du passé mêlées aux scènes du présent ; éperdu, à bout de cynisme, il doutait des hommes et de la vérité telle qu'ils l'ont comprise.

Les dragons suivaient le fleuve ; une masse sombre se percevait au loin, une colline. C'était là que jadis, orgueilleux et superbe, battu par dix assauts, jamais entamé, s'élevait le château de Ferté, citadelle à triple enceinte, hurlant la mort à qui s'en approchait.

Maximilien de Ferté sentit son cœur faiblir ; il se prenait d'amour pour cette terre vaincue ; un immense remords, une tristesse affreuse lui montaient du cœur à la gorge, l'étranglaient. Il oubliait l'heure et le lieu, la consigne, ses hommes, la guerre ; il oubliait son grade, ses responsabilités, *l'ennemi, l'ennemi, hélas !* proche peut-être, il s'oubliait lui-même. C'est ainsi, perdu, halluciné, qu'il dépassait sans le voir le pont des Croix. Brusquement, par la nuit épaisse, une voix impérieuse retintit : « Werda ? »

La troupe s'arrêta net dans un piétinement de cavalerie surprise. De Ferté sans sortir de son rêve, distrait jusqu'à la folie, poussa son cheval, s'avança pour répondre. Mais déjà l'appel se répétait, menaçant, cette fois : « Werda ? — FRANCE ! cria-t-il. »

Cent coups de feu éclatèrent ; et le capitaine prussien Maximilien de Ferté, prince Paradeyser, tomba sanglant, fusillé par les siens, les

Allemands commandés par son ami Margraff. Ses aïeux étaient vengés ; d'autres aussi.

Pendant ce temps là, dans la chaumine du paysan Corbin, Puysan et Séguy, réveillés par leur hôte, s'apprêtaient au départ. La porte ouverte, ils inspectaient l'entour. « Diable de lune ! fit le Lorrain, on se passerait bien d'elle. C'est la première fois qu'elle montre son nez depuis quinze nuits. N'importe ! Il est temps... filons vite. »

Il prit la tête, se glissa le long des masures en courbant sa haute taille ; ses compagnons, l'imitaient. Aussitôt, hors du village, ils se jetèrent dans le taillis, se glissèrent sous les branches mouillées.

Corbin, braconnier, connaissait toutes les sentes ; il se dirigeait, à droite, à gauche, par des détours, sans hésiter. Cet homme, comme les loups, y voyait la nuit. Il portait une lanterne sourde, mais c'était uniquement pour guider les deux autres. Derrière lui, dans ses pas, Olivier et Horace suivaient en file indienne. Partout l'ombre et le silence les enveloppaient. Dans les mousses bourbeuses, pourries, leurs sabots enfonçaient profondément, et, en se dépêtrant, emportaient des mottes de terre visqueuses qui alourdissaient la marche ; plus loin, la boue liquide formait un marécage, ils barbotaient dans l'eau noire. Mais tout cela, sans bruit, sans grognement, dans un effort continu. Corbin, cependant brusquement s'immobilisa ; la main tendue en arrière, il avertissait ses compagnons, puis, d'un geste silencieux à travers les troncs d'arbres plus rares, il leur désignait le danger. La lisière du bois côtoyait une plaine vaste, aride, où campaient deux divisions hessoises avec leur parc d'artillerie. Les sentinelles, immobiles et noires sous la lune, s'apercevaient à trois cents mètres. Alors, assourdissant encore leur marche, penchés vers le sol, les trois fugitifs, se coulaient dans la broussaille comme des fauves en maraude. Un peu plus loin, ils rentraient sous une futaie profonde ; ils firent halte et respirèrent. « Nous sommes hors des lignes, au-dessus de Sémécourt, leur souffla le Lorrain ; à présent, à moins d'une vraie guigne, la route est libre. »

Ils traversaient la forêt par un chemin large, où la circulation des convois allemande avait creusé de violentes ornières ; au bout d'une heure de course rapide et moins prudente, ils débouchaient sur la route impériale et française alors, qui va vers Thionville.

Au pied d'un calvaire, le paysan s'arrêta. « Voilà, dit-il, vous n'avez plus besoin de moi. La zone d'investissement est franchie. Je vous engage à vous séparer ; un homme seul passe plus facilement. — Non ! répondit Puysan. — Non ! répondit Séguy. »

Et simultanément, ils se tendaient la main.

« Il y a trois mois, reprit le premier, trois mois qu'on marche ensemble, ce n'est pas pour se lâcher à la dernière étape. — Comme vous voudrez, fit Corbin, mais vous avez tort. Enfin !... Vous suivrez cette route jusqu'au premier village à droite, c'est Blettange ; là, vous pourrez trouver une voiture et gagner la frontière du Luxembourg par Thionville et Cattenom. Si vous êtes surpris par des éclaireurs, ce qui est possible, je vous engage à faire la bête ; vous êtes des paysans, vous allez au marché, ou vous en revenez. Si vous trottez à pied, portez des outils sur l'épaule, pioche ou bêche comme de bons terrassiers. Il y a toujours des paysans et des terrassiers sur les routes il s'agit d'en être, voilà tout. Maintenant adieu, bonne chance ! »

D'un même élan, les trois hommes se serrèrent les mains ; étreinte rude. « Merci, dit Séguy, vous nous sauvez. — Pas encore ! prenez garde. Ils battent la campagne très loin en arrière. Allons, encore adieu ! »

Il ne s'en allait pas, piétinait sur place ; son rude visage grimaçait sous une émotion ; il ajouta, la voix rauque : « Dans huit jours, je serai Allemand, vous resterez Français, vous Comprenez-vous ? Malheur des temps ! »

Cette fois, secouant brusquement sa tête grise, il s'écartait, s'éloignait enfin. A dix pas, il les avertissait encore : « Prudence ! Adieu, les enfants ! »

Séguy et Puysan le regardaient partir avec une angoisse qu'ils ne cachaient pas. En petit, simplement, c'étaient les adieux de la Lorraine à la France qui se prononçaient là.

Corbin disparu, les deux amis reprirent leur route. La lune intermittente les éclairait à peu près. Ils avaient aussi la lanterne sourde que leur avait laissée Corbin. Puysan la balançait dans sa marche. Mais la lune se voila tout à fait ; les ténèbres s'obscurcirent ; et la pluie froide et rageuse d'automne se reprit à tomber. Puysan jura. « Tout s'en mêle... Quelle heure est-il ? » Séguy tira sa montre : « Deux heures ; encore cinq heures au moins avant le jour. C'est gai ! »

Ils étaient couverts, sur leurs vêtements usés, salis de campagnards, chacun d'une houppelande épaisse ; mais la laine en était lâche, buvait l'eau, s'imbibait ; cela devenait lourd et glacial. « Rentrons sous-bois, conseilla Séguy, nous serons toujours moins trempés ».

Ils regagnèrent le fourré qui se continuait sur le côté gauche du chemin. Mais là, ils trébuchaient en pleines ténèbres se cognaient, s'éborgnaient aux branches transversales, glissaient dans les argiles grasses, leur lanterne, au milieu des brumes qui se levaient de terre, ne marquait plus qu'un faible point jaune. Pendant un quart d'heure, ils errèrent. Mais leur fatigue devenait une souffrance. Ils restaient muets à présent, chacun cachant son mal à l'autre. Au milieu d'un carrefour, ils eurent un arrêt brusque : « Qu'est-ce que c'est que ça ? »

A vingt pas devant eux une masse sombre se dressait. « Une hutte de charbonniers ? proposa Séguy ».

C'était vrai. Ils y coururent. La porte pendait, ouverte, arrachée, des gonds ; le toit pendait à droite. Abri précaire, mais abri. Ils y entrèrent en baissant la tête, se laissèrent tomber sur un tas de feuilles mortes et de paille humide qui se trouvaient là depuis bien des saisons. N'importe, ils respirèrent. « Attendons le jour, proposa Puysan. C'est ce qui vaut le mieux ». Séguy approuvait : « Oui, vous avez raison. D'ailleurs, à cette heure, tout le monde dort à Biettange, et même à l'auberge on ne nous ouvrirait pas. A notre époque, la confiance ne règne plus par ici. Malheur des temps ! comme dit Corbin ».

Autour d'eux, l'existence semblait suspendue et dormante, le grand silence des bois nocturnes les enveloppait étroitement, seulement troublé du bruit sourd de l'eau s'abattant sur les cimes. Et cela les berçait. Alors, accroupis dans les feuilles, la paille, ils sentirent leurs fronts lourds pencher vers leurs genoux fourbus, leurs yeux rougis se fermer malgré eux. La lassitude des derniers mois, des derniers jours, des dernières heures, les accablait, les écrasait. Une torpeur irrésistible les envahit subitement ; et, tous deux à la fois, épaule contre épaule, sous leur houppelande mouillée, ils s'endormirent assommés. Séguy se réveilla le premier. Il se tâta dans un reste de rêve, ne sachant plus où il était. Enfin la mémoire lui revint et la présence d'esprit. Il se leva, passa la tête au dehors. Il ne pleuvait plus, mais la nuit restait encore noire. La lanterne s'était éteinte pendant leur sommeil. Résigné, il revint s'asseoir à côté de son ami. Il l'entendait respirer, souffler fortement comme dans un cauchemar. Parfois des mots incohérents s'échappaient de sa bouche. Il en surprit quelques-uns : « Honte, infamie... » Il songea : « C'est pour Bazaine ». Puis après : « Fatalité... mauvais sort... vie manquée ». Il jugea : « C'est pour lui-même ». Puis encore : « Rosalba... la vie... la mort ». Il conclut : « C'est pour le spectre ! » Mais voici que le dormeur prononçait son nom : « Séguy », avec un autre : « Hélène » qu'il les mariait dans une phrase de renoncement suprême : « Sans moi... heureux ceux-là ! » Olivier tressaillit, s'intéressa ; mais encore Horace se taisait à présent, retombait au calme profond des repos sans fantômes, puis se mit à ronfler. Alors, le vicomte, assis dans les feuilles les genoux repliés, les coudes appuyés aux genoux et les deux mains aux tempes, réfléchit longuement à ce qu'il venait d'entendre. Jamais à Paris, jamais, pendant les trois mois d'une existence à tout instant commune, jamais, dans les heures lentes du bivouac, jamais en aucun temps, Horace n'avait fait allusion, paru le craindre ou même le soupçonner. Mais voici que son âme, affranchie par le rêve, soufflait à sa bouche inconsciente les vérités absconses, qu'elle découvrait les fonds obscurs de sa pensée. Et ces mots sans suite, significatifs pourtant, révélaient une hantise coutumière, une habitude de conceptions dont se troublait Séguy. Ainsi donc, Horace avait pénétré (depuis quand?) ce secret redoutable et n'en continuait pas moins à traiter comme un frère celui qu'il savait amoureux de la marquise Hélène.

Une aube livide, pointant sous le couvert, glissa jusqu'à la hutte, tira Séguy de ses réflexions. Puysan dormait toujours, il le secoua. L'autre bégaya des syllabes sans suite, bâilla s'étira, puis se mit sur ses pieds. « Bon Dieu ! j'étais bien loin, parti je ne sais où. — Vous aviez tort, observa Olivier gouailleur ; quand la réalité est si charmante, il faut s'y tenir. — Séguy, grogna Horace, vous vous fichez du monde. Allons, en route ! »

Dans le crépuscule gris, ils repartirent. Mais, dès les premiers pas, ils hésitaient déconcertés. En rentrant au taillis quelques heures plus tôt, ils ne s'étaient orientés en aucune manière ; et maintenant ils ne savaient plus de quel côté était Metz, de quel côté Thionville ; le nord, le sud? En plus, ils avaient dû tourner avec les sentes ; bref, ils étaient perdus. « Ça, c'est idiot ! prononça Séguy. La route n'est pas loin pourtant, nous n'avons guère mis plus de dix minutes à trouver la hutte des charbonniers. — Voilà ce qui n'est pas certain, répliqua Puysan. Nous n'avons pas regardé l'heure en arrivant. En sous-bois, on fait des cercles sans le savoir, surtout la nuit. Au petit bonheur ! Il faut sortir d'ici. »

Ils reprirent leur marche, appuyés lourdement sur deux branches ramassées sous leurs pieds. Mais ils avaient beau guetter dans les lointains l'éclaircie d'une lisière, la vision blanche d'une route, ils ne percevaient rien. Au contraire, autour d'eux la forêt s'épaississait, changeait de caractère, des chênes, des châtaigniers, remplaçaient les bouleaux et les hêtres : et d'immenses sapins feutraient la terre de leurs aiguilles jaunies. Le décor apparaissait plus tragique, plus sauvage, plus loin de l'homme et moins hanté de lui. Ils marchèrent une heure, puis une autre, exténués, fourbus, mourant de faim, rageant de leur misère, n'ayant qu'un seul désir : se dépêtrer, sortir de cette forêt maudite qui semblait enchantée, où rien ne les pouvait guider. Brusquement, Puysan, qui allait en tête, se pencha vivement ; dans une sente boueuse, des empreintes de sabots restaient profondément marquées. Plusieurs hommes étaient passés là, peu de temps auparavant. « Une piste ! dit-il à Séguy qui s'approchait, remontons-la, elle nous conduira toujours hors du bois, c'est le principal. » Séguy acceptait d'un signe de tête. Ils suivirent les traces ; dans un carrefour, elles se démêlaient, s'espaçaient, distinctes. Trois paysans avaient marché de front dans la terre grasse.

Soudain, Olivier poussa une exclamation triste, un « ah ! » de surprise douloureuse. Il avait posé son sabot dans une de ces empreintes, il adhérait parfaitement. Puysan comprit aussitôt, tenta l'épreuve à son tour ; son pied s'ajustait mal à une trace, mais exactement à une autre. Le Lorrain avait des pieds énormes, des sabots d'un calibre exceptionnel. « Nous marchons sur nos pas, conclut Séguy, nous revenons sur Metz, sur l'ennemi. — Au diable ! gronda Puysan, je n'en veux plus ! Autant crever tout de suite sous les balles que de misère dans cette forêt. »

Mais Olivier le raisonnait encore ; ce qu'il fallait craindre, éviter, c'était d'être pris, envoyés dans les camps d'Allemagne comme ceux de la capitulation. Et, encore une fois, tournant à droite, parce qu'ils ne tournaient pas à gauche, ils poussèrent au hasard, par les sentes étroites qui sinuaient devant eux. Enfin, la futaie diminua, le taillis reparut, la broussaille ; et, dans le grand jour gris des neuf heures du matin, ils débouchaient du bois sur un plateau désert en apparence qui montait à l'horizon. En haut, coupé dans sa moitié par les ondulations du sol, on apercevait un clocher et le coq de Saint-Pierre. « Les hommes ! dit Séguy. A Dieu vat ! Il faut trouver du pain ! »

Or, le village qu'indiquait ce clocher était Maizières, occupé par la 20e division allemande. Après une nuit de marche, la fatalité les ramenait dans les lignes prussiennes. Ils hésitèrent devant cette plaine vaste, inculte, d'aspect rechigné, morose, qu'ils sentaient, par intuition, cacher une menace. « Ce doit être Blettange, murmura Séguy dans un dernier espoir en désignant d'un geste las, brisé, la place du village deviné aux entours du clocher solitaire. « Allons ! dit Puysan, pile ou face, Français ou Prussiens, la vie ou la mort... mais quelque chose. »

Alors, ils s'avancèrent, enjambaient des ronces, sautaient des fondrières, et les pierres roulant sous leurs sabots les faisaient trébucher, exaspéraient la souffrance de leurs pieds meurtris. Deux cents mètres plus loin, ils distinguaient l'amas des toits de chaumes, les fumées sur les toits.

Brusquement, devant eux, surgissant d'un pli de terrain, parurent des casques à pointes, une section d'infanterie allemande, une patrouille, venant de leur côté. Avant de voir, ils avaient été vus ; déjà on les appelait ; on leur criait l'ordre d'avancer au ralliement. Ils auraient dû se souvenir des conseils du Lorrain, marcher droit à l'ennemi, faire la bête, baragouiner des explications confuses, jouer au naturel leur rôle de paysans ahuris, ils n'y pensèrent même pas. Leur premier mouvement fut de tourner le dos et de fuir, puisqu'ils étaient sans armes ; de chercher un refuge au couvert de leur bois. Oubliant la fatigue, ils s'étalaient droit devant eux, comme des loups traqués, par bonds, par élans furieux. Alors les fusils prussiens s'abaissèrent et cinquante coups de feu poursuivaient leur déroute. Séguy, à droite, à gauche, sentit siffler les balles. Près de lui, à dix pas d'intervalle, Puysan continuait sa course, encore indemne sans doute, le front baissé, les coudes au corps, les poings serrés. De la sorte, ils gagnaient enfin le taillis, le refuge, fonçaient éperdument par les fougères mortes. Autour d'eux, des balles cassaient des branches ; en arrière, la fusillade crépitait. Mais, soudain, sur une racine à fleur de terre, Puysan buta du pied et s'abattit lourdement. Séguy s'arrêtait aussitôt pour l'aider à se relever, il lui tendit la main : « Courage, vieux... » Mais l'autre, aplati sur la mousse, ne bougeait plus. « Horace »! Celui-ci fit un pénible effort, se retourna, la face au ciel. « Inutile, Séguy, c'est la fin... fuyez, vous. Je suis touché... à fond. Je meurs. — Vous

êtes touché, où cela, bon Dieu, où cela? »

Mais il n'eut pas besoin d'explication : Puysan avait écarté sa houppelande ; et sa veste de paysan apparaissait, déjà trempée de sang. Le triste amant de Rosalba, le plus triste mari d'Hélène put bégayer encore : « Frappé dans le dos, comme un lâche, en fuyant, quelle honte ! Olivier, approchez-vous... écoutez, souvenez-vous. Mon père... mes adieux... ma mère, aussi... Hélène... Olivier, je vous la confie, je vous la lègue... vous lui direz... C'est ma volonté... suprême... Vous vous aimez... je le sais... je vous la donne... qu'elle soit heureuse... enfin ! Votre main, Séguy... et jurez-moi... que vous ferez... ce que j'ai dit. — Je vous le jure, Horace !... mais non... ce n'est rien... je vais appeler... même ceux-là... on vous guérira... — Non... je meurs... prononça encore Puysan dans un râle très doux... d'ailleurs, ça vaut mieux pour tout le monde... pour moi aussi. »

Ce furent ses dernières paroles lucides. Sa face devint terreuse, ses yeux s'agrandirent démesurément, dans une fixité ; il essaya encore de soulever sa main pour désigner un point dans l'espace ; et, sous le délire, il hoquetait sourdement : « Oui, je te vois... te voilà... toi ! Tu viens boire mon souffle... Rosalba... Ro-sal-ba ! »

Et sur ce nom, il trépassait. Agenouillé devant lui, le soutenant dans ses bras, Séguy, fou de douleur et d'épouvante, ne voulait pas croire, l'appelait encore, essayait de ranimer cette chair sans mouvement où le cœur s'était tu.

Une lourde main se posa sur son épaule ; les Prussiens l'entouraient. Il ne les avait pas entendus venir. Il sursauta ; un lieutenant parlait : « Pourquoi avez-vous fui? qui êtes-vous?... Ah ! il a son compte, celui-là ! »

Comme ce lieutenant s'exprimait librement en français, Séguy entêté dans l'espoir, se tourna vers lui et, dépouillant toute feinte : « Monsieur, dit-il, nous sommes deux soldats échappés du camp de Metz pour ne pas nous rendre. Vous êtes soldat aussi, vous comprendrez sans doute?» Le lieutenant hocha la tête, et murmura : « Oui, c'est dur ! » Séguy continuait : « Ce blessé, mon ami, est le marquis Horace de Puysan ; je suis moi-même le vicomte Olivier de Séguy. Traitez-nous selon nos qualités, ce sera justice ; je réclame des soins pour M. de Puysan, quant à moi, je suis votre prisonnier. » Le lieutenant salua d'un geste bref et se présentait à son tour : « Je suis le baron de Roden... à votre service dans la mesure du possible. »

Il donna des ordres ; cinq minutes plus tard le corps du marquis de Puysan, couché sur une civière improvisée avec des branches et des fusils croisés, fut ramené vers Maizières. Derrière lui marchait Séguy tête basse, écrasé de chagrin, à côté du baron de Roden ; la troupe venait après.

Aux ambulances allemandes, un chirurgien jetait un coup d'œil rapide sur ce corps qu'on lui apportait et l'écarta d'un signe en disant : « Je ne ressuscite pas les morts. »

La mort de Puysan.

Cette fois, Séguy était convaincu. Puysan fut enterré en terre conquise, dans le petit cimetière de Maizières, tout au fond, près du mur. Il s'en alla seul à sa dernière demeure ; Olivier, mêlé à d'autres prisonniers de guerre, subissait le sort commun. Campé dans la boue, au milieu d'un cordon de sentinelles, l'arme toujours prête, quelconque parmi cent autres, il dormit trois jours comme une brute harassée, ne s'éveillant que pour boire et manger l'ordinaire des captifs ; et cette grossière nourriture lui parut délicieuse ; elle valait mieux que celle des camps français. Il reprit quelque force ; enfin, huit jours plus tard, avec les contingents disloqués de l'ancienne armée du Rhin, livrée sans coup férir par ce porc de Bazaine, — il partait pour l'Allemagne, à pied, dans un convoi interminable de vaincus aux yeux mornes, qu'escortaient des uhlans glorieux. La captivité commençait.

Au même temps, dans Paris assiégé, isolé du monde ; dans Paris trépidant, tumultueux, à bout d'angoisses, dix fois trompé, le peuple entier, sans distinction de classes, sentant battre un seul cœur dans ses millions de poitrines, rêvait de s'ensevelir sous ses décombres et d'étonner l'histoire en mourant en beauté. Sur l'empire écroulé, la jeune République se redressait guerrière, ardente à réparer les erreurs qu'elle n'avait pas commises, à venger des désastres immérités. Un monde nouveau remplaçait un monde ancien. C'était tout cela que l'on disait du moins.

Envolés, les parasites étrangers d'une cour trop facile, les exotiques, les cosmopolites, les duchesses italiennes, les comtesses allemandes, les princesses autrichiennes, les marquises espagnoles. Envolée la première, l'ambassadrice des plaisirs, sans rôle désormais dans un Paris en armes ; dispersés, les dandys, les gandins, les crevés, les beaux messieurs dorés de la fête impériale, les habitués des Tuileries, les valseurs de Saint-Cloud, les acteurs de Compiègne. Les uns ont passé les frontières, la peur au ventre ; les autres, les plus nombreux, réveillés brusquement, très surpris, un peu pâles, de comédiens devenus tragédiens, ont réclamé leur place dans les rangs des mobiles ou des compagnies franches.

Dispersés encore, les soldats chamarrés des anciennes parades, les corps d'élite, les cent-gardes, les guides, les dragons de l'impératrice, les lanciers du quadrille. C'est au son du canon à présent que l'on danse. Partis les premiers, sûrs de la victoire, moustaches au vent, derrière les musiques, les officiers de salon, qui se croient des stratèges, les généraux superbes, invincibles, d'Algérie, d'Italie, de Crimée, — hélas ! et du Mexique ! Ceux qui restent, nobles ou roturiers, sentent vibrer en eux l'âme du populaire, descendent dans la rue pour savoir des nouvelles et lire les dépêches affichées aux mairies.

Un jour, une rumeur d'abord, puis une clameur. « Qu'est-ce que c'est ? Que dit-on ? Bazaine s'est rendu sans combattre, Metz a capitulé ? Quelle sottise ! On devrait fusiller les gens qui osent prononcer ces mots-là. Ce sont des espions payés par les Allemands pour démoraliser les foules... Il y a cent cinquante mille hommes à Metz, trois maréchaux : Bazaine, Lebrun, Canrobert... rendus, ceux-là ? C'est un affreux mensonge ! » Mais la clameur redouble, s'enfle, grossit ; et dans ce hurlement d'une ville

en démence il faut bien reconnaître la voix de
la vérité. Une heure après, c'était l'insurrection,
l'hôtel de ville envahi, la bataille sur la place,
les coups de feu par les fenêtres.

Ce jour-là, en bas du quai de Gesvres, l'auteur de ce livre, collégien de quinze ans, en rupture de classe, curieux de l'émeute, — chassé
par une fusillade sans sommations préalables,
fila sous le cheval du commandant Bernard, des
mobiles bretons, et s'échappa par le pont d'Arcole en perdant un soulier.

Le rappel battait dans les quartiers du centre.

Le duc Guy de Puysan sortit de la rue de
Lille, à son heure ordinaire ; tous les jours il se
rendait à pied, avenue Joséphine, chez la marquise Hélène. Ce jour-là, il croisa dans sa route
des bataillons de gardes nationaux qui se portaient vers l'hôtel de ville dans un but incertain. La plupart criaient : « Trahison ! Trahison ! »

Le vieux gentilhomme les regardait défiler
avec une immense tristesse. Dans la colère de
ces citadins déguisés en soldats, il y avait autant
de vin que de patriotisme, car si les vivres, déjà,
devenaient rares, les diverses boissons ne
devaient jamais manquer. Plus loin, un groupe de
citoyens hurlaient la *Marseillaise* au seuil d'un
cabaret.

Quand il franchit le pont de la Concorde,
répercutés par les échos du fleuve, les feux de
pelotons des mobiles et des soldats de l'ordre
répondaient aux feux de pelotons des insurgés.
Pensif, le vieux duc s'appuya un instant contre
le parapet, écouta ce sinistre prélude des guerres
civiles imminentes. Il se sentait dépaysé, lui,
l'homme souriant des jours faciles, dans cette
ville épileptique, tremblante de honte, de rage
et de fureur, sous les coups répétés des catastrophes imprévues. S'il ne regrettait pas l'empire, il regrettait le passé ; la grandeur de la
France et la sécurité des relations lointaines. Il
avait trop vécu. Qu'allait-il voir encore ? Quel
personnage offrir à des temps nouveaux ? « Et
puis... Horace ? » Depuis des mois, il restait
sans nouvelles de son fils. Metz aux Allemands,
quel serait le sort des soldats livrés ? D'ailleurs,
Horace existait-il encore seulement ? Il soupira
profondément, et reprit son chemin, traversa la
place sous l'obélisque, et gagna les Champs-Élysées. Là, tout paraissait calme, par contraste.
Ce 31 octobre était doux, un ciel gris, léger,
doucement mélancolique. Sous les marronniers
d'où pendaient encore quelques feuilles rousses,
devant le Palais de l'Industrie, des enfants
jouaient sous les yeux de leurs bonnes. Un
symptôme pourtant : — des garçons de dix ans
élevaient des bastions, des remparts avec du
sable mouillé. Des bébés de trois ans, sans
comprendre, y apportaient la contribution de
leurs seaux pleins de terre ; les petites filles, en
boucles blondes, encourageaient ces terrassiers
volontaires, avec des airs très graves et des
paroles hautaines. Là aussi, un mot revenait :
« On ne se rendra pas ! » Comédie enfantine, à
trois pas du Guignol ; Puysan n'en put sourire ;
il pressa le pas.

Le long des allées, de vieilles gens, l'air inquiet tout de même, faisaient, pour raison de
santé, leur promenade coutumière. Vers l'Arc
de Triomphe, les voitures étaient rares, la
richesse avait fui. Ce fut en ressassant des idées
désolantes que le duc parvint à l'hôtel de sa
belle-fille. Comme toujours, la porte cochère en
était close ; les fenêtres des salles de réception
fermées ; la maison avait un aspect morne, laissait deviner son histoire. Hélène accueillait le
duc avec un empressement nerveux. « Est-ce
vrai ? Metz ? — Oui, hélas ! répondit le vieillard.
Bazaine s'est rendu. C'est la fin. »

Il y eut un silence gros de questions redoutables. La jeune femme reprit, d'une voix
sourde : « Et... pas de nouvelles ? — Rien.
J'ai été ce matin aux bureaux de la Guerre, on
ne sait pas. Rien. » Encore une pause. Enfin, le
duc rêvait tout haut, plutôt qu'il ne parlait :
« Horace et Séguy, s'ils vivent encore, seront
à coup sûr dirigés sur les prisons ou les camps
d'Allemagne. Quel calvaire ! » Hélène baissait
la tête. Elle murmura : « Oui, c'est affreux. »

Elle était changée, très pâle, les yeux moins
droits, moins purs ; elle semblait occupée de
sentiments complexes. Mais la nature de ces
sentiments, elle seule la connaissait. Elle offrait
les apparences d'un orgueil humilié ; parfois, à
certains mots, elle avait sur le front des rougeurs de coupable. Un souvenir la hantait sans
trêve, la torturait nuit et jour : — sa faute ;
cette faute que tous ignoraient, excepté son
complice ; celui qui, à présent, devait charger
nos lignes, sabrer nos bataillons dans les plaines
de France. Et, de cela même, la faute devenait
crime. Il y avait des moments, quand elle était
seule, surtout la nuit, où le remords en elle devenait si aigu, si lancinant, qu'elle criait dans
l'ombre en étendant les bras pour repousser
quelqu'un. Mais au sentiment de sa déchéance
s'ajoutaient encore d'autres misères d'âme. Elle
ne démêlait plus, dans sa pauvre raison, si elle
aimait encore... Oh ! de sa haine elle était sûre ;
mais, son dernier amour, à qui s'adressait-il ?
Parfois, elle souhaitait la fin de la guerre, le
retour d'Horace, imaginait un miracle qui lui
permît sans scrupule de se blottir encore une
fois dans les bras de son mari retrouvé, retrouvé
tout à fait ; guéri, lui aussi, des anciennes hantises ; ayant laissé le fantôme léger de la danseuse évanoui à jamais dans la fumée des canons.

Puis elle retombait à son désespoir. Quand
même Horace le voudrait, reviendrait sincèrement à elle, elle ne pouvait sans mensonge et
sans vilenie l'accueillir et lui tendre les mains.
Car, désormais, elle aurait, elle aussi, son spectre
toujours entre eux. Il fallait renoncer... Un
aveu ? non, jamais ! Comment espérer le pardon
des autres, elle qui ne se pardonnait pas ? Donc,
c'était le malheur, sans espoir d'un beau jour.
D'autres fois, elle songeait à Séguy avec infiniment de douceur ; elle lui gardait un souvenir
attendri, reconnaissait la grandeur, la noblesse
de son rôle ; car enfin c'était à lui qu'elle avait
songé d'abord en cherchant un complice pour
sa chute préméditée. Il avait refusé malgré son

immense amour ; car il l'aimait, elle le savait bien, celui-là, mais d'une affection presque religieuse, jalouse de son honneur autant que de sa beauté ; il aimait une Hélène sans tache... il ne l'aimerait plus, s'il savait par hasard? Horace, Olivier...? Mais, aussitôt, elle s'arrachait à ses rêves d'un avenir meilleur avec un peu de joie, replongeait aux abîmes de honte où elle se débattait sous des vagues d'effroi. Sa pensée y chavirait, perdue, et elle souhaitait la mort, qui délivre de tout, la mort rapide, la coulée au néant...

De nouveau, le duc parlait de sa voix lente, fatiguée, si différente de sa voix d'autrefois. Il disait : « Nous avons passé une nuit atroce... je ne suis pas superstitieux, pourtant il y a des choses étranges, qu'on n'explique pas. La duchesse a eu des rêves horribles, qui se sont continués en visions effrayantes quand elle s'est éveillée en sursaut. Elle voyait son fils mort au milieu d'un bois ; elle annonçait la ruine de la France, la chute de Metz et l'émeute à Paris. Or, Metz est rendu ; on se bat à l'hôtel de ville, la France est bien bas... pourquoi Horace ne serait-il pas mort? — Mon père ! mon père ! — C'est vrai, reconnut le vieillard, j'ai tort de dire cela devant vous... Je ne l'aurais pas dit autrefois... — Et pourquoi le dites-vous à présent? demanda la marquise, soudain anxieuse, en joignant les mains. — Parce que je crois que vous aimez moins Horace. Vous en avez le droit. Mais pour moi mon fils, c'est toujours mon fils, n'est-ce pas? — Je l'aime moins?... je l'aime moins, bégayait la jeune femme tout de suite épouvantée... qui vous l'assure?... Vous n'avez pas de raison... Je ne vois pas de motifs?... — Aucune raison... aucun motif... mais il y a des intuitions... pauvre petite... que voulez-vous? la vie nous a tous trompés. »

Elle se calmait un peu, avait eu peur (elle avait toujours peur) qu'une révélation surgît de l'inconnu ; que quelqu'un sût quelque chose. Mais lui, déjà parti derrière d'autres idées, ajoutait tristement: « J'ai de vilains pressentiments, moi aussi ; je crains que ma pauvre femme à bout de forces ne s'en aille un de ces jours au pays d'où l'on ne revient pas... Nous avons vécu peu d'accord ; mais comme tout cela s'efface quand sonne l'heure suprême ! — Mon père, vous vous alarmez trop vite... Mme de Puysan sera présente quand son fils reviendra... Vous serez encore heureux, vous ! — Je n'y compte guère, enfant ! Nous avons ri trop fort, chanté trop haut... Et les vieux s'en iront, sans revoir le soleil, d'un monde dévasté qu'ils ne comprendront plus... » Longtemps encore il s'exprimait ainsi par phrases désolées. Et ceux qui, jadis, avaient approché le beau duc de Puysan aux jours triomphants de son insolente jeunesse ne l'auraient certes pas reconnu à cette heure défaillante de vieillesse humiliée.

Les jours suivants tandis que le drame national montait, grandissait en horreur tragique, il revenait, fidèle, traînant ses pas lassés. Contre toute attente, la duchesse Adélaïde semblait encore une fois se rattacher à la vie ; mais sur les prisonniers de Metz, le silence persistait. Des bruits lamentables couraient, apportés de temps à autre par des journaux étrangers. Les soldats de Spicheren, de Borny, de Gravelotte, n'étaient plus qu'un bétail humain, un troupeau douloureux avec des âmes conscientes, traîné dans les prisons meurtrières d'Allemagne et soumis aux mépris des engagements signés, aux plus épouvantables misères. La famine et la mort les décimaient dans les camps de fortune où ils restaient parqués ; mort inutile, obscure, sans la joie des représailles et la gloire des combats. Ces journaux, de Londres la plupart, pénétraient dans Paris par fraude, parfois aussi sous le couvert des ambassades. Mais bientôt ceux-ci même firent absolument défaut. Dans un des derniers reçus, de Bruxelles celui-là, communiqué au duc de Puysan par un attaché à la légation américaine, se trouvait relaté, avec des détails dramatiques, la suprême aventure du comte Maximilien de Ferté, prince Paradeyser. Ce récit était intitulé : *Curieuse histoire d'atavisme. Influence des origines.* Cette « curieuse histoire » se terminait pas l'affirmation consolante qu'avant de mourir, le comte de Ferté avait pu expliquer la nature de son erreur et quelle hallucination lui coûtait la vie. Il était mort, disait-on, en bon Allemand, au milieu d'une imprécation lancée contre la France. Si le fait était vrai, sa fin prématurée couronnait noblement sa trop courte carrière ; il mourait en laideur comme d'autres en beauté. Puysan parcourut ce récit en haussant les épaules. Il se rappelait ce pantin des salons de l'Empire, « Max ! Max ! » il lui semblait encore entendre les voix suaves des belles dames quêteuses d'amour, courant après leur favori. Quel contraste ! Ce journal, comme tous ceux qui lui parvenaient, il l'emporta, le jour même, avenue Joséphine et, dès l'abord, il le tendit à Hélène. « Tenez, ici, troisième colonne : *Histoire curieuse d'atavisme*, lisez cela. On y parle de quelqu'un que vous avez connu. »

Elle s'émut aussitôt. Toute évocation du passé ne pouvait être que mauvaise. Dès les premières lignes, au nom du comte de Ferté, ses mains tremblèrent sur la feuille imprimée et ses yeux s'obscurcirent. Elle demeurait pourtant dans la même pose, dans une attitude de lecture attentive, cherchant l'énergie de se reprendre, le courage de dissimuler ses impressions. Le duc, bien loin de se douter du coup qu'il lui portait, parlait pendant ce temps-là. « Hein? Qu'en dites-vous? Le beau Max... ? »

Elle ne l'entendait pas. Enfin, dans un raidissement de tout l'être, un suprême effort de volonté, elle se retrouvait maîtresse d'elle-même, continuait, impassible en apparence, cette lecture qui la bouleversait. Vers la fin, elle eut un vertige. Il était mort ! lui, le seul qui sût !... Était-ce un bonheur, le pardon d'en haut? Elle ne savait plus ; machinalement, elle plia le journal, le rendit au duc. Celui-ci reprenait : « Et dire qu'à la cour, toutes en étaient folles, de ce joli monsieur. Elles se pâmaient à ces lantiponnages, ne juraient que par lui. Je voudrais bien savoir ce qu'elles pensent à présent. »

Hélène sentit la nécessité de parler à son tour. Elle affermit sa voix, prononça lentement : « La mort efface tout... C'était à coup sûr un odieux personnage ; il a payé ! — Oui ! fit Puysan... mais ce n'est pas trop cher. Quand je songe, oui, c'est ainsi, Hélène, quand je songe qu'à Compiègne, je fus inquiet parfois en le voyant sans cesse tourner autour de vous... Ne m'en veuillez pas de cet aveu... Tant d'autres avaient cédé... et vous aviez tant d'excuses à mal faire... » Elle put sourire. « Oh ! moi vous le savez, je ne suis pas comme les autres. — Heureusement ! j'en connais quelques-unes qui feront de vilains rêves, cette nuit, si elles ont lu cet article... — Elles ne sont pas à plaindre, répondit durement la marquise, tant pis pour elles ! Et qu'est-ce que cela devant le désespoir des mères sans enfants, des veuves sans amour ? »

Elle se faisait farouche d'austérité, de morale, avec la crainte de ne pas montrer encore assez d'énergie dans son rôle, de laisser une porte ouverte au soupçon. Mais son beau-père, qui, jadis, riait quand on parlait de la vertu des femmes, aurait gagé sa vie sur la vertu d'Hélène. Il la quitta sans avoir remarqué son trouble, et partit en oubliant son journal sur une table. Aussitôt seule, d'un geste brusque, la marquise de Puysan ressaisit cette feuille, se laissa tomber sur une chaise et s'absorba dans une nouvelle lecture. A présent, sans témoin, les mots ne dansaient plus devant ses yeux ; elle les pesait tout bas, les répétait tout haut. Au passage où Ferté, au cri de *Werda ?* répondait *France !* et tombait frappé de mort sous les balles prussiennes, elle éprouvait à la fois une sourde terreur et un soulagement. Elle s'y arrêtait, fascinée par les lignes, par les phrases. Puis, elle laissa choir le journal, grand ouvert, à ses pieds. Il était quatre heures du soir ; au jour gris de novembre se mêlaient les premières ténèbres, l'avenue était déserte ; aucun bruit au dehors, aucun bruit au dedans. Brusquement, dans ce crépuscule où se fondaient déjà les meubles du salon, elle frissonna, se leva toute droite, les yeux vides, les mains vaguantes ; et elle répétait, d'une voix sinistre, lointaine, la phrase de Puysan : « *J'en connais quelques-unes qui feront de vilains rêves cette nuit !* Oui... oui... J'en connais une, moi ! Je la connais bien... je suis seule à la connaître. C'est une gueuse qui ment depuis deux ans... qui vole l'estime, ses dernières affections... depuis deux ans... 17 novembre... oh ! Dieu ! c'est aujourd'hui ! C'est aujourd'hui l'anniversaire... exactement, ce soir, la nuit prochaine... L'an dernier, à cette date, j'ai pleuré toute la nuit... Cette nuit... que vais-je voir ? Horace et Rosalba... vais-je avoir... l'autre ? Mais c'est à devenir folle, à se tuer de ses |mains... Et je suis seule, seule ! sans un refuge, sans abri, sans quelqu'un qui me prenne dans ses bras pour me protéger... »

Elle s'interrompit, essoufflée, regardait autour d'elle. Dans le fond de la pièce envahie d'ombre, elle crut voir remuer une forme distincte. Elle se redressa ; et, d'une voix démente, elle criait : *Werda !* Puis elle éclata de rire, d'un rire affreux, strident, qui n'en finissait plus. Une servante inquiète, qui apportait des lampes sans avoir été sonnée, la trouva tombée sur le tapis, tremblante, claquant des dents, la tête perdue. On la releva ; ses domestiques voulaient aller chercher le duc de Puysan, elle le leur défendit ; elle entendait être seule ; s'enferma dans sa chambre ; et cette nuit, — deuxième nuit anniversaire de sa chute, de sa honte, — elle la passa sans doute dans des transes horribles qu'elle n'a pas racontées...

Puis les jours succèdent aux jours, les semaines aux semaines, les mois aux mois ; les chagrins personnels, les remords de conscience, tout est noyé dans cette mer montante de désastres sans nom. Le 27 décembre, Paris est bombardé ; c'est la famine, on mange du cheval, du chien, du chat, — du rat aussi ; le pain devient rare, et quel pain ! fait de paille, de son, de sable, — de farine jamais ; 300 grammes par jour, par habitant. Le 6 janvier, sur les quartiers excentriques, commencent à pleuvoir les obus allemands, puis le tir avancé pénètre jusqu'au cœur de la ville ; mais le gouverneur de Paris déclare qu'il ne capitulera pas ; et ce jour-là, ce gouverneur est populaire, approuvé par la foule. Le 22 janvier, encore une émeute ; encore des coups de feu autour de l'hôtel de ville, que, de nouveau, les mobiles dégagent et protègent. Mais, entre le peuple et le gouvernement, le désaccord s'accentue.

Le gros des citoyens réclame la guerre à outrance, une sortie en masse, une trouée furieuse, désespérée ; en haut, les chefs, désabusés, penchent pour un armistice, préliminaire d'une paix à tout prix... Après Metz, c'est Paris, pourtant avec plus d'honneur, qui dépose ses armes devant l'ennemi triomphant. Une stupeur ; un peuple abasourdi qui se cherche et ne se connaît plus. Où est la France ? Et, subitement, l'explosion : 18 mars, journée des barricades, premiers assassinats ; le général Lecomte, l'ancien commandant en chef de la garde nationale Clément Thomas, sont fusillés sur les hauteurs de Montmartre ; le gouvernement, les administrations légales, au milieu des troupes régulières, se retirent à Versailles. L'insurrection gagne de rue en rue, de quartier en quartier ; la Commune est maîtresse de la ville, le drapeau rouge hissé sur les palais nationaux ; la terreur règne. Pour venger les blessures reçues de l'étranger, Paris se frappe lui-même. Paris est ivre, Paris est fou. Sombres jours ! Les sentiments les plus généreux mêlés aux instincts les plus vils ; les derniers patriotes enrôlés avec des bandits ; des rêveurs qui divaguent ; des ambitieux qui calculent ; le peuple qui boit ; la fièvre obsidionale a brûlé les cerveaux, l'alcool les détraque ; il y a des braves gens dans cette canaille ; des canailles dans ces braves gens ; puis, la vision du juste se déforme, du vrai se transpose, et du bien s'abolit. Où est la justice ? Où est la vérité ? Où est le devoir ? Autant d'énigmes. Rossel vaut bien Trochu ; mais Rigault, quoique brave, est un dément furieux.

Pendant deux mois, un carnaval tragique emplit la ville saoule ; et nul ne pourra dire après comment il a vécu. Et, cependant, c'est un printemps radieux, les lilas poussent ; il fait bon au plein air, ce qui favorise les parades tintamaresques des bataillons bigarrés.

« A bas Versailles ! Vive la Commune ! »

Des femmes, des enfants sont de la fête. Une force immense circule et s'épanouit : « Pourquoi ne l'a-t-on pas lâchée contre l'Allemagne ? » Et c'est le grand grief qui rallie les cœurs honnêtes. On aurait tout mangé ? Peut-être ! En tout cas, c'eût été un beau chapitre dans l'histoire de Paris. Le dernier ? Non, sans doute. L'espoir était permis ; on eût créé l'exemple et, même encore vaincus, la gloire nous restait. Mais après Sedan, après Metz, les dieux voulaient Paris ; ils aiment le nombre impair. C'était écrit...

Le 19 mai, la duchesse Adélaïde, qui, depuis des mois croyait, chaque matin, voir se lever son dernier jour, s'éteignit sans souffrance, au milieu de l'après-midi. Sa fin fut belle. A son mari désespéré qui lui tenait la main, elle dit sans emphase : « Adieu, Guy ! vous ne saurez jamais combien je vous ai aimé. Peut-être ai-je été sévère parfois ; mais c'était, croyez-le, par excès de tendresse. Il y a eu des malentendus entre nous ; pardonnez-moi comme je vous pardonne. Et puis, mon pauvre ami, les plus à plaindre sont ceux qui restent au temps où nous vivons... Je ne vous dis rien pour Horace, car Dieu m'a révélé qu'il était mort, et c'est dans le sein de Dieu que je vais le retrouver. Qu'Hélène se console, si elle peut... Elle a beaucoup souffert, ayant mieux mérité... Pour vous... je le répète, ma dernière pensée. »

Puis elle divagua quelques minutes, prophétisa l'incendie de Paris, des ruines immenses, la France en deuil, et mourut chrétiennement, les yeux fixés sur le grand crucifix cloué dans son alcôve.

Hélène, prévenue trop tard, arriva quand la mort avait fini son œuvre. Elle trouva le duc agenouillé devant le lit de sa femme, pleurant, avec des larmes sincères, celle qui, pendant trente-cinq ans, l'avait si mal compris. Il n'était pas éloigné de croire à présent qu'elle et lui s'étaient réellement aimés. Il y a de ces erreurs sentimentales qui rachètent bien d'autres erreurs dans notre triste humanité.

Or, si, jadis dans des songeries crépusculaires, la duchesse Adélaïde de Puysan, née d'Urgel, s'était jamais complu à se représenter quelle serait, au jour marqué, l'ordonnance fastueuse de ses obsèques princières, le char au baldaquin empanaché, traîné par quatre chevaux noirs ; les écussons doublement couronnés ; les voitures du gala funèbre ; le cortège recueilli de la noblesse de France, l'escortant, pieusement, avec des fleurs sans nombre, à sa dernière demeure, ainsi qu'il convenait à son rang, à son titre, à l'ancienneté de sa race, à la gloire de ses noms, rien de tout cela, par ces heures de tempête, ne figura dans la réalité. Tout étalage de luxe, même mortuaire, eût été dangereux au milieu d'un peuple exaspéré. Par prudence administrative, l'enterrement des riches se pratiquait comme l'enterrement des pauvres. D'ailleurs, les prêtres se cachaient aux derniers moments de la Commune agonisante.

Ce même jour, les otages étaient fusillés à la Roquette. Les Versaillais entraient dans Paris.

Ce fut sans fleurs, sans couronnes, sans cortège, dans un corbillard de dernière classe, que la dépouille humiliée de la fière duchesse s'en alla de son hôtel vers le Père-Lachaise, où dormaient ses aïeux.

Puysan avait interdit à Hélène de suivre,

L'enterrement de la duchesse de Puysan.

même en fiacre. Il craignait l'hostilité des rues devant la grâce indéguisable d'une telle aristocrate. Mais lui, retrempé par l'occasion, il suivit seul, à pied, le cercueil de sa femme. Et pour cette cérémonie, il avait revêtu l'habit de cour, portait au col le cordon rouge des commandeurs et, sur la poitrine, la brochette étincelante des ordres étrangers. Tout droit, tout blanc, le monocle dans l'œil, un œil rougi, il s'en fut au devoir comme à la parade, sous un soleil splendide qui l'éclairait à cru. Par les rues longues, les quais, et d'autres rues, les boulevards, il marchait découvert, tête haute. Sur son passage, on s'étonnait. Il y eut des murmures, des coups de sifflet. Rien ne l'émut.

Et telle est cependant la puissance des attitudes sur la mobilité des foules qu'aux barricades du boulevard du Temple, sous le drapeau rouge, les insurgés présentèrent les armes à ce cercueil sans nom qu'escortait, solitaire, ce vieillard chamarré. Un tambour battit au champ. Ce furent les seuls et les suprêmes honneurs rendus à la duchesse en route pour le tombeau.

Deux jours plus tard, selon ses prophéties, Paris brûlait d'un bout à l'autre. L'armée de Versailles, saoule aussi, commençait, rue par rue, les tueries méthodiques ; et du sang sur du sang s'étalait sur les places. La rue de Lille, incendiée des premières, flamba sans secours, sans espoir. Le duc de Puysan quitta le dernier son hôtel et s'en fut demander un refuge à sa fille, la marquise Marie-Hélène. Elle l'accueillit avec transport. Si brave qu'elle fût, elle penchait à la peur. Partout, c'était le bruit de la bataille, le canon, la mitraille, la fusillade incessante, et parfois de grands coups sourds annonçaient des écroulements. Cela dura huit jours ; puis le calme se fit sur la cité sanglante. Les uns étaient morts, les autres las d'avoir tué.

Mais, à peine installé avenue Joséphine, le vieux duc, épuisé de chagrin, toujours sans nouvelle de son fils, concluant à sa mort lui aussi, sentit ses forces décliner jusqu'à l'irréparable. Maintenant il se répétait sans cesse dans des propos sinistres : « Oui, Horace avait été tué... Séguy aussi... l'un à côté de l'autre peut-être, en braves enfants... Oui, c'était ainsi, sans quoi l'un ou l'autre aurait écrit... Sur dix lettres, une arrive, même de Lorraine, même d'Allemagne, à travers les armées, les blocus et la guerre civile... Il n'y avait plus rien à attendre. On ne saurait jamais. » Il ne se préoccupait plus d'attrister Hélène ; il n'y pensait pas. D'ailleurs est-ce que tout le monde ne pleurait pas à présent? Alors, leurs tête-à-tête devinrent lamentables ; un vieillard, une femme... veuve sans doute, avec des remords et un cœur incertain. Car, en elle, continuaient les angoisses et les alternatives. Quand le duc affirmait qu'Horace et Séguy étaient morts, elle se révoltait, souffrait à cette idée, sans savoir pour lequel elle s'alarmait le plus. Horace, c'était sa jeunesse, ses fiançailles, les premiers temps heureux ; mais elle l'aimait moins, non plus parce qu'il l'avait si longuement délaissée, mais parce qu'elle se sentait coupable envers lui. Dans ce mari, elle redoutait un juge ; ou bien il lui faudrait mentir éternellement, et elle doutait de ses forces dans ce rôle inconnu. Séguy, Olivier? il n'y avait rien entre eux qu'une idylle très pure, et elle l'estimait plus qu'aucun homme au monde. Horace? Olivier? Elle ne pensait jamais à l'un sans penser à l'autre. A la fin, elle en arrivait à les confondre dans un seul personnage, synthétisant l'absence et l'éternel regret, une somme de bonheur qu'elle aurait pu avoir et qu'elle n'avait pas eue. Pauvre âme, dégondée, égarée, incapable de se ressaisir, cherchant plutôt à s'échapper d'elle-même pour n'avoir pas à se mépriser...

Dans Paris pacifié par l'horreur on revenait, pourtant ; peu à peu reparurent les survivants du désastre ; ceux qui s'étaient battus rentraient tête haute, malgré l'affront, certains de leurs cœurs ; ceux qui, au premier boute-selle, avaient gagné l'Angleterre, la Belgique ou la Suisse, avaient fui, n'importe où, mais plus loin, se glissaient chez eux sans bruit et sans ostentation.

Mais il était disloqué, tronçons épars, ne sachant où se rallier, l'ancien monde joyeux de la cour impériale... La plupart espéraient une restauration, le retour des souverains, au moins une régence, le trône conservé au jeune prince, *au petit prince*. Ceux-là, en mettant les pieds dans la ville, humèrent un air nouveau qui leur parut malsain. Tout était changé, bouleversé, les Tuileries brûlées paraissaient symboliques ; le présent avait fait table rase du passé ; le nom de Napoléon ne se prononçait plus qu'avec exécration ; et la haine en était à ce point vigoureuse que pendant quinze années la gloire fulgurante du premier Empire sombra, noyée, engloutie, sous la honte du second qui ruinait la France. Les plus fidèles, les plus fervents, les plus dévoués durent renoncer au rêve d'un retour dynastique. C'était la fin d'un régime déchu. Alors, désorientés, sans drapeau, sans capitaine, ils se tournaient vaguement du côté du comte de Chambord ou des princes d'Orléans. Tout plutôt que la République, cet accident honteux. L'avenir se chargea de leur répondre. Puis on vit reparaître à leur tour les revenants d'Allemagne, les prisonniers français, délivrés par le traité de Francfort ; misérables, exténués, les yeux caves, souriant d'un sourire étonné, lointain, ils prolongeaient leur hébétude, étourdis par la liberté. Ils avaient tant souffert *là-bas*, avaient si bien cru y rester, comme les camarades... tant de camarades !

Un jour de juin, vers une heure, comme le déjeuner finissait, à l'hôtel de l'avenue Joséphine, un homme vint sonner d'une main maigre et nerveuse. Bien qu'il fût revêtu d'habits élégants à la mode pourtant de l'année précédente, ganté, verni, son aspect demeurait pitoyable. Etait-il jeune ? Peut-être ; mais si maigre, si terreux, si délabré, qu'il n'avait plus d'âge, plus de condition, un vagabond dans des habits volés, un spectre de carnaval, personnage sans nom. Il s'appuyait lourdement sur une canne de dix louis, comme un chemineau sur la branche coupée en route. Il remit au domestique une carte armoriée et fut s'asseoir, car il tremblait debout, sur un fauteuil dans le salon d'attente. Quand la carte lui fut remise, le duc était encore à table avec Marie-Hélène. Aussitôt, il poussait un grand cri et se levait, livide : « Séguy ! Séguy ! qu'il entre ! vite, faites entrer ! »

Hélène, dressée aussi, regardait la porte avec des yeux hagards. Il entra... Etait-ce lui? Mais déjà Puysan marchait vers lui, bégayait, les mains tendues : « Mon fils? Mon fils? Horace? Où est-il? qu'en avez-vous fait? » Séguy recula ;

la tâche était trop lourde pour cet être épuisé. Il balbutia : « Quoi? vous ne savez pas?... J'ai écrit dix fois ! » Hélène put dire : « Rien reçu... rien. » Mais le vieux duc râlait, dans une supplication : « Horace? Dites tout ! » Séguy baissa la tête, une larme coula sur sa face creusée. C'était répondre. Deux voix à la fois hurlèrent : « Mort ! Mort? — Dans mes bras... il y a huit mois !... »

Il y eut un silence d'écrasement. Le duc, retombé sur son siège, demeurait tête basse, plus un mot ; mais sa mâchoire tremblotante racontait son désespoir. La marquise restée debout, les yeux fixes, la bouche ouverte, pleine de sanglots, bouchonnait sa serviette dans ses dix doigts crispés. Mais le vieux gentilhomme par un soudain retour d'énergie admirable, renfonçant sa douleur, affermissait sa phrase : « Asseyez-vous, monsieur, et puis dites-nous comment mon fils est mort. »

Alors, Séguy, cherchant ses mots, des douceurs d'expression à l'usage des souffrances, évoquait Metz, la rage des vaincus comme Horace et lui-même ; leur volonté commune d'échapper à la capitulation par tous les moyens, la sortie du camp, le paysan Corbin, la marche dans la nuit, la lutte du charbonnier, l'errance dans la forêt ensorcelée sous la pluie agressive, enfin leur débouché dans la plaine fatale, les Prussiens, la fuite vers les bois, sous la fusillade, et la mort résignée du marquis de Puysan.

Les deux autres l'écoutaient, haletants, sans interrompre ; parfois une exclamation sourde leur échappait pourtant. Un nouveau silence marqua la fin du récit. Enfin, le duc murmura : « C'était le dernier Puysan, la race est éteinte ; mais le dernier Puysan est mort en soldat, en gentilhomme, pour la France. L'honneur reste. »

A présent, la tête dans les mains, Hélène sanglotait. Séguy reprenait : « Il m'a chargé de ses adieux... pour vous tous... pour son père, pour sa mère. — Elle est morte en annonçant que son fils était mort. — ... Pour vous, madame, ajoutait Séguy ; mais il ne révéla pas les dernières pensées du moribond, n'avouait pas encore la mission sentimentale dont il l'avait chargé pour la triste marquise. Surtout, il cachait soigneusement les navrantes paroles : « Je meurs... ça vaut mieux pour tout le monde... pour moi aussi... » plus soigneusement encore le salut suprême au spectre de Rosalba. « Olivier, prononça tout d'un coup le duc en tendant les deux mains au jeune homme, vous avez été le seul ami de mon fils ; vous avez combattu avec lui ; vous l'avez tenu expirant dans vos bras... Olivier, merci mon enfant... merci !... Écoutez, j'ai peu de temps à vivre... C'est le dernier coup... certes, j'avais prévu... après tant de silence... mais on espère toujours, n'est-ce pas? Oui, c'est la fin... je m'en irai bientôt derrière mes aimés... juste ciel, heureusement que l'on meurt !... Mais d'ici là, je vous en prie, je vous en supplie, ne m'abandonnez pas... Revenez ici, souvent... tous les jours, pour que jusqu'au dernier moment j'entende parler de lui... d'Horace... de mon fils... »

Cette fois, les nerfs vaincus, il pleurait ; pleurait comme un enfant, la face congestionnée, baissée sur sa poitrine soulevée de hoquets spasmodiques. Hélène, écroulée dans sa chaise, le corps renversé en arrière, les bras pendants, les yeux fermés sur ses larmes, souffrait les mêmes déchirements, avec la honte en plus. Ce mort, elle l'avait trompé. Dans tous ses souvenirs, il y avait de la boue. Sa douleur même ne pouvait être pure. C'était la punition.

Comme jadis à l'hôtel de Puysan, à présent ruiné, calciné, Olivier de Séguy revint chaque jour, à la chère maison de l'avenue Joséphine, qui, désormais, s'appelait avenue Marceau. Tout l'y attirait : ses promesses au duc devenu d'une exigence sénile et maladive, son amour fidèle pour Marie-Hélène, jamais oublié, encore accru maintenant par les rencontres journalières. Quelque temps qu'il fît, pluie ou vent, soleil ou orage, il s'y faisait conduire ; et, pourtant, il restait débile encore, conservait son allure hésitante d'échappé du tombeau ; mais il considérait ses visites, d'abord comme un devoir, puis, aussi, comme le seul remède aux stupeurs persistantes. Entre Puysan et Hélène, il devait, sans trêve, sinon sans fatigue, évoquer les aventures de guerre où Horace avait joué un rôle. Le duc n'était jamais las de ces récits monotones, réclamait parfois des répétitions. La marquise écoutait en silence ; si le récit pour elle était déjà connu, elle se désintéressait peu à peu ; et, les yeux mi-clos, considérant Olivier, elle se laissait aller à ses réflexions. Elle interrogeait sa conscience, cherchait à voir clair dans la mêlée confuse de ses sentiments. Elle n'y parvenait guère, s'agitait avec incertitude, sans arriver jamais à une conclusion. Certes, la fin tragique d'Horace, bien que souvent prévue, avait bouleversé dans une crise physique sa chair déjà chancelante ; mais, en perdant ce mari, elle ne subissait pas la rupture violente de deux existences liées ; ce mari, depuis des ans, habitait dans la nuit des lointaines absences ; et si, longtemps fidèle aux souvenirs heureux, elle avait, des années, désiré son retour, elle n'en avait pas moins désappris à la longue la douceur quotidienne des affections coutumières qui fait, de la disparition d'un être cher, un vide continuel qu'on ne saurait combler. Sa vie avait été perdue par la faute de ce mari, et si encore, dans une heure de délire, elle ne s'était pas vengée des autres sur elle-même ; sans sa chute odieuse aux bras d'un Ferté, elle n'aurait à conserver de ce passé lugubre qu'une conscience de victime qu'un accident libérait. Elle eût pu espérer un autre avenir compensateur ; se laisser aller à un nouvel amour, sans le chercher bien loin ; oublier les temps finis comme un long cauchemar et s'élancer, les bras ouverts, à la rencontre d'un bonheur qui lui était bien dû. Mais le rappel aigu de son indignité démentait de telles espérances. Une autre eût dit : « Personne ne sait rien, c'est comme si rien n'avait existé. » Mais, inexorablement juste et loyale, malgré son éphémère erreur, elle ne concluait pas ainsi. Par la faute d'Horace encore, elle ne se reconnaissait plus le droit moral d'aimer Olivier. Et pourtant depuis longtemps son cœur penchait vers lui ; et à présent, qu'elle le voyait tous les jours, cette inclination devenait plus instante... Alors, entraînée dans ce tourbillon de pensées contradictoires, elle ne savait plus ce qu'elle voulait, où elle allait, ne savait plus rien si ce n'est qu'elle était infiniment malheureuse.

Un matin de septembre, Séguy fut prévenu que le duc de Puysan paraissait plus mal et l'appelait à lui. Il y courut. Devant Marie-Hélène angoissée, le vieillard l'accueillait par de graves paroles : « Mon cher enfant, je sens que c'est la fin... ne vous récriez pas... j'en suis heureux. J'ai soixante-dix ans, et si j'ai ri jadis, j'ai tant pleuré depuis !... En m'en allant, une seule chose m'inquiète et m'attriste, laisser Hélène seule, sans soutien, sans protection. »

Puis, s'adressant à la jeune femme, il ajoutait : « Ma pauvre fille *ma belle fille*, vous savez ? comme autrefois... le nom de Puysan ne vous a procuré que des peines... Je vous remercie de l'avoir, envers et contre tout, si fièrement porté... (Hélène baissa la tête). Mais, à votre âge, il faut se dire que le chemin est encore long et qu'il est dur de marcher toujours seule... Marie-Hélène, marquise de Puysan, si vous exaucez mon dernier vœu, vous tendrez votre main à l'ami que voici... (Les deux jeunes gens tressaillirent et se regardèrent avec des yeux troublés) au vicomte Olivier de Séguy, que je charge de votre bonheur ici-bas. Je sais depuis longtemps qu'il est homme à vous plaire et que son cœur est plein de vous... Je sais qu'il est loyal, car il a caché son secret ; je sais aussi qu'en vous confiant à lui je répare, dans la mesure des choses humaines, les misères d'âme, les souffrances profondes que nous vous avons causées et dont je vous demande pardon, au nom d'Horace comme au mien. Répondez, mes enfants ! »

Marie-Hélène, éperdue, balbutiait des mots vagues : « Plus tard... est-ce l'instant ! » Mais Séguy parlait à son tour, d'une voix mal affermie : « Merci, mon vieil ami... de tout ce que vous dites. J'avoue... et je suis prêt. Et puisque nous en sommes à l'heure des révélations graves, je vous dirai qu'Horace, en mourant, a fait le même vœu et m'a légué sa femme. — Oh ! Dieu ! fit Hélène tout bas. »

La face déjà jaunie de Puysan s'éclaira d'une dernière lueur. « Vous voyez bien, Hélène ?... il faut nous obéir. Tous les Puysan sont d'accord pour vous dicter le devoir qui est la vérité. — Mon père ! mon père ! je ne dis pas non... je ne sais pas... peut-être... Mais, je vous en prie, écartez ces idées... Vous vivrez encore... Vous n'allez pas me laisser seule au monde... » Le duc, levant un doigt qui désignait Olivier, répondit dans un souffle : « Vous savez bien que non ! » Il s'affaiblissait encore, pris de suffocations. C'était d'une lésion au cœur qu'il mourait ; de ce cœur qui avait tant battu pour la gloire des femmes et qui s'était brisé sous les coups du destin.

En silence, les deux étranges fiancés le considéraient, rejetant à plus tard les autres intérêts. Un médecin vint, parla d'espoir, fit prendre au moribond une potion calmante et se retira visiblement attristé. Le duc s'endormit d'un sommeil paisible ; il articulait vaguement des mots dans son dernier rêve : « Quel voyage !... là-las... la nuit ! »

Il ne s'éveilla plus, expira sans secousse ; et il y avait peut-être une heure qu'il était mort quand on s'en aperçut.

Derrière son cercueil couvert de ses croix, de ses ordres, au milieu des roulements de tambour des armes présentées, toute la vieille noblesse, tous les anciens des Tuileries, débris d'un ancien monde à jamais disparu, marchèrent, tête nue, recueillis, avec ce sentiment que c'était dans la personne du duc encore un lambeau de l'Empire qui s'en allait ; on rappelait sa triomphante jeunesse, sa vie éclatante ; on s'attristait sur le sort de cette noble famille éteinte... Et puis, on parla d'autre chose. Mais, au contraire de la duchesse Adélaïde, le duc Guy de Puysan, s'en allait en grandeur, dans une pompe théâtrale où ses amis se complaisaient ; car c'était aussi bien une protestation du passé contre le présent, un *impérial* ou *royal* défilé par les rues de la *République*.

Trois jours plus tard, Olivier de Séguy se présenta chez la marquise Hélène. « Je vous attendais, lui dit-elle simplement en lui tendant la main. »

Dans ses vêtements noirs, elle paraissait infiniment triste, ce que ses deuils expliquaient facilement ; mais, en plus, aux yeux d'Olivier, elle offrait un trouble douloureux dont la cause était autre. Il s'en aperçut, ne s'en étonna pas puisque, sans qu'elle le sût, il était renseigné. Elle reprenait : « Je vous dois une réponse, des explications... — Soit ! dit-il... mais est-ce bien nécessaire ? — Plus que vous ne croyez. Peut-être, fit-il encore. »

Pendant ces trois jours, il avait pesé son cœur, il était sûr de lui. Malgré cette faute dont il avait surpris le secret, il aimait passionnément Hélène, n'acceptait plus la vie sans elle à ses côtés. Cette faute, il l'excusait, la pardonnait, avait assez plaidé en lui-même le pour et le contre pour s'être fait enfin un jugement définitif. Il absolvait. D'ailleurs, le seul vraiment coupable n'était plus de ce monde. Peu de temps après son retour, un jour, le duc de Puysan avait raconté la fin tragique du prince Paldeyser. Dès les premiers mots, ce jour-là, Hélène s'était retirée. Séguy avait compris cette fuite soudaine. Mais, à entendre dans la bouche du vieux duc le récit de la sombre aventure, il avait ressenti un grand allégement d'âme. Les balles prussiennes, avaient renversé le dernier obstacle subsistant entre Hélène et lui. Ayant absous, il se livrait entier à sa passion montante. Une ombre pourtant l'attristait encore : Hélène, elle se donnait à lui, avouerait-elle sa douloureuse erreur ? Il souhaitait qu'elle avouât, il la désirait loyale, sans arrière-pensée ; mais, si elle se taisait, il l'aimait trop pour s'arrêter dernier scrupule, l'accepterait malgré son implicite mensonge, et se tairait aussi. Tout de suite, il comprit que le moment souhaité et redouté de la confession était enfin venu. Hélène disait : « Monsieur de Séguy, mon mari, mon père m'ont léguée à vous ; vous avez paru souscrire à cet étrange testament ; mais ni mon père ni mon mari ne connaissaient ma vie tout entière. Et, malgré qu'il m'en coûte, je vous prie aujourd'hui d'oublier l'expression de ces volontés dernières, de renoncer à moi, sans insister, par grâce... (Elle prononçait ces mots avec une lassitude profonde et en fermant les yeux), car il n'est très pénible de vous faire un chagrin, mais il est des choses impossibles... impossibles... impossibles... irréparables aussi ! »

Olivier se leva, lui prit les mains, bien qu'elle s'en défendit ; et, penché vers elle, il prononçait d'une voix très grave mais qui tremblait un peu : « *Hélène* (c'était la première fois qu'il l'appelait ainsi) Hélène, m'aimez-vous? Soyez franche... Il faut dire la vérité. » Gênée, par son regard, elle avouait, confuse : « Je vous aimerais si je le pouvais, s'il m'était permis d'aimer encore... mais... — Pourquoi cela ne vous est-il plus permis? — Ah ! Dieu !... mais non... de quel droit m'interrogez-vous? »

Il n'hésita pas, repartit d'une haleine : « Du droit de mon amour ; parce que je dois agir ainsi. Écoutez bien. Voici quatre ans que je ne pense qu'à vous. Oui, quatre ans, c'est comme cela. D'abord, c'est vrai, en image, en rêve. Horace, en Asie, m'avait tant parlé de vous, vous avait tant de fois dépeinte, que vous me hantiez déjà. Car Horace était un grand cœur fourvoyé, un cerveau halluciné, une âme plus malheureuse que coupable. Ensuite, à Paris, aux Tuileries, vous le savez, — enfin, à Compiègne (Hélène se cacha la figure dans les mains), puis, partout, toujours, au milieu des batailles, dans les camps de Metz, dans les prisons d'Allemagne. Si j'ai survécu, si j'ai eu le courage, la force, la volonté de résister aux misères de là-bas, c'est parce que votre souvenir me suivait, me hantait, et me criait : Espère ! C'est parce que Horace, mourant, vous avait confiée à moi ; et que cette tâche orgueilleuse s'accordait avec mes sentiments... Hélène, je me suis dit souvent que nous étions deux êtres faits pour s'entendre que la vie avait séparés... la vie — et la mort, hélas ! — nous réunissent enfin... laissez-vous aimer. — Si j'en aime un autre? — Vous n'en aimez pas un autre ! — Si j'en avais aimé un autre? — Vous ne l'avez pas aimé... et il est mort ! »

Hélène bondit, les yeux fous, énormes ; dans une stupeur, une épouvante, elle balbutiait : « Que dites-vous?... C'est d'Horace que vous parlez? — Non, fit nettement Séguy, c'est de Max de Ferté. »

Elle cria, lamentable : « Vous savez? — Tout ! » Haletante devant lui, elle ne parlait plus, l'écartait d'un geste machinal. Il reprenait très vite : « Je sais tout... J'ai toujours su... oui, votre folie d'un soir... Et je vous aime, et je

vous adore... Vous n'étiez pas coupable, mais égarée, poussée à bout... Lui seul était coupable. Il a expié... »

Elle put prononcer encore : « Comment savez-vous? — Je l'ai vu, la nuit, dans le corridor. — Et vous m'avez encore aimée, après? — Plus que jamais ! car je savais ce que vous alliez souffrir ! — Alors, alors... »

Elle s'arrêta, la tête perdue, ne sachant plus que dire, à la fois désolée d'avoir à rougir devant cet homme qu'elle aimait et pourtant allégée du poids immense de ce remords rongeur

... l'apaisement... l'amour.

caché depuis deux ans ; et ceci ressemblait à de la joie. Elle recommençait : « Alors... alors... toute ma vie... l'oubli... l'apaisement... le pardon.. l'amour... Olivier ! »

Triomphant, radieux, il l'entourait de ses bras redevenus forts, l'attirait à lui, poitrine à poitrine, lèvres à lèvres... Et, dans un silence religieux de leurs bouches données, l'étreinte se prolongeait, se resserrait encore, effaçant le souvenir, purifiant le passé, tandis que, dans un lointain de songe, fuyaient à l'oubli, culbutaient dans la nuit des temps, déjà profonde, les vagues personnes de la veille, des jours récents, les bouffons, les jongleurs, les fantoches de l'Empire, les pantins chamarrés, les clowns noirs, les clowns blancs, les clowns rouges, toutes les poupées tombées des tréteaux, tous les matamores fourbus, les paillasses vidés des parades anciennes.

FIN

IMPRIMERIE CRÉTÉ
CORBEIL (S.-ET-O.)